愛經典

閱讀經典，成為更好的自己。

格雷的畫像

The Picture of Dorian Gray

奧斯卡·王爾德 Oscar Wilde — 著　顧湘 — 譯

緣起

愛經典

卡爾維諾說：「『經典』即是具影響力的作品，在我們的想像中留下痕跡，並藏在潛意識中。正因『經典』有這種影響力，我們更要撥時間閱讀，接受『經典』為我們帶來的改變。」因為經典作品具有這樣無窮的魅力，時報出版公司特別引進大星文化公司的「作家榜經典文庫」，期能為臺灣的經典閱讀提供另一選擇。

作家榜經典文庫從二〇一七年起至今，已出版超過一百本，迅速累積良好口碑，不斷榮登各大暢銷榜，總銷量突破一千萬冊，本書系的作者都經過時代淬鍊，其作品雋永，意義深遠；所選擇的譯者，多為優秀的詩人、作家，因此譯文流暢，讀來如同原創作品般通順，沒有隔閡；而且時報在臺推出時，每部作品皆以精裝裝幀，質感更佳，是讀者想要閱讀與收藏經典時的首選。

現在開始讀經典，成為更好的自己。

目錄

導讀

「我是注定了要毀滅的」

一、我的襯衫一件是深紅的，另一件是淡紫丁香色的

我們即將在此談論一張事實上不存在的畫像。

就和王爾德寫過的另一篇小說《W．H．先生的畫像》一樣，故事產生於絕對虛無抑或想像之中，卻實實在在地給真實世界造成了若干影響——

這兩張子虛烏有的畫像對人心造成的影響之巨，尤其是道林．格雷的畫像，甚至超過了歐洲若干真實存在的名畫。在這一點上，我是王爾德先生的擁躉，而難以認同他一生宿敵英國畫家惠斯勒先生的想法：美術是藝術的最高形式。文學在所有藝術類別中向來都占上風，哪怕與影視藝術相比也不遑多讓，看似不落言筌的描述最終卻足以激發人心最複雜的聯想和最強烈的悲喜。在此領域，奧斯卡．王爾德顯然又是縱情投入的個中好手，在他尚未蒙受恥

辱之際，他已憑藉從虛無中喚出的創造預告了自己的結局，正如他在寫給朋友卡洛斯・布萊克的信裡所說的：

> 諸神把世界放在他們的膝蓋上。我是注定了要毀滅的。命運三女神搖晃著我的搖籃。

這是何其戲劇化又自我中心的一句話，而且充滿了一如既往的自憐，但若對比王爾德迅速成名又從高處跌落的真實一生，卻又具備了多麼奇妙的悲愴意味！

是的，悲愴。正是他在《自深深處》[1]裡提及獄中生涯最喜歡用的那個詞。

也許詩人W・H・奧登說得沒錯：「王爾德從一開始就在表演他的人生，甚至當命運將『情節』從他手中奪去後，他仍在繼續表演。」但我無法贊同的，則是奧登先生認為《格雷的畫像》令人生厭。然而倘若它是一部真正的傑作，倒也不必急著為它辯論。在翻開這本書之前，我們不妨先來看看王爾德這位人生舞臺的天才表演者幾幅由文字勾勒出來的小影——或者說，他窮其一生熱情和困惑為自己繪製的若干肖像。

第一幅是個十三歲的孩子，穿深紅色襯衫——也許是淡紫丁香色。那個時代留下來的影像都是黑白的，但我們確定知道了王爾德在這個年紀就擁有了這樣顏色張揚的襯衫。

王爾德一八五四年出生於愛爾蘭都柏林的一個富裕家庭，為家中次子。他的父親威廉・王爾德是外科醫生，在他十歲那年因人口統計方面的貢獻被封為爵士，而他的母親則是都柏林知名的作家和詩人。在公認關於王爾德最出色的傳記、理查・艾爾曼所著的《奧斯卡・王爾德傳》的頭幾頁，我們能讀到這孩子在寄宿學校就已開始給母親寫不同尋常的信：

你送來的籃子裡的兩件法蘭絨襯衫都是威利的，我的襯衫一件是深紅的，另一件是淡紫丁香色的，但是現在還太熱，穿不到……你有沒有用綠色的箋紙給沃倫阿姨寫信？

同父異母的哥哥威利比他年長兩歲，也是王爾德最初與之爭奪母親注意力的對象。信裡提及的沃倫阿姨並不喜歡愛爾蘭民族獨立運動的象徵色綠色，但他深知他媽媽是富有激情的民族主義者，因此巧妙表明了自己的立場。這封寥寥數十字的信已初步顯露了王爾德日後廣為人知的性情：對顏色乃至不限於此的一切色相皆無比敏感，極其聰明，對穿著有自己獨到的品味，知情識趣，能輕易說出讓談話對手心花怒放的言語。

1 *De Profundis*，亦有取名為：《來自深淵的吶喊》、《深淵書簡》。

儘管如此，此時的青少年王爾德在寄宿學校裡還遠非最受矚目的學生。還要再過幾年，歷經都柏林聖三一學院、牛津大學的歷練，這位不世出的才子的身影方才日漸清晰。

天才早期的上升之勢幾如破竹。在校期間，王爾德即精通英語、法語、德語、義大利語和希臘語，聖三一的馬哈菲教授、牛津學者佩特和約翰．拉斯金皆對他思想的形成有重要影響。在畢業前夕以學校的文學獎金出版了自己首部詩集後，他以美學教授自稱，逐次涉足戲劇、評論、小說和童話，皆取得不俗成就，更以超然不群的風姿、妙趣橫生的談吐和離經叛道的著裝廣受倫敦社交界矚目，乃至於一八八二年被美國邀請去做了近十個月關於英國文藝復興的巡迴演講，上至達官貴人，下至礦工，無不為其魅力所折服。

短短數年，他便以卓越天賦佐以不懈的個人努力、雄心抱負外加命運機緣而名滿天下，與當時最出名的女演員、詩人和畫家結交，談笑有鴻儒，往來無白丁，風頭一時無兩，被後世譽為十九世紀八〇年代唯美主義的旗手，九〇年代頹廢派的先驅，乃至於催生了美國的名流文化——這些皆非誇大之詞。

二、比被人談論更糟糕的，是無人談論

第二幅畫像，就是那張最著名的戴禮帽的照片。照片上的他緩帶輕裘，顧盼自雄。在文

學日漸寂寞的今天，我們幾乎難以相信有史以來還有其他作家曾在如此短暫的時間內獲得如此盛名，且影響不限於文學圈，走在路上隨時會被路人認出，報章雜誌上整日不是吹捧或批評的文章，就是諷刺他的漫畫，倫敦甚至同一時期上演他的三部劇作。

他有一句膾炙人口的名言：「比被人談論更糟糕的，是無人談論。」年輕時還要更自負：「我王爾德要嘛臭名昭著，要嘛名揚天下。」這兩者他都做到了。名滿天下，謗亦隨之，聲名鵲起之時生活中早已暗流湧動。稍後他將在《自深深處》裡懷念這種早年的輝煌：「我曾經是我這個時代藝術文化的象徵。我剛成年時就意識到了這一點，而後又迫使我的時代意識到這一點。很少有人能在有生之年身居這種地位，這麼受到認可。……諸神幾乎給了我一切：天賦、名望、地位、才華、氣概。我讓藝術成為一門哲學，讓哲學成為一門藝術；我改變人的心靈、物的顏色；我的所言所行，無不使人驚歎……我筆之所至，無不以美的新形態展現其美；我讓真實本身不但顯其真，同樣也顯其假，亦真亦假……顯明了無論真假，都不過是心智存在的形式。我視藝術為最高的現實，而生活不過是虛構的形態；我喚醒了這個世紀的想像力，它便在我身邊創造神話與傳奇；萬象之繁，我一言可以蔽之，萬物之妙，我一語足以道破。」

即便這番表白太過狂妄自誇，但王爾德顯然美且自知。古往今來，同時兼備才具和運氣的人著實不多；然而上天仍是公平的，既少有寫作者在生前就獲得如斯聲名，也便少有寫作者受到如此嚴酷的考驗，一時間，浮花浪蕊、誘餌陷阱都無比迅速地向他湧來——

「除了這些，我還有一些不同的東西。我讓自己受誘惑，糊裡糊塗地掉進聲色放浪中而不能自拔，以作為一個紈絝子弟、花花公子、風流人物自快，讓身邊圍著一群不成器的小人。」

危險果然不日即至。一八八二年，他與名門之女康斯坦絲新婚不久，即受好友羅斯影響，進入了地下同性戀世界，這在當時的倫敦社交界雖然並非孤例，也仍不可能公然示眾，但名聲正如日中天的王爾德卻絕非小心謹慎、步步為營的性情。一八九一年，他正式出版了一生中唯一的一部長篇小說，也即我們即將翻開的這本《格雷的畫像》——這對於王爾德的文學生涯堪稱里程碑式的作品。康斯坦絲曾抱怨說：「出版這本書之後，幾乎沒人和我們說話了。」這或許是上流社會某些主流人士的故作姿態，但在夜夜笙歌的男色情欲之境，這部書的出版卻無異於《聖經》的誕生。王爾德身邊的美少年前仆後繼地宣稱自己就是書中的道林，正如書中提到的那本影響了道林．格雷一生的黃色封面的書——很多人都認為是于斯曼的《反常》——《格雷的畫像》問世之後，也彷彿產生了自己神祕的能量場，不光作用於無數將之奉為圭臬的信徒，更反作用於創作者自己。

王爾德是這樣假借道林・格雷之口來形容那本書中之書的：

……在道林看來，那是自己未來的寫照。事實上，他覺得整本書似乎寫的就是他自己的生命故事，在他經歷之前已經寫好了。

……這是一本沒有情節、只有一個人物的小說，事實上，只是對一個巴黎年輕人的心理研究。那個年輕人一生都試圖在十九世紀實現從前每個世紀中的所有激情和思維方式，想在自己身上彙集世界精神所經歷過的各種情緒。……

有些人以為人的自我是簡單、持久、可靠，並且只具有一種本質的東西，那樣淺薄的想法讓他感到驚奇。對他來說，人是一種有無數生活和無數感覺、複雜多樣的生物，精神秉承了思想和激情的奇怪遺產，肉體沾染著祖先的奇怪疾病。……

道林似乎覺得，整個人類歷史都只不過是自己生活的記錄……歷史就在他的大腦裡、激情裡。他覺得自己彷彿認識他們所有人，那些奇怪而可怕的身影，在世界舞臺上匆匆走過，讓罪孽顯得神奇，把邪惡變得微妙。……

「我們每個人身上都有天堂和地獄，巴茲爾。……」

「……世人所謂不道德的書，只不過揭露了他們本來就有的恥辱。……」

這些描述同樣可以一字不動地搬到對《格雷的畫像》的評價上，而世上再沒有人能比王爾德自己形容得更好了。甚至可以說，是先完成了本書，創作者再設法完成了自己的人生——也不會有比這更能佐證王爾德對藝術看法的例子了：

生活模仿藝術，遠甚於藝術模仿生活。

王爾德將自己性情中截然不同的幾面分別贈予了書中三個角色：最初的引誘者亨利勛爵，創作肖像並因此而死的畫家巴茲爾．霍爾沃德，以及墮落的主角道林．格雷。即便如此，他們三人加起來也仍然沒有他本人豐富。

三、我是注定了要毀滅的

就在書出版的一年後，他遇到了生命中最後一位，也通常被認為是真正的道林．格雷：年輕的阿爾弗雷德．道格拉斯。

兩人此後如何色授魂與，攜手出遊，夜夜笙歌，共同追逐被視為獵物的美麗男孩，乃至反目成仇，則是一個漫長的故事了。然而這個故事最悲劇的部分，是年長者雖然效仿古希臘的聖賢一般，愛慕年幼者的青春，卻終因彼此心智的巨大懸殊而難以為繼，揮金如土導致的財務危機更令這份禁忌之愛步步走向絕境。這場事先張揚的情愛官司，在王爾德因不堪道格拉斯之父昆斯伯里侯爵對自己「雞姦犯」的侮辱，更在道格拉斯慫恿下將其告上法庭時達到高潮。王爾德不會想到，這場官司將比自己父母輕率捲入又輕易脫身的任何一次官司都更難取得勝利，就因為他不是別人，而是人人都知道的王爾德。

沒有比聯手毀滅一個才華橫溢的孤臣孽子更被大眾喜聞樂見的事了：如不落井下石，庸眾也就難稱其為庸眾。王爾德後來最悔恨的，就是自己不該向一直蔑視的群眾尋求幫助。這分明是一場絕無勝算的戰爭，他卻囿於自負，一步步自行走向命運的陷阱，只遺憾沒有自己親口在法庭上把一切說出來。

在思想範疇中我視作似非而是的悖論，在激情領域中成了乖張變態的情欲。欲望，到頭來是一種痼疾，或是一種瘋狂，或兩者都是……我忘了，日常生活中每一個細小的行為都能培養或者敗壞品格，因此，一個人在暗室裡幹的事，總有一天要在房頂上叫嚷出去的。我不再主宰自己，不再執掌自己的靈魂，也不認識它了。

——《自深深處》，王爾德著，朱純深譯

一個宣稱不再認識靈魂的人卻讓我們無法不意識到，他的確擁有過無與倫比的璀璨靈魂。

他才華蓋世，卻又睥睨眾生；他無法抗拒些微誘惑，卻也無法真正擺脫道德；他目下無塵，卻又比任何人都更情熱如火；享受世人的崇拜，卻又極大高估了這忠誠的可靠。種種悖謬和矛盾疊加在一起，悲劇宛若命中注定。

在因「與其他男性發生有傷風化的行為」服苦役的兩年期間，他深愛的母親去世，妻子康斯坦絲和兩個孩子隱姓埋名移居義大利，絕大多數朋友都拋棄了他，遠在國外逍遙的道格拉斯仍在盡情消費他們之間的情感，不斷寫信給報刊，以受害者和被名人戀慕者的姿態招搖過市。即便曾經的盛名一夕成空，諸多禿鷹仍在這屍骸的上空盤旋。

王爾德竭盡全力、縱情聲色的一生也許只做了兩件真正的錯事：一是在適婚年齡迫於世俗壓力和一個好女人結婚；二是耽溺於皮相之美而忽視了靈魂之重。他懂得要選擇最聰明的人當敵手，卻忘了愛和恨一樣需要彼此心智相當。

第三幅肖像速寫來自他在獄裡寫給道格拉斯的信：

硬板床、惡劣的食物、磨得人手指尖又痛又麻的扯麻絮的硬繩子、從早到晚奴隸般的勞動、似乎是出於常規需要而發出的呵斥命令、使悲哀顯得怪異的醜陋衣服、靜默、孤單、屈辱。

就在他身陷囹圄萬念俱灰之時，道格拉斯只託人送來了一封故作神祕的口信：「百合花王子在國外。」那是王爾德曾經對他的愛稱，正如「波西」這個名字一樣。而他收到只付諸一笑，「天底下所有鄙夷盡在那一笑中了」，卻終難參透美與愛欲究竟在生活中扮演了怎樣的角色，出獄後很快就和道格拉斯重歸於好，直至快速滑向自毀人生的盡頭。

王爾德的傳奇其實十分符合那些他熟諳的希臘悲劇，其所熱愛的莎翁戲劇裡也同樣有類似人物。自負與憤怒。一呼百應和眾叛親離。赤貧如洗兼揮霍無度。如坐雲霄飛車般跌宕，他由萬眾矚目的偶像變成人人避之唯恐不及的瘟神，和成名一樣也只用了短短數年。世態炎涼、人心冷暖都非太陽之下的新鮮事，然而仍然值得一說，全因將自己逼至窮途末路的主角，是王爾德。

是一百三十年後的今天，我們仍然無法不讀的世上唯一的王爾德。

他一生放浪形骸卻天真至死，毒舌自負又脆弱溫柔，不僅是英國首相邱吉爾最渴望傾談的人物，也令後世無數女子專程奔赴拉雪茲神父公墓只為留下唇印，更在千萬讀者心底留下綠色康乃馨與百合花的麗影。他的魅力經百年而不衰，並不像他在妻子康斯坦絲死後的懺悔那麼簡單哀愁：「人生是一件可怕的事情。」

——也許的確是可怕的，但也仍然是美的。

和頹廢的熱情、愛欲的黑暗相關的一切，以及一個天才的上升與隕落，我們都可以翻開這本書去讀到。而這本書的新版譯者顧湘，也是我一直喜歡的當代作家和藝術家。她堪當此重任。

文珍[2]

二〇二一年六月

2 文珍：作家，曾獲老舍文學獎、十月文學獎、上海文學獎、茅盾文學新人獎等。

前言

藝術家是美好事物的創造者。

藝術的目的是展示藝術本身、隱藏藝術家。

批評家是能把他對美好事物的印象用另一種方式或新的素材表現出來的人。

自傳體是最高的批評形式，也是最低的。

在美的事物中發現醜陋含義的人，是沒有魅力的爛人，那是一種過錯。

在美的事物中發現美麗含義的人，是有修養的人。那種人才有希望。

懂得美的事物只意味著美麗的人，才是上帝的選民。

書沒有什麼道德不道德的。書只有寫得好或不好的。

十九世紀對現實主義的憎惡，是卡利班[1]從鏡子裡看到自己的憤怒。

1 卡利班：莎士比亞戲劇《暴風雨》裡凶殘醜陋的奴僕。

十九世紀對浪漫主義的憎惡，是卡利班從鏡子裡看不到自己的憤怒。

道德生活是藝術家題材的一部分，但藝術的道德性在於完美運用那不完美的素材。

藝術家並不渴望證明什麼，即使事情都是可以被證明的真事。

藝術家沒有道德上的同情。藝術家道德上的同情會造成不可饒恕的矯揉造作的風格。

不存在病態的藝術家。藝術家可以表現一切。

思想和語言之於藝術家是藝術的工具。

罪惡和美德之於藝術家是藝術的材料。

從形式看，所有藝術創作都像音樂家作曲一樣。從感覺看，所有藝術創作都像演員演戲一樣。

所有藝術都既有形式，又有象徵。

深入形式是自找麻煩。

解讀象徵也是自找麻煩。

藝術真正反映的是觀眾，而不是生活。

對一件藝術作品有多種多樣的意見，說明該作品新穎、複雜、有生命力。

評論家意見不一，而藝術家始終如一。

製造出有用之物的人是可以原諒的，只要他不崇拜它。製造出無用之物的唯一理由，就是製造者狂熱地崇拜它。
一切藝術都是無用的。

奧斯卡·王爾德

格雷的畫像

第一章

畫室

畫室裡充滿著濃濃的玫瑰花香，而當夏日輕風拂動花園中的樹叢，馥郁的丁香的芬芳，或是更清淡的粉色鐵海棠花的香氣也從開著的門飄進來。

亨利．沃頓勛爵躺在堆滿波斯軟墊的沙發一角，像往常一樣抽了數不清的菸，剛好能看見蜜香蜜色的金鏈花閃著光，它的枝條顫動著，彷彿經受不住花朵熾焰般的美；飛鳥不時在巨大的窗戶前垂著的長長的柞蠶絲窗簾上灑落奇妙的影子，帶來一種稍縱即逝的日本情調，讓他想起那些面色蒼白如玉的東京畫家，他們追求藉由靜態的藝術來表現運動和速度。蜜蜂悶聲嘟噥著闖進久未修刈的高高草叢，或沒完沒了地繞著蔓生的忍冬的花——那花就像灰撲撲的鍍金喇叭，使得沉寂更顯壓抑。倫敦的喧囂隱約可聞，猶如遠處管風琴的低語。

房間中央，豎著的畫架上夾著一幅俊美絕倫的青年男子的立像，在它前面坐著畫家巴茲爾．霍爾沃德，幾年前他突然失蹤，轟動一時，引起了諸多離奇的猜測。

畫家看著這個優雅清秀的形象如此精巧地展現在自己的藝術作品中，臉上泛起一抹愉快的微笑，那微笑像是要留在那裡久久不散。但他突然站起身，閉上雙眼，用手捂住了眼睛，彷彿要把某個怪夢關在腦子裡，生怕從這個夢裡醒來。

「這是你最好的作品，巴茲爾，你畫過最好的畫，」亨利・沃頓勛爵懶洋洋地說，「明年你一定得把它送到格羅夫納去。畫院太大太庸俗了。每次我去，不是人太多沒法看畫，糟糕得很，就是畫太多卻看不見人，那更糟糕。只有格羅夫納好。」

「我覺得我哪裡也不會送去的，」他說，把頭往後一甩，在牛津的時候朋友常常笑他這個怪動作，「嗯，我哪裡也不送。」

亨利勛爵揚起眉毛，目光穿過他那帶著濃濃鴉片味的菸上升起的淡藍色煙圈，驚訝地望著他：「哪裡也不送？親愛的朋友，為什麼？有什麼理由嗎？你們畫家真是些怪人！為了出名什麼都肯做，有了名，好像又想把名氣扔掉。你這是在犯傻啊，因為世界上只有一件事比被人談論更糟糕，那就是沒人談論你。這樣一幅畫像會讓你超出所有英國年輕畫家一大截，還會讓老畫家嫉妒不已——如果老人還有什麼感情可以動一動的話。」

「我知道你會笑我，」他回答說，「但我真的不能把它送去展覽。我在裡面畫了太多我自己的東西。」

亨利勛爵在沙發上伸了個懶腰，笑了起來。

「好吧，我知道你會笑的，但反正就是這樣。」

「畫了太多你自己的東西！不好意思，巴茲爾，我不知道你這麼虛榮；我真看不出你和這個年輕的阿多尼斯[1]有什麼像的地方，你的臉那麼硬，頭髮像煤一樣黑，他呢，就像是用象牙和玫瑰葉做的。哎呀，我親愛的巴茲爾，他就是一位納西瑟斯[2]，而你——嗯，當然你一看就很聰明，還有一堆優點，可是美，真正的美，看起來很聰明的面孔沒有這個。聰明本身是一種會被凸顯和放大的東西，有損任何一張臉的和諧。人一坐下來思考，整個人就變成一個鼻子，或一個額頭，或者別的什麼可怕的東西。看看那些在知識界有成就的人，真是醜斃了啊！當然，除了教會的人，可是教會的人不思考啊，一個主教到了八十歲還在說他十八歲時別人告訴他的那些話，當然看起來就很可愛啦。你這位神祕的年輕朋友，你還沒告訴我他叫什麼，但他的畫像真吸引我，我相信他肯定從來不思考。他是個沒頭腦的美麗生物。冬天我們沒有花看的時候，他就應該一直待在這裡；夏天我們想讓聰明的腦子別轉得太熱的時候，他也應該一直待在這裡。別想得太美了，巴茲爾，你一點也不像他。」

1 阿多尼斯：希臘神話中掌管每年植物死而復生的神，他非常俊美、永遠年輕。

2 納西瑟斯：希臘神話中的美少年，愛上了自己的水中倒影，最後害相思病死在水邊，倒下的地方長出了黃水仙。

「你沒明白我的意思，哈里[3]，」藝術家答道，「我當然不像他，這我很清楚。實際上，我要是像他那樣，我還會滿難過的。你聳什麼肩膀？我說的是實話。長相和頭腦出類拔萃都是一種不幸的宿命，只能像狗一樣跟在帝王不穩的腳步後面的不幸的宿命。平平無奇最好。這個世界上醜人和笨人日子最好過，他們可以坐在那裡，呆呆地張著嘴看戲。如果他們對勝利一無所知，至少也不會深刻地認識到失敗。他們過的是我們都該那麼過的日子——太平靜好，無動於衷，無憂無慮。他們沒有殺傷力，也不會受到傷害。你的地位和財富，哈里；我的頭腦，就這麼說吧——我的藝術，不管它有多少價值；還有道林．格雷的美貌——這些上天給我們的東西，都讓我們很累的，辛苦得很。」

「道林．格雷？他叫這個呀？」亨利勛爵問道，一邊穿過畫室，朝巴茲爾．霍爾沃德走來。

「對，他叫這個。我本來不想告訴你的。」

「為什麼不告訴我呢？」

「哦，我不會解釋。我非常非常喜歡一個人的時候就不會告訴任何人他叫什麼，好像會把他們的一部分交給別人一樣。我已經漸漸喜歡上有祕密了，好像只有祕密能讓我們的現代生活變得玄妙神奇。一樣普通的事物，只要有人把它藏起來，就會變得有意思。我出城的時候也不告訴別人我要去哪裡，一說，我自己就覺得沒那麼有意思了。可以說這是個愚蠢的習慣，但不知道怎麼回事，它好像讓生活浪漫了許多。你一定覺得我很傻吧？」

「一點也不，」亨利勛爵回答說，「一點也不傻，我親愛的巴茲爾。你好像忘了我結婚了，而婚姻的魅力之一就是：它使婚姻中的雙方都必須過著一種欺騙的生活。我從來不知道我的妻子在哪裡，她也從來不知道我在幹什麼。每當我們見面的時候——我們偶爾也會見面，一起出去吃個飯，或者去公爵那裡——我們就擺出最正經的面孔，講些最荒誕的鬼話。我妻子在這方面很在行——事實上，比我強得多。她從來不會搞混約會日期，而我老是搞錯。不過她識破我的時候也不會大吵大鬧，有時我倒希望她能鬧一鬧，但她就只是嘲笑我。」

「我不喜歡你這樣談論你的婚姻生活，哈里，」巴茲爾．霍爾沃德一邊往通向花園的門走，一邊說，「你一定是非常好的丈夫，只是為自己太遵守道德標準而感到難為情。你是非常好的人，嘴巴上從來不講道學，卻從不做錯事。你只是擺出玩世不恭的姿態來。」

「順其自然才是一種姿態，而且是我所知道最讓人惱火的姿態。」亨利勛爵笑著大聲說。這兩個年輕人一起走到花園裡一棵高大的月桂樹下，在樹蔭下的長竹椅上坐了下來。陽光順著光潔的樹葉滑落，白色雛菊在草叢中輕輕搖晃。

3 亨利的暱稱。

過了一會兒，亨利勛爵掏出懷錶。「我得走了，巴茲爾，」他輕聲說，「我走之前，你要回答我剛才問你的那個問題。」

「什麼問題？」畫家眼盯著地面說。

「你知道的。」

「我不知道，哈里。」

「好吧，那我告訴你。我希望你跟我解釋一下，為什麼不肯展出道林．格雷的畫像。我想知道真正的原因。」

「我已經告訴你真正的原因啦。」

「不，你沒有。你說你把太多自己的東西畫在裡面了。這話太孩子氣了。」

「哈里，」巴茲爾．霍爾沃德直視著他說，「每一幅用感情畫的畫像都是藝術家的畫像，而不是被畫的模特兒的畫像。模特兒只不過是個機緣巧合。畫家畫的與其說是模特兒，不如說是在畫布上用色彩畫出了自己。我不想展出這幅畫，是因為我怕在這幅畫裡洩露了我靈魂的祕密。」

亨利勛爵笑了。「什麼祕密？」他問。

「我會告訴你的。」霍爾沃德說著，臉上卻露出了不知如何是好的表情。

「我等著聽呢，巴茲爾。」他的同伴瞥了他一眼，說。

「哦，其實真沒什麼好說的，哈里，」畫家回答說，「你恐怕很難理解。也許你都不會相信。」

亨利勛爵笑了笑，彎腰從草裡摘了一朵粉紅花瓣的雛菊打量著。「我一定能理解，」他答道，一邊凝視著那個帶白絨毛的金色小花盤，「至於信不信嘛，只要是難以置信的事情我都能相信。」

風從枝頭吹落了一些花，一簇簇沉甸甸的、點點繁星般的丁香花懶洋洋地搖來搖去。一隻蚱蜢在牆根鳴叫起來，纖細的蜻蜓扇著棕色的薄翼飛過，像一根藍色的線。亨利勛爵覺得自己彷彿能聽到巴茲爾·霍爾沃德的心跳聲，不知道接下來會怎麼樣。

「故事很簡單的。」過了一會兒，畫家說，「兩個月前，我去布蘭登夫人家參加了一次聚會。你知道我們這些窮藝術家時常得在社交場上露露面，只是為了提醒公眾我們不是野蠻人。就像有一次你跟我說的，只要穿上晚禮服，打上白領結，哪怕是個股票經紀人，也能博得文雅之名。嗯，我在裡面待了大約十分鐘，跟幾個身材臃腫、盛裝打扮的貴婦，還有幾個說話冗長乏味的院士聊天，突然覺得有人在看我。我一轉頭，第一次看到了道林·格雷，我們的目光碰上的時候，我覺得我的臉色都白了，一種奇怪的恐懼攫住了我。我知道我碰到了一個人，這個人光是他的美貌就太迷人了，如果我聽之任之，我的全部天性、我的整個靈魂，還有我的藝術本身，都會被吸進去的。我不希望自己的生活被什麼外部力量影響，你知道我生性多獨立，哈里，我一直能完全把握自己的生活，至少在遇到道林．格雷之前一直都能。然後——我不知道要怎麼向你解釋——似乎有些跡象向我表明，我正處在人生中一個可怕的危機邊緣。我有一種奇怪的感覺，命運為我準備了極度的歡樂和極度的悲傷。我害怕了，轉身要離開房間。我這麼做跟良心沒關係，那是一種怯懦。我不是把自己當時想逃當成一件光彩的事在誇自己。」

「良心和儒弱其實是同一件事，巴茲爾。良心只不過是掛著良心的招牌而已。」

「這我不信，哈里，我也不相信你自己相信。反正，不管我的動機是什麼——可能是驕傲，因為我曾經非常驕傲——我擠到了門口，在那裡當然就碰到了布蘭登夫人，她叫起來：『你不會這麼快就跑掉吧，霍爾沃德先生？』你知道她那奇怪的尖嗓子嗎？」

「嗯，她除了長得不美，別的都很像一隻孔雀。」亨利勛爵說，一邊用他那細長的手指把雛菊撕成碎片。

「我甩不掉她。她帶我去見皇室的人、掛著勛章的人，還有戴著巨大頭飾、長著鸚鵡鼻子的老貴婦。她說我是她最親愛的朋友。之前我只見過她一次，但她突然就想大張旗鼓地吹捧我。我想是因為當時我有幾幅畫很受歡迎，至少在小報上被人談論了，這就是十九世紀不朽的標準。突然，我發現自己跟那個美貌格外震動了我的年輕人面對面了，我們靠得很近，幾乎要碰在一起，目光再次相遇。我有點魯莽地請布蘭登夫人介紹我和他認識。可能這也不算魯莽，那簡直是必然的，沒人介紹，我們也會聊起來，我相信。後來道林告訴我，他也覺得我們注定要相識。」

「那布蘭登夫人是怎麼形容這位奇妙的年輕人的？」他的同伴問道，「我知道每個客人她都會大致概括一番。我記得有一次她把我帶到一個身上掛滿勛章和綬帶、氣勢洶洶，而滿臉通紅的老先生面前，用一種悲切但滿屋子人肯定都能聽見的語調對我耳語了些最嚇人的細節，我只好逃了。我喜歡自己去認識人。但是布蘭登夫人對她的客人就像拍賣商對他的貨物一樣，不是亂說明一通，就是把什麼都說出來，偏偏沒說別人想知道的。」

「可憐的布蘭登夫人！你對她太刻薄了，哈里。」霍爾沃德無精打采地說。

「親愛的朋友，她想辦個沙龍，結果卻開成了餐館。你要我怎麼佩服她呢？但告訴我她是怎麼說道林．格雷先生的？」

「哦，就是『迷人的男孩——他可憐的親愛的媽媽和我形影不離。都忘了這孩子是做什麼的了——好像——什麼也不幹——哦，對了，他會彈鋼琴——還是小提琴，親愛的格雷先生？』這樣的話。我們兩個都忍不住笑了出來，一下子就成了朋友。」

「友誼以笑作為開端真不壞，要是還能笑著結尾就最好了。」年輕的勛爵說著，又伸手摘了一朵雛菊。

霍爾沃德搖搖頭，嘟囔道：「你不懂什麼是友誼，哈里，也不懂什麼是敵對，每個人你都喜歡，也可以說你對每個人都無所謂。」

「你這麼說我太不公平了！」亨利勛爵叫道，把帽子往後一推，抬頭望著天上一朵朵小雲，那些雲朵就像一束束盤起來的光潔白絲，飄在空蕩蕩的夏日碧空中。「是的，你太不公平了。我對人一向是差別對待的。我跟美的人當朋友，跟性格好的人當熟人，與智力高的人為敵。人在挑敵人的時候再怎麼謹慎都不為過，我的敵人裡一個傻瓜都沒有，全是聰明人，所以他們都很欣賞我。我這樣是不是很無聊？我覺得是滿無聊的。」

「我看也是，哈里。那照你這麼說我只是個熟人。」

「我親愛的老巴茲爾，你可比熟人親多了。」

「也比朋友差遠了。要不，類似兄弟？」

「哦，兄弟！我不關心兄弟。我的哥哥是個老不死。而我的弟弟都好像永遠半死不活的。」

「哈里！」霍爾沃德皺著眉頭說。

「親愛的朋友，我開玩笑的。但我真的沒法不討厭我的親戚。我想這是因為我們誰都不能忍受別人有和自己一樣的毛病。我十分認同英國反對所謂上流社會惡習的民主風潮。民眾覺得，酗酒、愚蠢、傷風敗俗是他們的專利，如果我們中有誰幹了蠢事，就是侵犯了他們的領地。當可憐的薩斯沃克走進離婚法庭時，他們真是憤慨到了極點。我就不信無產階級裡有哪怕十分之一的人過著正經生活。」

「你說的每個字我都不同意，而且，哈里，我覺得你自己也不同意。」

亨利勛爵摸了摸尖尖的棕色鬍子，用流蘇裝飾的烏木手杖敲了敲他的漆皮靴尖：「你真是個徹頭徹尾的英國人，巴茲爾，你已經第二次說這樣的話了。如果有人向一個真正的英國人說出一個想法——這麼做總歸是魯莽的——他做夢也不會考慮這個想法本身是對還是錯，他覺得只有一件事重要，就是那個人自己信不信。哎，一個想法的價值和提出想法的人是否真誠毫無關係。實際上，很可能這個人越不真誠，他的想法就越是純理性的，因為這樣他的想法就不會被他的個人需求、欲望或是成見所左右。不過我不想跟你談論政治、社會學或是玄學。我喜歡人勝過原則，我最喜歡的就是沒原則的人。還是再跟我說說道林·格雷先生吧。你跟他多久見一次？」

「每天都見。一天見不到他，我就不開心。我離不開他。」

「可真稀奇了！我還以為你除了藝術，什麼也不關心呢！」

「他現在就是我全部的藝術。」畫家嚴肅地說，「我有時想，哈里，世界歷史上只有兩個重要的時代：第一個是新的藝術手段的出現，第二個是藝術表現的新面孔的出現。油畫的發明對威尼斯人來說有什麼樣的意義、安提努斯[4]的面容對晚期希臘雕塑來說有什麼樣的意義，將來有天道林·格雷的臉對我來說就有那樣的意義。我不只是照著他來畫油畫、素描、速寫，當然我是把他當模特兒來畫的，但他對我來說遠遠不只是模特兒或一個待在那裡被畫的人。我不想說什麼我對自己為他作的畫不滿意，或者他的美是藝術表現不出來的。沒有什麼是藝術不能表現的，而且我知道，自從我遇見道林．格雷以後，我畫的畫都是好畫，是我平生最好的作品。但是說來奇怪——不知道你能不能理解我？——他的美貌為我指明了一種全新的藝術表達方式、一種全新的風格模式。我看待事物的方式不同了，思考方式也不同了。我現在可以用一種以前不為我所知的方式重新創造生活。『在思想的白晝，實現形式之夢』——我忘了這是誰說的了，但這就是道林．格雷對我的意義。光是看見這個孩子——在我看來他就是個孩子，雖然他已經二十出頭了——光是他的外表——啊！我不知道你能不能理解那意味著什麼，他不知不覺就為我定義了一個新的流派的線條，這個流派包含了浪漫主義精神的所有激情、希臘精神的一切完美。靈魂和肉體的和諧統一——那是多麼重要啊！我們卻瘋狂地把兩者分開了，發明了庸俗的現實主義和空洞的理想主義。哈里！要是你能理解道林．格雷對我多重要就好了！你還記得我那幅風景畫嗎？就是阿格紐給我開了那麼高的價我都沒捨得賣的那幅，那是我畫過最好的畫之一，為什麼會這麼好？因為我畫那幅畫的時候，道林．格雷就在我旁邊，某種微妙的影響從他身上傳給了我，我有生以來第一次在平常的樹林裡看到了我一直在尋找卻又一直錯過的奇蹟。」

「巴茲爾，這太奇妙了！我一定要見見道林．格雷。」

霍爾沃德站起身來，在花園裡走來走去，過了一會兒又回來了。「哈里，」他說，「道林．格雷對我來說只是藝術裡的一個誘因。你可能在他身上什麼都看不到，我卻在他身上看到了一切。他在我沒畫他的那些畫裡呈現得更多。就像我說的那樣，他是一種新風格的啟示。我在某些線條的弧度裡、在某些色彩的可愛和微妙之中，都能找到他。就是這樣。」

「那你為什麼不想展出他的畫像呢？」亨利勛爵問。

「因為，我不知不覺地在畫裡表現出了這種奇特的藝術化的偶像崇拜。當然，我從來沒跟他說過，他一點也不知道，永遠也不會知道。但世人可能會猜到，我不想把我的靈魂暴露在他們淺薄的窺探之下，我永遠不會把我的心放到他們的顯微鏡下面去的。這幅畫裡有太多我自己的東西了，哈里——太多我自己在裡面。」

「詩人就不會像你那麼謹小慎微，他們知道激情有多適合發表，現在一顆破碎的心會出很多版本呢。」

「我討厭他們這麼做，」霍爾沃德喊道，「一個藝術家應該創造美的東西，但不應該把

4 安提努斯：美少年，哈德良皇帝的男寵，因得到皇帝的寵愛，人家為他製作了五百多座半身像和浮雕，使他的美貌聞名於世。

自己的生活摻雜進去。我們生活在這樣一個時代，大家把藝術當成自傳的一種形式。我們已經失去了抽象的美感。有朝一日，我會讓世人知道什麼是抽象的美感。為此，我永遠也不會讓他們看到我給道林．格雷畫的像。」

「我覺得你錯了，巴茲爾，但我不跟你爭。只有失去理智的人才會爭論。告訴我，道林．格雷喜歡你嗎？」

畫家想了一會兒。「他喜歡我，」他頓了頓回答說，「我知道他喜歡我。當然，是我一廂情願地奉承他。我發現，對他說些我明知道說了會後悔的話，給我帶來了奇異的快感。一般來說，他很迷人，我們在畫室裡，什麼都聊。但偶爾他非常不體諒人，好像很喜歡以讓我痛苦為樂。那時我就覺得，哈里，我把我整個靈魂都獻給他了，他就把它當作一朵花插在外套的鈕扣孔裡，當一件滿足虛榮心的裝飾品、一點夏天裡的點綴。」

「夏日悠長，巴茲爾，」亨利勛爵喃喃道，「說不定你會比他更早厭倦，想來未免神傷。但毫無疑問，天才比美貌更能持久。這就是我們為什麼都要拚命接受過多教育的原因。在激烈的生存競爭中，我們總想擁有一些經久不衰的東西，於是往腦子裡填充垃圾和事實，妄圖以此保住自己的地位。「無所不知的人」是現代人的理想，但無所不知的頭腦是個可怕的東西，它就像個小骨董店，全是古怪的東西和灰塵，所有東西的價格都比它原本的價值高。我還是覺得你會先厭倦的。有一天，你會看著你的朋友，發現他沒那麼好畫了，色調也不喜歡了，諸如此類。你會在自己心裡狠狠地責備他，認真地覺得他當初對你很過分。下次他再來的時候，你就會變得冷淡、漠然。這會是很大的遺憾，因為它會改變你。你告訴我的可以算是一段浪漫故事，也可以說是藝術的浪漫，但任何浪漫故事最糟糕的就是它把人置於了不浪漫的境地。」

「哈里，別這麼說。只要我活著，道林．格雷的美貌就會支配我。你體會不到我的感受。你太善變了。」

「啊，親愛的巴茲爾，正是因為這樣，我才能體會到啊。忠誠的人只知道愛庸常的一面，薄情的人才懂得愛的悲劇。」亨利勛爵用一個精緻的銀質打火機點了菸抽了起來，看起來自得其樂、心滿意足，彷彿他用一句話概括了這個世界。常春藤光潔的綠葉叢中傳來一陣麻雀的啁啾，雲的藍色影子像燕子一樣在草地上互相追逐。花園裡是多麼愜意啊！他人的情感又是多麼令人愉快啊！——在他看來，比他們的想法要令人愉快得多。自己的靈魂、朋友的激情——這些都是生活中迷人的東西。他默默地、饒有興趣地想像著自己因為在巴茲爾這裡待得太久而錯過的一頓乏味午餐。如果他去了姑姑家，一定會碰到古德博迪勛爵，他自始至終只會談救濟窮人啊標準公寓很必要啊之類話題。每個階級都會大談特談那些在他們自己生活中不必踐行的美德之重要。富人宣揚節儉的價值，閒人則對勞動的尊嚴侃侃而談。躲過了這一切，真不錯！想到姑姑時，他腦中閃過了一個念頭。他轉身對霍爾沃德說：「親愛的朋友，我剛想起來。」

「想起來什麼，哈里？」

「我在哪裡聽過道林．格雷的名字。」

「在哪裡？」霍爾沃德微微皺了皺眉頭問。

「別這麼生氣，巴茲爾。是在我姑姑愛葛莎夫人那裡。她告訴過我她找到了一個很好的年輕人可以在東區幫她點忙，名叫道林．格雷。我要聲明，她從來沒有告訴我他長得很好看。女人對美貌沒有鑒賞力，至少正派女人沒有。她說他很熱心，性格也好。我立刻自己想像了一個戴著眼鏡、頭髮稀疏、滿臉雀斑、拖著一雙大腳走路的傢伙。要是當時我知道他是你朋友就好了。」

「幸好你不知道，哈里。」

「為什麼？」

「我不想讓你見他。」

「你不想讓我見他？」

「不想。」

「道林．格雷先生在畫室等你，先生。」管家走進花園說。

「你現在一定要介紹我們認識了。」亨利勛爵笑著大聲說。

畫家轉身對站在陽光下眨著眼睛的管家說：「請格雷先生等一下，派克，我馬上就進來。」管家欠了欠腰，原路回去了。

然後他看著亨利勛爵。「道林．格雷是我最親愛的朋友，」他說，「他生性單純善良，你姑姑說得很對。別敗壞他，別試圖影響他。你的影響很不好。世界很大，妙人多得是，別奪走這個給我的藝術帶來全部魅力的人，我作為藝術家的生命全靠他了。記住，哈里，我相信你。」他說得很慢，似乎每個字都是不情願地從嘴裡擠出來的。

「你胡說什麼呀！」亨利勛爵笑著，拉起霍爾沃德的手臂，幾乎是把他拖進了屋子。

第二章

道林·格雷

兩人一進屋就看到了道林·格雷。他坐在鋼琴邊，背對著他們，翻看著舒曼的《林中景色》琴譜。「你一定要把這個借給我，巴茲爾，」他叫道，「我想學，美極了。」

「那要看你今天姿勢擺得怎麼樣，道林。」

「哦，我已經擺厭了，我也不想要一個等身畫像了。」年輕人回答說，任性嬌蠻地在琴凳上轉了一圈，看到亨利勛爵，臉上微微泛起了紅暈，站起身來，「不好意思，巴茲爾，我不知道還有別人。」

「這位是亨利·沃頓勛爵，道林，跟我一起在牛津的老朋友。我剛才還在跟他說你是多好的模特兒，現在都被你搞砸了。」

「沒搞砸，見到你我很高興，格雷先生，」亨利勛爵上前一步，伸出手說，「我姑姑常跟我說起你。你是她最喜歡的人之一，我擔心也是她的受害者之一。」

「我現在上了愛葛莎夫人的黑名單了，」道林一副滑稽的悔過表情答道，「上週二我答應陪她去白教堂的一個俱樂部，但我全忘了。我們本來打算彈二重奏的——我記得是三首二重奏。我不知道她會怎麼罵我，我嚇得不敢見她。」

「哦，我來幫你跟姑姑講和。她可喜歡你了。而且我覺得你不去也沒關係。觀眾說不定覺得真是二重奏，愛葛莎姑姑一坐下來彈琴就會弄出一大片噪音，頂得上兩個人。」

「這麼說她太可怕了，對我也不算是表揚。」道林笑著答道。

亨利勛爵打量著他。是的，他確實俊美絕倫：弧度優美的紅唇，誠摯的藍眼睛，金色鬈髮。他的臉上有種讓人一下子就信任他的東西，那是年輕人的所有率真和純潔的熱情，讓人覺得他遠離了一切世俗汙穢。難怪巴茲爾．霍爾沃德愛慕他。

「你太迷人了，不適合做慈善事業，格雷先生，太迷人了。」亨利勛爵往沙發上一倒，打開菸盒。

畫家一直忙著調色，準備畫筆。他看起來有點悶悶不樂，聽到亨利勛爵最後一句話，瞥了他一眼，猶豫了一會兒，然後說：「哈里，我想今天把這幅畫畫完。如果我請你離開，你會覺得我無禮嗎？」

亨利勛爵笑了笑，看著道林．格雷問：「格雷先生，我可以走嗎？」

「哦，請別走，亨利勛爵。我看出來巴茲爾生悶氣了，我受不了他生悶氣的時候。還有，我想聽你說說為什麼我不能去做慈善事業呢？」

「我不知道該不該告訴你，格雷先生。這是很沉悶的話題，要一本正經地說。不過既然你讓我留下，我是肯定不會跑的。你不會真的介意吧，巴茲爾？你常跟我說你喜歡有人跟你的模特兒聊天。」

霍爾沃德咬了咬嘴唇：「如果道林想這樣，你當然要留下來。道林的心血來潮對別人來說就是法律，但對他自己不算數。」

亨利勛爵拿起帽子和手套：「你太懇切了，巴茲爾，但我怕是一定要走了。我答應了跟一個人在奧爾良俱樂部見面。再見，格雷先生。改天下午到柯松街來找我吧。五點鐘我通常都在家。來之前給我寫封信。要是錯過了你，我會很遺憾的。」

「巴茲爾，」道林．格雷喊道，「如果亨利．沃頓勛爵走，我也走。你在畫畫的時候都不說話，我站在臺上還要擺出高興的樣子，真是悶死了。請他留下來吧，真的。」

「留下來吧，哈里，為了道林，也為了我。」霍爾沃德認真地盯著他的畫說，「這是真的，我工作時從不說話，也從不聽人說話。當我的模特兒真的滿不幸的，一定無聊死了。請你留下來吧。」

「但我在奧爾良俱樂部約的人呢？」

畫家笑了：「我想完全不要緊的吧。坐吧，哈里。哎，道林，到臺上去，別動得太厲害，也別理會亨利勛爵說什麼。他把他所有的朋友都帶壞了，只有我沒被他影響。」

道林．格雷上了平臺，活像一個希臘殉道青年。他向亨利勛爵輕輕噘了噘嘴，以示不滿，心裡卻對他頗有好感——他太不像巴茲爾了，他們形成了一種有趣的對照，而且他的聲音也很好聽。過了一會兒，他開口問：「你真的總是給人壞影響嗎，亨利勛爵？像巴茲爾說的那麼壞嗎？」

「沒有什麼所謂的好影響，格雷先生。所有的影響都是不道德的——從科學的角度看，都不道德。」

「為什麼？」

「因為影響一個人，就是把自己的靈魂給他。他不再按照自己的本性去思考，也不再燃燒天然的激情。他的美德對他來說不真實，他的罪孽——如果有罪孽這種東西的話——也是借來的。他成了別人音樂的回聲，一個不是為他寫的角色的演員。生命的目的是自我發展。完美地實現我們的本性——這是我們每個人在這世界上的目的。但現在的人都害怕自己。他們忘記了最高的責任、一個人對自己的責任。當然，他們慈悲為懷，為飢餓的人提供食物、為乞丐提供衣服。但他們自己的靈魂卻在挨餓受凍。勇氣已經從我們的種族中消失了。也許我們從未真正有過勇氣。對社會的畏懼是道德的基礎、對上帝的畏懼是宗教的祕密——正是這兩者支配著我們。然而——」

「把頭再往右轉一點，道林，乖孩子。」畫家說，他沉浸在工作中，只意識到年輕人的臉上出現了一種他以前從沒見過的神情。

「然而，」亨利勛爵繼續說，嗓音低沉悅耳，一面優雅地揮著手，那是他的招牌動作，「在伊頓公學時就這樣了，「我相信，一個人要是想完全並徹底地活，表現出每一種感情、表達出每一種思想、實現每一個夢想——我相信，世界就會獲得一種新的快樂衝動，我們也會忘記所有中世紀的痼疾，回到希臘的理想中去——或許比希臘的理想更美好、更豐富。但我們中最勇敢的人都害怕自己。野蠻人的那種殘缺，還可悲地殘存在我們的自我否定裡，這種否定毀壞著我們的生活。我們因為不接受自己而遭受懲罰。我們努力壓制的每一種衝動都在頭腦中醞釀著，毒害我們。肉體犯了罪之後，罪孽就結束了，因為行動是一種淨化，之後只剩下對快樂的回憶，或奢侈地享受遺憾。擺脫誘惑的唯一方法就是向它屈服。抵制它，你的靈魂就會因為得不到它所渴望的那些被禁止的東西而生病，因為渴望被畸形的法律規定為畸形又非法的東西而生病。有人說，世界上諸般大事都發生在腦子裡。其實世界上的大罪孽也發生在頭腦中，而且只在頭腦中。你、格雷先生、你自己，雖然有紅玫瑰般的青春和白玫瑰般的童年，你也有讓你害怕的激情、讓你備受恐懼折磨的年頭、讓你一想起來就臉紅羞愧的幻想和夢境——」

「夠了！」道林．格雷結結巴巴地說，「夠了！你把我搞糊塗了。我不知道該說什麼。

我應該有話回答你，但一時想不起來。別說話，讓我想想，或者說，讓我腦袋放空一會兒。」

他站在那裡，一動不動地站了將近十分鐘，嘴唇微張，眼睛異樣地放著光。他隱約感到一些全新的影響在他心裡發揮了作用，然而這種影響好像真的來自他自己，巴茲爾的朋友對他說的那幾句話——無疑只是隨口說說，其中還帶著刻意的悖論——觸動了他內心深處某根祕密的弦，那根弦以前從未被觸動過，現在卻以奇怪的節律振動著。

音樂曾這樣令他激動，也曾多次擾亂他的心。但音樂是說不出來的。它在我們心中創造的與其說是一個新的世界，不如說是一片混沌。而詞語！僅僅是語言！它們是多麼可怕！多麼清晰、生動、殘酷！叫人無處可逃。然而，其中又有多麼微妙的魔力啊！它們似乎能賦予無形的事物一種可塑的形式，並擁有自己的音樂，像古提琴或魯特琴那麼動聽。僅僅是語言！還有什麼比語言更真實嗎？

是的，在他的少年時代，有些事情他不懂。現在他懂了。生活於他忽然變得像火一樣紅。他似乎一直就在火裡行走著。為什麼以前沒覺得呢？

亨利帶著捉摸不透的微笑望著他。他準確地知道何時是一言不發的最佳心理時機。他興趣盎然，對自己的話產生的意外效果感到驚奇，想起十六歲時讀過的一本書，這本書向他揭示了許多他以前不知道的事，他想知道道林·格雷是否正在經歷著相似的體驗。他只是向空中射了一箭，竟然就射中目標了嗎？這個年輕人真迷人啊！

霍爾沃德用非凡而又大膽的筆觸畫著畫，那真正的精美和完美的優雅，無論如何只能源自他的藝術功力。他沒有意識到這時的安靜。

「巴茲爾，我站累了，」道林．格雷突然喊道，「我得出去到花園裡坐一會兒。這裡的空氣太悶了。」

「親愛的朋友，真對不起。我畫畫的時候就什麼也想不起來了。但你今天站得從來沒那麼好過，一動不動。我已經捕捉到了我想要的效果——半張的嘴唇和眼中的光芒。不知道哈里對你說了什麼，但肯定是他讓你露出了最美妙的表情。我想他一直在恭維你吧。他說的話你一個字也不要信。」

「他才沒恭維我呢。可能正因為這樣，他說的我才什麼都不信。」

「你知道你全都信了，」亨利勛爵用朦朧懶散的眼神望著他說，「我和你一起到花園裡去。畫室裡熱壞了。巴茲爾，給我們來點冰鎮飲料，加點草莓。」

「沒問題，哈里。按一下鈴就好了，等派克來了我告訴他幫你們準備。我要把這個背景畫好，待會兒去找你們。不要耽擱道林太久。我的工作狀態從來沒像今天這麼好過，這將是我的傑作。現在就可以算是傑作了。」

亨利勛爵走到花園裡，發現道林．格雷把臉埋在一大簇清涼的丁香花中，喝酒似的貪婪地吸著花香。他走過去，把手放在他的肩上。「你這樣做很對，」他低聲說，「除了感官，什麼都不能治療靈魂，就像除了靈魂，什麼都治療不了感官一樣。」

年輕人吃了一驚，往後縮了縮。他沒戴帽子，樹葉撩撥著他桀驁不馴的鬈髮，讓他金色的髮絲糾纏了起來。他眼中露出一絲恐懼，像突然驚醒，精緻的鼻翼翕動，某根隱祕的神經牽動了他鮮紅的雙唇，使它顫抖不已。

「是的，」亨利勛爵繼續說道，「這就是生活的一大祕密——用感官來治療靈魂，用靈魂來治療感官。你是一個奇妙的造物。你知道的比你自以為知道的多，就像你知道的比你想知道的少一樣。」

道林．格雷皺起眉頭，轉過頭去。他忍不住喜歡上了身旁站著的這個優雅的高個年輕人。他那張浪漫的橄欖色臉龐和疲憊不堪的神情使他興趣陡生，他低沉而懶散的聲音裡有一種極其迷人的東西，他那雙冰涼、白皙、像花一樣的手，都有一種奇特的魅力，他說話時，雙手像音樂一樣舞動著，似乎有自己的語言。但他覺得害怕他，又為害怕而感到羞愧。為什麼要讓一個陌生人來向自己揭示自己的內心呢？他認識巴茲爾．霍爾沃德好幾個月了，但他們之間的友誼從來沒改變過自己。突然，他的生活裡闖進來一個人，似乎向自己揭示了生活的祕密。然而，這有什麼好怕的呢？自己又不是小學生或小女生，害怕是很荒謬的。

「我們去樹蔭下坐坐吧，」亨利勛爵說，「派克把飲料送來了，如果你再在這大太陽下面待下去，你就要毀了，巴茲爾就再也不會畫你了。你千萬別把自己曬壞了，就不好看了。」

「這有什麼關係？」道林．格雷笑著嚷道，一邊在花園盡頭的椅子上坐下。

「這應該對你至關重要，格雷先生。」

「為什麼？」

「因為你擁有最妙的青春，而青春是最值得擁有的東西。」

「我不覺得，亨利勛爵。」

「對，你現在感覺不到。當有一天，你老了，有了皺紋，變醜了，當思慮在你的額頭刻上紋路，當激情用可怕的火焰烙傷了你的雙唇，你會覺得的。你會強烈地感覺到。現在，不管你走到哪裡，你都會迷倒世界。你會一直這樣嗎？……你有一張美得驚人的臉，格雷先生。別皺眉頭，你真的很美。美是一種天才——事實上，它比天才更高級，因為它不需要解釋。它是世界上一大客觀事實，就像陽光、春天，或我們稱之為月亮的那個銀色貝殼投在幽黑的水中的倒影，是不容置疑的。美擁有自己神聖的主權，讓擁有它的人成為王子。你在笑嗎？啊！等你失去了美，你就笑不出來了……大家有時會說，美很膚淺，也許是這樣，但至少它沒思想那麼膚淺。在我看來，美是奇蹟中的奇蹟，只有淺薄的人才不以貌取人。世界上真正的奧祕是看得見的，而不是看不見的……是啊，格雷先生，神眷顧你，但神的恩賜很快會被收走。你只有幾年時間來真正、完美，而充分地生活。當你的青春逝去，你的美貌也會隨之而去，然後你會突然發現不再有勝利這回事，或者只好滿足於一些微不足道的勝利，而關於往昔的記憶會讓你感到這微小的勝利比失敗更令你痛苦。每個月的消逝都會讓你更接近某種可怕的東西。時間妒忌你，向你的花容月貌開戰。你會變得面色如土、臉頰凹陷、眼神呆滯。你會極度痛苦……啊！趁著你還有青春，好好認識它。不要虛擲你的黃金歲月，聽那些沉悶的說教，試圖彌補那些無望的失敗，或者把你的生命送給愚昧、平庸、粗俗的人。那些都是我們這個時代病態的目標、虛假的理想。活著！活出你身上美好的生命！什麼都別錯過。永遠尋找新的感覺。什麼都別怕……一種新的享樂主義——正是我們這個世紀所需要的。你可能是它活生生的象徵。憑你的美貌，沒有什麼是你做不到的。在這段時間裡，世界屬於你……我一見到你，就看出你還沒有意識到自己到底是什麼樣的人、可能成為什麼樣的人。你身上有太多吸引我的地方，讓我覺得我必須告訴你一些關於你自己的事情。我想，如果你浪費了自己，那會多麼不幸。因為你的青春只有那麼一點點時間——那麼短暫。普通的山花謝了還會再開，明年六月，金鏈花會像現在一樣金黃，再過一個月，鐵線蓮上就會長出紫色的星星，年復一年，深綠色的葉子支撐著紫色的星星。但我們卻永遠找不回青春。二十歲時在我們體內歡跳的脈搏會變得遲緩，我們四肢無力、感官衰退。我們會退化成可怕的木偶，一直回想著我們曾經太過害怕的激情，和我們沒有勇氣接受的美妙誘惑。青春啊！青春！世界上除了青春，再沒有別的東西了！」

道林·格雷睜大了眼睛，疑惑地聽著，手裡的丁香花束落到了沙礫路上。一隻毛茸茸的蜜蜂飛來，繞著它嗡嗡地轉了一會兒，隨即落到那團橢圓形的星星點點的小花上爬來爬去。他以那種對瑣碎小事的奇怪興趣看著它，那是當大事使我們感到恐懼時，或當我們被某種新的情緒刺激卻又找不到表達方式時、或當某種令我們害怕的思想突然圍攻我們的頭腦並逼迫我們屈服時，我們就會努力培養出來的興趣。過了一會兒，蜜蜂飛走了。他看見牠爬進了一朵髒兮兮的紫色喇叭花裡。那花似乎顫動了一下，接著輕輕來回搖擺起來。

忽然，畫家出現在畫室門口，打著手勢，要他們進去。他們相視而笑。

「我等著呢，」他喊道，「快進來吧。光線很完美，你們把飲料拿進來吧。」

他們起身，一起沿小徑走回去。兩隻綠白相間的蝴蝶從他們身邊飛過，花園一角的梨樹上，一隻畫眉唱起歌來。

「你很高興遇見了我，格雷先生。」亨利勛爵看著他說。

「是的，我現在很高興，但不知道我是否會永遠這麼高興。」

「永遠！這是個可怕的詞。我一聽到這個詞就發抖。女人都很喜歡用這個詞。她們為了使浪漫永存而把浪漫全破壞了。這個詞也毫無意義。一時興起和終生不渝的激情的唯一區別，就是一時興起持續得還更久一點。」

道林．格雷挽著亨利勛爵的手臂走進畫室。「既然如此，那就讓我們的友誼是一場一時興起吧。」他輕聲說著，為自己的大膽而紅了臉。隨後他邁上平臺，擺出原先的姿勢。

亨利勛爵一屁股坐進一張大柳條扶手椅裡，看著他。除了霍爾沃德時不時退後一步、審視作品的腳步聲，只有畫筆在畫布上沙沙的響聲打破沉靜。斜陽從敞開的門照進來，灰塵在光束中飛舞，一片金色。濃郁的玫瑰花香似乎薰染了所有事物。

大約過了一刻鐘，霍爾沃德停了筆，咬著大號畫筆的筆桿，看了道林．格雷很久，又久久地凝視著那幅畫，皺著眉頭。「都畫好了。」最後他喊，俯身在畫布的左下角用細長的字母簽了個朱紅色的名。

亨利勛爵走過來，仔細打量著這幅畫。這無疑是一幅傑作，而且非常逼真。

「親愛的朋友，熱烈祝福你，」他說，「這是當代最好的肖像畫。格雷先生，過來看看你自己吧。」

年輕人震了一下，彷彿從夢中驚醒。「真的畫完了？」他喃喃自語，走下平臺。

「全畫完了，」畫家說，「你今天姿勢擺得好極了。我非常感謝你。」

「那多虧了我，」亨利勛爵插嘴說，「是不是，格雷先生？」

道林沒回答，看似漫不經心地從畫像前走過，又轉身看畫。一看到畫，他就往後退了一步，快樂的紅暈在臉上一閃而過，眼裡閃出喜悅的光，彷彿第一次認出了自己。他一動不動地站在那裡，驚異中恍惚聽到霍爾沃德在對他說話，但沒聽到他說了什麼。對自己的美的感受，像天啟一樣襲來。他以前從來沒有過這種感覺。巴茲爾．霍爾沃德的讚美好像只是出於友情的溢美之詞，他聽了之後笑笑就忘記了，那些話對他的天性並沒有產生什麼影響。然後亨利．沃頓勛爵發表了一番對青春的奇怪讚頌，以及關於青春短暫的可怕警告。那番話當時就震動了他，而現在，當他站在那裡凝視自己可愛的影像時，那番話裡描述的情景真真切切地在他眼前閃過。是的，總有一天，他的臉會起皺乾癟，眼睛黯淡失色，優雅的身材扭曲變形，紅色從嘴唇上消退，金色也被從頭髮上偷走。原本塑造他靈魂的生命將會毀壞他的肉體，他會變得可怕、醜陋，而且粗俗。

一想到這些，一陣劇痛就像刀割一樣傳遍全身，使他的每根纖弱神經都戰慄起來。他的雙眸漸漸變成了紫水晶色，蒙上一層淚霧。他覺得似乎有一隻冰冷的手抓住了他的心。

「你不喜歡嗎？」霍爾沃德忍不住叫道，他有點被年輕人的沉默刺痛了，不明白那是什麼意思。

「他當然喜歡的，」亨利勛爵說，「誰不喜歡呢？這是當代藝術中最偉大的作品之一。我願意為之付出你所要的一切，我一定要得到它。」

「它不是我的財產，哈里。」

「那是誰的？」

「當然是道林的。」畫家回答。

「他真幸運啊。」

「真悲哀啊！」道林．格雷的雙眼仍然盯著自己的畫像，喃喃地說，「真悲哀啊！我會變老，變醜，變得可怕。但這幅畫會永遠年輕，永遠停留在今年六月的年紀裡……如果能反過來就好了！讓我永遠年輕，讓這幅畫變老！如果能這樣──如果能這樣的話──我願意獻出一切！對，我願意獻出我在這個世界上擁有的一切！我願意用靈魂來換！」

「我想你不太喜歡這種安排，巴茲爾，」亨利勛爵笑著嚷道，「那你的畫要皺了。」

「我強烈反對，哈里。」霍爾沃德說。

道林．格雷轉過身來看著他：「我就知道你會反對，巴茲爾。你喜歡藝術，超過你的朋友。我對你來說不過是個青銅像。我覺得還不如青銅像呢。」

畫家驚訝地瞪大了眼睛。這真不像道林會說的話。到底發生了什麼事？他似乎非常生氣，臉紅紅的，臉頰好像在發燒。

「是的，」他繼續說，「對你來說，我還不如你的象牙雕的赫爾墨斯，或銀製的牧神。你會永遠喜歡它們。但你會喜歡我多久？我想，直到我長出第一條皺紋吧。我現在明白了，不管是什麼人，一失去美貌，就失去了一切。是你的畫讓我明白了這件事。亨利．沃頓勛爵說得很對，青春是唯一值得擁有的東西，等我發現自己老了，我就自殺。」

霍爾沃德臉色一變，抓住了他的手。「道林！道林！」他喊道，「別這麼說。我從來沒有過像你這樣的朋友，以後也不會再有。你不會嫉妒沒生命的東西吧──你比任何沒生命的東西都美呀！」

「我嫉妒一切美麗永駐的東西，我嫉妒你給我畫的肖像。為什麼它能保留住我一定會失去的東西呢？流逝的每一剎那，都從我身上帶走了一些什麼，然後又給了它。哦，如果能反過來就好了！如果這幅畫會變，而我永遠是現在的我，多好呀！你為什麼要畫這幅畫呀？它總有一天會嘲笑我的——狠狠地嘲笑我！」他眼裡湧出熱淚，抽回他的手，撲到沙發上，把臉埋在墊子裡，好像在祈禱一樣。

「瞧你幹的好事，哈里。」畫家怨恨地說。

亨利勛爵聳聳肩：「這才是真正的道林．格雷——就這麼回事。」

「不是的。」

「就算不是，跟我有什麼關係啊？」

「我請你走的時候你就應該走的。」他咕噥道。

「你讓我留下我才留下的。」亨利勛爵答道。

「哈里，我不能同時和我兩個最好的朋友吵架，但你們兩個讓我恨起我畫過的最好的作品了，我要毀掉它。它也就是畫布和顏料而已。我不會讓它插在我們當中，破壞我們三個人的生活。」

道林．格雷從墊子上抬起一頭長著金髮的腦袋，臉色蒼白，淚眼模糊地看著畫家走到有窗簾的大窗戶下的松木畫桌前。他在幹什麼？他的手指在一堆亂七八糟的錫管和乾畫筆中摸來摸去，找著什麼。對，就是找那把軟鋼薄刃的長調色刀。他終於找到了，要去割畫布。

年輕人最後抽噎了一下，跳下沙發，衝到霍爾沃德面前，從他手裡奪過刀子，扔到畫室的最遠處。「不要，巴茲爾，不要！」他喊道，「這是謀殺！」

「我很高興你終於欣賞我的作品了，道林，」畫家從驚愕中恢復過來之後冷冷地說，「我以為你不會喜歡它呢。」

「喜歡？我愛它，巴茲爾。它是我的一部分。我能感覺到。」

「好吧，等你乾了，我就給你上光，裝上框，送你回家。然後你高興怎麼處置就怎麼處置吧。」他走過房間，按鈴要茶，「你喝茶吧，道林？你也喝吧，哈里？還是說，你們反對這種簡單的快樂？」

「我推崇簡單的快樂，」亨利勛爵說，「那是逃避複雜的最後的避難所。但我不喜歡發生在舞臺之外的鬧劇。你們兩個太荒唐了！我不知道是誰把人定義為理性動物的。這是最草率的定義了。人有很多含義，但就不是理性的。不過我很高興人沒有理性——雖然我希望你們兩個別再為這幅畫吵了。你最好把它給我，巴茲爾。這個傻孩子並不是真的想要它，我是真想要。」

「如果你把畫給了除我以外的人，巴茲爾，我永遠不會原諒你！」道林．格雷喊道，「而且我也不許別人叫我傻孩子。」

「你知道這幅畫是你的，道林。我還沒畫的時候就已經送給你了。」

「你也知道你剛才是有點傻，格雷先生。而且，你也不是真的反對有人提醒你說你非常年輕吧。」

「今天早晨我就該強烈反對的，亨利勛爵。」

「啊！今天早晨！那時你剛開始生活呢。」

敲門聲響起，管家端著一個滿滿的茶盤進來，放在一張日本茶几上。杯碟響了一陣，一把刻著凹槽的喬治時代的壺嘶嘶地叫著。一位侍者送進來兩個球形茶碗。道林・格雷走過去，倒了茶。兩人慢吞吞地踱到茶几邊，打開蓋子仔細看了看。

「今晚我們去看戲吧，」亨利勛爵說，「總有地方在演戲的。我本來答應去懷特家吃飯，不過他是老朋友了，我可以給他發個電報，說我病了，或者說我因為隨後有約不能去。我覺得這個理由更好：坦率得讓人吃驚。」

「穿正式的服裝真煩人，」霍爾沃德嘀咕道，「何況穿上還醜得要命。」

「是呀，」亨利勛爵漫不經心地回答，「十九世紀的服裝是惹人厭，那麼陰鬱、那麼壓抑。犯罪是當代生活中唯一的色彩元素了。」

「在道林面前你真不應該說這種話，哈里。」

「哪個道林？給我們倒茶的那個，還是畫裡的那個？」

「兩個都不行。」

「我想和你一起去看戲，亨利勛爵。」年輕人說。

「那就去；你也去吧，巴茲爾？」

「我去不了，真的。還是不去了吧。我還有很多事要做。」

「那就我們兩個去吧，格雷先生。」

「非常樂意。」

畫家咬了咬嘴唇，端著杯子走到畫像前。「我要和真正的道林待在一起。」他略帶傷感地說。

「那是真的道林嗎？」畫像的原型叫道，一邊走到他身邊，「我真的是這樣的嗎？」

「是的，你和它一模一樣。」

「太好了，巴茲爾！」

「至少你們看起來是一樣的，只不過它永遠不會改變，」霍爾沃德歎了口氣，「這區別也不小。」

「對於永遠不變這件事，大家真是太過看重了！」亨利勛爵說，「你看，即使在愛情中，它也單純是一個生理學的問題，和我們自己的意志無關。年輕人想忠貞，但忠貞不了；老人想不忠貞，而沒法不忠貞。能說的只有這些。」

「晚上別去看戲了，道林，」霍爾沃德說，「留下來和我一起吃飯吧。」

「不行，巴茲爾。」

「為什麼？」

「因為我已經答應和亨利．沃頓勛爵一起去了。」

「他不會因為你說話算數而更喜歡你的。他自己說的話都經常不算數。求你別去了。」

道林．格雷笑著搖了搖頭。

「求你了。」

年輕人猶豫了一下，看了看亨利勛爵，他在茶几邊饒有興致地笑著看他們。

「我要走了，巴茲爾。」他回答。

「好吧，」霍爾沃德說，走過去把杯子放到托盤上，「現在很晚了，而且你還要換衣服，那就別耽擱了。再見，哈里。再見，道林。盡早來看我吧。明天就來啊。」

「一定。」

「你不會忘記吧？」

「不會，當然不會。」道林叫道。

「還有……哈里！」

第三章

身世

第二天十二點半，亨利・沃頓勛爵從柯松街一路漫步到阿爾巴尼街，去拜訪他的舅舅費莫勛爵。那是個舉止有點粗魯但很和藹的老單身漢，外界說他有點自私，是因為從他身上沒撈到什麼好處，但社交場上都認為他很慷慨，因為誰討他喜歡他就肯為誰花錢。他的父親擔任過英國駐馬德里大使，那時西班牙女王伊莎貝拉二世還很年輕，西班牙大將及政治家普里姆還寂寂無名，但後來因為沒獲任駐巴黎大使，他一氣之下從外交部門退了下來，他覺得憑自己的出身、懶散、漂亮的書面英語和對縱樂的熱情，完全有資格擔任這個職務。擔任他祕書的兒子也跟著他一起辭了職，當時此舉被認為相當不明智，幾個月後他繼承了爵位，開始專注於研究「無所事事」這一偉大的貴族藝術。他在城裡有兩幢大房子，但他為了省事，更喜歡住在小房子裡，飯也大多在俱樂部吃。他也費了點心思在英格蘭中部諸郡的煤礦上，他為自己染指企業的事找的理由是：煤有一個好處是，讓有身分的人可以在自己的壁爐裡燒柴以顯氣派。政治上他是個保守派，除了保守黨執政的時候，那期間，他就罵他們是一幫激進分子。他在僕人面前是個英雄，僕人卻老欺負他。[1]他在大部分親戚面前是個霸王，總是欺負他們。只有英國才會出他這樣的人，他還老是說這個國家要完蛋了。他的信條早已過時，但他總能為自己的偏見找到一大堆說辭。

亨利勛爵走進房間時，看到他舅舅穿著一身粗獷的獵裝坐著，抽著雪茄，讀著《泰晤士報》，一邊嘟嘟囔囔發著牢騷。「嗯，哈里，」老先生說，「什麼風把你這麼早吹來了？我以為你們這些花花公子都是兩點起床、五點才能見人的。」

「純粹出於家族情誼，我向你保證，喬治舅舅。我想向你要點東西。」

「我看是錢吧。」費莫勛爵做了個鬼臉說，「好吧，坐下來跟我說說。現在的年輕人，覺得錢就是一切。」

「是的，」亨利勛爵低聲說著，解開大衣的扣子，「等他們年紀大一點就知道了。不過我不是要錢。只有付帳的人才要錢，喬治舅舅，我從來不付帳。不是長子的好處就是可以賒帳，過這種日子才開心呢。另外，我只和達特摩爾的生意人來往，所以他們從來不找我麻煩。

1 此處化用法國諺語：任何人在他的貼身男僕眼裡都不是英雄。

我想要的是信息，當然，不是有用的信息，而是沒用的信息。」

「好啊，我可以告訴你英國藍皮書裡的任何事，哈里，雖然現在那些傢伙寫了很多廢話。我在外交部的時候，情況要好得多。我聽說他們現在都是通過考試進去的，那你還能指望什麼？考試，先生，純粹就是胡扯。如果一個人是個紳士，他知道的就夠多了；如果不是紳士，他知道什麼都對他沒好處。」

「道林．格雷不在藍皮書裡，喬治舅舅。」亨利勛爵懶懶地說。

「道林．格雷？誰啊？」費莫勛爵皺著濃密的白眉毛問。

「我就是來問這個的，喬治舅舅。或者說，我知道他是誰，他是凱爾索勛爵最小的外孫，他母親是德弗勒家族的人，瑪格麗特．德弗勒夫人。我想讓你跟我說說他母親的事。她長什麼樣？跟誰結婚？跟你同時代的人你幾乎全認識，所以你可能認識她。我現在對格雷先生非常感興趣，我剛認識他。」

「凱爾索的外孫！」老先生重複道，「凱爾索的外孫！……當然了……我跟他母親很熟。我應該參加了她的洗禮。她是非常美麗的女孩，瑪格麗特．德弗勒，她和一個一文不名的年輕人私奔，讓所有男人都發了瘋——一個無名小卒，先生，一個步兵團的副官，或類似這樣的一個人，就是這樣。這件事我全記得，就像昨天發生的一樣。結婚幾個月以後，那個可憐的傢伙就在比利時的斯帕跟人決鬥送了命。這裡面還有一個醜惡的故事。他們說是凱爾索找了個無賴、一個比利時惡棍，去當眾侮辱他的女婿——花錢雇的，先生，讓他去那麼做，付錢讓他做——那傢伙把那個年輕人當傻子，朝他吐口水。這事後來被壓下去了，可是，哎呀，之後很長一段時間，凱爾索都是一個人在俱樂部裡吃他的牛排。我聽說，他把女兒帶回來了，但她再也沒和他說過話。哎，是的，這事弄得很糟。不到一年，那女孩也死了。所以她留下了一個兒子，是嗎？我都忘了。是個什麼樣的孩子？要是長得像他媽媽，就一定是個好看的年輕人。」

「他是很好看。」亨利勛爵贊同道。

「我希望有合適的人照顧他，」老人接著說，「如果凱爾索對他公道，他應該能得到一大筆錢。他母親也有錢。她的外公把塞爾比家族的所有的財產都給了她。她外公恨凱爾索，覺得他是條卑鄙的狗。他也的確是。我在馬德里的時候，他來過一次。天哪，我都替他害臊，女王問我，那個老是和馬車夫斤斤計較車錢的英國貴族是誰，大家還編了很多故事，我有一個月不敢在宮裡露面。我希望他對他的外孫能比對馬車夫好一點。」

「我不知道，」亨利勛爵答道，「我想這孩子過得不錯。他還沒成年，我知道塞爾比的產業是他的，他告訴我了。那……他母親很美嗎？」

「瑪格麗特·德弗勒是我見過最可愛的女孩之一，哈里。我永遠也搞不懂到底是什麼讓她這麼做的。她可以嫁給任何她想嫁的人。卡林頓簡直為她瘋狂。不過她很浪漫，那個家族的女人都很浪漫。男人比較差勁，但真的，女人很棒！卡林頓向她求過婚，這是他自己告訴我的，她嘲笑他，當時倫敦沒有一個女孩不迷他。對了，哈里，說到愚蠢的婚事，你父親跟我說達特摩爾想娶美國人，這是什麼瘋話？難道英國女孩配不上他？」

「現在娶美國人可時髦了，喬治舅舅。」

「我敢打賭，英國女人是全世界最好的，哈里。」費莫勛爵用拳頭捶著桌子說。

「賭注是美國女人。」

「聽說她們的感情不長久。」他的舅舅咕噥說。

「持久戰讓她們筋疲力盡，但她們擅長障礙賽，喜歡速戰速決。我不覺得達特摩爾有希望。」

「她家裡有些什麼人？」老先生嘟囔道，「她家裡有人嗎？」

亨利勛爵搖搖頭：「美國女人擅長隱瞞父母的事，就像英國女人擅長隱瞞過去一樣。」他說著，起身要走。

「我猜是做豬肉包裝的吧。」

「但願是吧，喬治舅舅，為達特摩爾著想的話，聽說在美國，除了玩政治，做豬肉包裝就是最賺錢的行業了。」

「她漂亮嗎？」

「她表現得她就是個美女似的。很多美國女人都這樣。這就是她們的魅力的奧祕。」

「這些美國女人為什麼不能待在自己的國家？她們成天告訴我們那裡是女人的樂園。」

「沒錯啊，所以她們像夏娃一樣拚命急著要出來，」亨利勛爵說，「再見，喬治舅舅。我再不走，午飯就要遲到了。謝謝你給了我想要的訊息。我總是喜歡瞭解新朋友的一切，對老朋友就什麼也不想知道了。」

「你在哪裡吃午飯，哈里？」

「在愛葛莎姑姑家。我是自己去的，還有格雷先生。他是她的新歡。」

「哼！告訴你的愛葛莎姑姑，哈里，不要再為她慈善募捐的事來煩我了。我煩死那些事了。哎，這個好好夫人以為我除了給她的愚蠢怪癖寫支票就沒別的事幹了。」

「好的，喬治舅舅，我會告訴她，但沒用的，慈善家已經沒有任何人性的感受了，這就是他們的顯著特徵。」

老先生氣呼呼地表示同意，並按鈴叫僕人送客。亨利勛爵穿過低矮的拱廊進了伯靈頓街，轉身向伯克利廣場走去。

這就是道林．格雷的身世。雖然故事講得粗枝大葉，但其中那段奇特而近乎摩登的浪漫情事還是打動了他。一個美麗的女人為了狂熱的激情不顧一切；幾個星期狂野的幸福被一場醜惡奸詐的罪惡終結；幾個月無聲息的痛苦，繼而一個男孩在痛苦中誕生；母親被死神攫走，孩子被留給了孤獨，和一位專橫無情的老人。啊，真是有趣的背景，這造就了那個年輕人，令他更加完美。就如每樣精美事物的背後，都有一些悲劇性的東西那樣。世界經歷陣痛，最卑微的花兒才能開放……昨天晚餐時，他多麼迷人啊，他坐在對面，既緊張又開心，眼裡還有驚訝，雙唇微啟，紅色的燭影將他令人驚豔的面容染上了更濃郁的玫瑰色。和他說話就像在拉一把精緻的小提琴，對琴弓的每次觸碰和顫動他都有所反應……這樣對他施加影響，令人銷魂。把自己的靈魂投映到某個優雅的軀殼中，讓它在那裡稍作停留；聽到自己的思想觀點帶著激情和青春的旋律迴蕩在自己的腦海中；把自己的氣質輸送給另一個人，彷彿那是一種微妙的流體或一種奇特的芳香：其中有一種真正的快樂——在我們這樣一個狹隘和粗俗的時代裡，在這個縱情聲色、志趣平庸的時代裡，這也許是最能讓人滿足的快樂了……他在巴茲爾的畫室偶遇的這個年輕人，真是個精彩的類型，或者說他無論如何是能被塑造成一個精彩的類型的。他擁有典雅、少年純真，還有像古希臘大理石為我們保存下來的那種美。你想把他塑造成什麼都可以，可以是泰坦巨人，也可以是小玩具。這樣的美卻注定要消逝，真遺憾啊！……巴茲爾呢？從心理學的角度來看，他多麼有趣！新的藝術風格、觀察生活的嶄新模式，只是因為看到眼前這個人的出現，就被奇妙地啟發了，而這個人對此渾然不覺；如同居住在昏暗林地中的精靈，靜默地在開闊的曠野中行走，無影無蹤，卻又突然現形，像樹林女神德律阿得斯那樣，且不令人害怕，因為他的靈魂一直在追尋她，如今一種奇妙的視覺已被喚醒，在那視覺中，奇妙的東西才會顯形；事物的形狀和圖案都變得精美了，並獲得了象徵性的價值，彷彿它們本身是某些更完美的事物的圖案摹本、是它們影子變成的實體。這一切真奇怪啊！他記得在歷史上有類似的事情。不就是柏拉圖、那個思想藝術家，首先對此加以分析的嗎？不就是米開朗基羅把它用十四行詩刻在彩色大理石上的嗎？但在我們這個世紀，卻很奇怪……是的，道林．格雷無意中對畫了那幅美妙畫像的畫家產生了莫大的影響，他也要嘗試這樣影響道林．格雷。他要設法支配他——實際上他已經成功了一半。他要把那個奇妙的精靈收歸己有。這個愛情與死亡之子身上有種東西讓人心醉神迷。

他突然止步，抬頭看了看房子。他發現已經走過了姑姑家一段距離，暗自好笑，轉身往回走。當他走進有點陰沉的門廳時，管家告訴他，他們已經進去吃午飯了。他把帽子和手杖遞給了一個男僕，走進餐廳。

「又遲到了，哈里。」他姑姑叫道，直搖頭。

他隨口編了個理由，在她旁邊的空位上坐下，掃視了一圈，看看還有些什麼人。道林在桌子那頭羞澀地向他欠了欠身，臉上泛起快樂的紅暈。坐在對面的是哈雷公爵夫人，她有著非常好的品格和性情，每個認識她的人都很喜歡她，她體格龐大，這樣體型的女人，如果不是公爵夫人，一定會被當代歷史學家描述為「肥碩」。在她右邊坐著湯瑪斯．伯頓爵士，一位激進的國會議員，他奉行一條明智而著名的規則：在公開場合緊隨他的領袖，在私人生活中則緊隨最好的廚師，和保守黨人一起吃飯，與自由黨人一起思考。她左邊位置上是特雷德利的厄斯金先生，一位頗有魅力和修養的老紳士，不過，他已經養成了沉默寡言的壞習慣，就像他有一次向愛葛莎夫人解釋的那樣，他在三十歲以前就把該說的話都說了。亨利勛爵自己旁邊是范德勒夫人，他姑姑的老朋友之一，是女人中的完美聖人，但穿得一塌糊塗，讓人想起裝訂得很差的聖歌集。幸而她的另一邊有福德爾勛爵，一個聰明絕頂的中年庸人，他那光禿禿的頭猶如下議院部長的聲明般不加掩飾，她正極其認真地跟他談著話，他以前說過，這種極其認真的態度是所有真正的好人都逃不了、改不掉而又不可原諒的一種錯誤。

「我們正在說可憐的達特摩爾，亨利勛爵，」公爵夫人高聲說，一邊愉快地隔著桌子向他點頭，「你認為他真的會娶那位迷人的年輕小姐嗎？」

「我相信她已經下定決心向他求婚了，公爵夫人。」

「真可怕！」愛葛莎夫人驚歎道，「真的，應該有人出面干涉一下。」

「我聽到可靠的消息，說她的父親開著一爿美式乾貨店。」湯瑪斯．伯頓爵士神氣十足地說。

「我舅舅說她家是做豬肉包裝的，湯瑪斯爵士。」

「乾貨店！美式乾貨有些什麼呀？」公爵夫人驚異地舉起兩隻大手，「有」字念得特別重。

「美國小說。」亨利勛爵吃著鵪鶉肉說。

公爵夫人一臉困惑。

「別理他，親愛的，」愛葛莎夫人低聲說，「他說的話一向不能當真。」

「剛發現美洲的時候……」激進派議員說——他開始講些令人感到乏味的事實。像所有試圖窮盡某個主題的人一樣，他把聽眾弄得筋疲力竭。公爵夫人歎了口氣，行使了她打斷別人說話的特權。「我真希望它從來沒被發現！」她大聲說，「真的，如今我們的女孩都沒機會了。這太不公平了。」

「也許，美洲根本沒被發現過，」厄斯金先生說，「我個人的觀點是，美洲只不過被探測到了。」

「哦！但我已經見到過真正的美國人了，」公爵夫人含糊地回答，「我得承認，他們大都很漂亮，穿得也很好，他們的衣服都是在巴黎買的。我希望我也能這樣。」

「據說好的美國人死後都會去巴黎。」湯瑪斯爵士笑著說，他有一櫃子這種過時幽默。

「是嗎？那壞的美國人死後會去哪裡呢？」公爵夫人問道。

「去美國。」亨利勛爵低聲說。

湯瑪斯爵士皺起了眉頭。「恐怕你侄子對那個偉大的國家懷有偏見，」他對愛葛莎夫人說，「我遊遍了美國，坐的是當地官員提供的車子，他們在這種事情上是很講禮數的。我向你保證，遊美國能受教育。」

「但我們要受教育非得去芝加哥嗎？」厄斯金先生可憐巴巴地問，「那麼遠的路我受不了。」

湯瑪斯爵士擺了擺手說：「特雷德利的厄斯金先生的書架上有全世界。我們務實的人喜歡自己去看，不喜歡從書上讀。美國人是一個非常有趣的民族，他們絕對理性，我想這是他們最與眾不同之處，是的，厄斯金先生，他們是絕對理智的民族。我敢說，美國人從來不胡言亂語。」

「多可怕啊！」亨利勛爵喊道，「蠻橫的武力我還能忍，但蠻橫的理智實在受不了。這樣使用理性不太對，這是對理智的暗算。」

「我不懂你的意思。」湯瑪斯爵士說，臉有點紅了。

「我懂，亨利勛爵。」厄斯金先生微笑著低聲說。

「本身有衝突的事都有它的道理……」湯瑪斯爵士又說。

「那裡頭有衝突嗎？」厄斯金先生問，「我不覺得。也許有吧。好吧，自相矛盾之路就是真理之路。為了檢驗現實，我們要讓它走鋼絲。當真理成為雜技演員的時候，我們就好判斷了。」

「天哪！」愛葛莎夫人說，「你們這些男人怎麼這麼會爭辯不休啊！說真的，我永遠搞不清楚你們在說什麼。啊！哈里，我對你很生氣。你為什麼要勸我們可愛的道林．格雷先生不在東區演出？我敢保證，他會成為無價之寶。他們都會愛上他的演奏的。」

「我要他為我演奏。」亨利勛爵笑著叫道，他朝桌子那頭望去，看到一道明亮的目光回應他。

「但白教堂的人很不幸。」愛葛莎夫人接著說。

「除了苦難我什麼都能同情，」亨利勛爵聳聳肩說，「苦難我同情不了，它太醜陋、太可怕、太讓人痛苦了。現代人對痛苦的同情中有些病態的成分。應該同情的是色彩、美、生活的歡樂。對生活中的瘡痍，說得越少越好。」

「不過，東區還是很重要的問題啊。」湯瑪斯爵士嚴肅地搖搖頭說。

「確實，」年輕的勛爵答道，「那是個奴隸制的問題，我們卻想以取悅奴隸來解決它。」

政治家熱切地看著他。「那麼，你建議做哪些改變呢？」他問。

亨利勛爵笑了。「除了天氣之外，我並不希望改變英國的任何東西，」他答道，「我很滿足於哲學性的思考。但是，既然十九世紀已經由於過度揮霍同情心而破產了，我建議我們求助於科學來使我們清醒。感性的優點就在於它會把我們引入歧途，而科學的優點是它不感情用事。」

「可是我們有重大的責任呢。」范德勒夫人怯生生地冒出一句。

「非常重大。」愛葛莎夫人隨聲附和。

亨利勛爵看了看厄斯金先生：「人類太把自己當回事了。這是世界的原罪。如果穴居人會笑，歷史就不是現在這樣了。」

「你真會安慰人，」公爵夫人顫聲說，「我來拜訪你親愛的姑姑時，一直覺得很有罪惡感，因為我對東區一點興趣都沒有。以後我總算可以直面她而不用臉紅了。」

「臉紅滿好看的，公爵夫人。」亨利勛爵說。

「只有年輕人臉紅才好看，」她回答說，「像我這樣的老女人臉紅可不是什麼好兆頭。啊！亨利勛爵，你要是能告訴我怎麼重返青春就好了。」

他想了想，目光越過桌子看著她，問：「你還記得你年輕時犯過什麼大錯嗎，公爵夫人？」

「恐怕很多。」她大聲說。

「那就再犯一次吧，」他一臉嚴肅地說，「想要重返青春，只需重蹈覆轍。」

「真是令人高興的理論！」她讚歎道，「我一定要實踐一下。」

「真是危險的理論！」湯瑪斯爵士從唇邊擠出一句。愛葛莎夫人搖了搖頭，但不禁樂了。厄斯金先生則靜靜地聽著。

「是的，」他繼續說，「這是人生的一大祕密。現在大多數人都死於某種易被忽略的常識，到最後發現，一個人唯一不會後悔的事就是自己犯下的錯誤，但那時已經太晚了。」

一桌子人都笑了。

他把玩著這個念頭，慢慢肆無忌憚起來。他把它拋向空中，換個花樣；讓它逃走，又把它捉回來；給它染上幻想的光彩，插上悖論的翅膀。他滔滔不絕，把對愚蠢的讚頌昇華成一種哲學，而哲學本身則變得年輕起來，世人可以想像她，身穿酒漬斑斑的長袍、頭戴常春藤花冠，伴著瘋狂的歡樂曲，像酒神女祭司巴香特一樣在生命之山上跳舞，並嘲笑愚鈍的森林之神西勒諾斯還保持著清醒。事實在她面前像受驚的林中鳥獸一樣四散。她雪白的腳踩著智者奧馬爾身邊的巨大榨酒機，直到湧出的葡萄汁在她赤裸的雙腿周圍翻騰起一浪一浪紫色的泡沫，紅色的酒泡漫上黑色傾斜的桶壁後緩緩溢出。真是一段不同凡響的即興表演。他感覺到道林．格雷正目不轉睛地看著自己，而因為意識到自己希望吸引聽眾中某個人的心，他似乎更加才思敏捷，想像更富有色彩。他才華橫溢，奇想聯翩，信口開河，把他的聽眾迷得神魂顛倒，他們跟著他的魔笛哈哈大笑。道林．格雷始終沒有把目光從他身上移開，像被施了咒語一樣坐著，笑容在他的嘴唇上接連浮現，而驚訝在他越來越深的眼眸中漸漸變成了嚴肅。

最後，現實以一個穿著時下制服的僕人的模樣走進了房間，告訴公爵夫人她的馬車已經備好了。她裝作很失望地絞著雙手。「真煩人！」她叫道，「我得走了。我要去俱樂部接我丈夫，送他去威利斯議事廳參加一個荒唐的會議，今天輪到他主持。要是我遲到了，他一定會大發雷霆。我可不能戴著這頂帽子和他吵架，它太脆弱了，一句重話就能把它毀了。哎，我得走了，親愛的愛葛莎。再見，亨利勛爵，你真討人喜歡，也讓人喪氣。我真不知道該怎麼評價你的觀點。改天你一定要來和我們一起吃晚飯。星期二怎麼樣？你星期二有空嗎？」

「為了你，我可以拒絕其他任何人，公爵夫人。」亨利勛爵鞠了一躬。

「啊！那太好了，但這樣做也不對，」她大聲說，「記得一定要來呀！」她說著，飄出了房間，愛葛莎和其他幾位夫人跟在後面。

亨利勛爵重新坐下，厄斯金先生走過來，在他旁邊的椅子上坐下，把手放在他的手臂上。

「你出口成章，」他說，「你為什麼不寫本書呢？」

「我太喜歡看書了，所以不想寫書，厄斯金先生。我當然想寫一部小說，一部像波斯地毯一樣可愛而又不真實的小說。但英國沒有什麼文學讀者，大家只看報紙、課本和百科全書。在世界上所有的民族裡，英國人是最沒文學美感的。」

「恐怕你說得沒錯，」厄斯金先生回答，「我自己過去也曾有過文學上的雄心壯志，但早就放棄了。現在，我親愛的年輕朋友，如果你允許我這樣稱呼你的話，請問你在午餐時對我們說的那些話是當真的嗎？」

「我都忘了我說什麼了，」亨利勛爵微笑著說，「都是很糟糕的話嗎？」

「確實很糟糕。事實上我覺得你這個人非常危險，如果我們善良的公爵夫人出了什麼事，我們都會覺得你要負主要責任。但我想和你談談人生。我們這代人都乏味無趣。哪天你厭倦了倫敦的生活，就到特雷德利來，我有幸擁有幾瓶勃艮第好酒，我們可以一邊喝著，一邊聽你講你的快樂哲學。」

「我會被迷住的。能拜訪特雷德利是我的一大榮幸，它有一個完美的主人和一個完美的圖書館。」

「你來了才完美，」老先生彬彬有禮地欠了欠身，「現在我要去和你的好姑姑告別了。我該去文學協會了。現在我們該在那裡打瞌睡的。」

「你們所有人，厄斯金先生？」

「我們四十個人，坐在四十張扶手椅上打瞌睡。為開辦英國文學學會，我們先練習一下。」

亨利勛爵笑著站起身來。「我要去公園。」他高聲說。

他正要出門，道林．格雷碰了碰他的胳臂。「我跟你一起去吧。」他低聲說。

「我還以為你已經答應了巴茲爾．霍爾沃德要去看他呢。」亨利勛爵答道。

「我更想跟你一起走。嗯，我覺得我一定要跟你一起去。讓我去吧。還有，你能答應一直跟我說話嗎？沒人說得像你那麼好。」

「啊！我今天已經說得夠多了，」亨利勛爵笑道，「我現在只想觀察生活。如果你願意的話，可以和我一起觀察。」

第四章

戀情

一個月後的一個下午，在亨利勛爵位於梅菲爾的家中的圖書室裡，道林．格雷倚在一張豪華扶手椅上。房間本身很迷人，四面是高高的橄欖色橡木牆裙，奶油色的中楣，有浮雕的灰泥天花板，磚粉色地氈上還鋪著綴有絲綢長流蘇的波斯小地毯。一張小小的椴木桌上放著一個出自法國雕塑家克洛迪恩之手的小雕像，旁邊有一本《小說百篇》，是十六世紀法國宮廷書籍裝訂師克洛維斯．伊芙為瑪戈王后裝訂的那一版，上面飾塗金雛菊，是王后自己選定的圖案。壁爐架上擺著一些大青瓷花瓶，裡面插著鸚鵡鬱金香。倫敦夏日的杏色光線從鉛製小窗格流淌進來。

亨利勛爵還沒來。他總是遲到，他的原則是：守時是時間的竊賊。因此年輕人看起來有點鬱悶，無精打采地翻著他從書架上找到的一本帶精美插圖的《曼儂．勒斯科》[1]。一個路易十四時代的鐘刻板單調地滴答響著，讓他心煩意亂。有一兩次他都想走了。

最後，他終於聽到外面有腳步聲，門開了。「你怎麼這麼晚啊，哈里！」他咕噥說。

「不好意思，不是哈里，格雷先生。」一個尖嗓子回答道。

他連忙回頭一看，站起身來：「請原諒。我還以為——」

「你以為是我丈夫，結果來的只是他的妻子。你得讓我自我介紹一下。我對你很熟，看過你的照片。我想我丈夫有十七張你的照片。」

「沒有十七張吧，亨利夫人。」

「那就是十八張好了。前幾天晚上我還看見你和他一起去看歌劇。」她邊說邊神經質地笑著，用她矇矇矓矓的淡藍色眼睛看著他。她是個古怪的女人，她的衣服總像是在盛怒中設計、在暴跳如雷中穿上的。她總是對某個人懷著愛意，但一腔熱情從未得到過回應，因此只能把所有幻想放在心裡。她想要讓自己看起來如詩如畫，結果卻成了凌亂不堪。她名叫維多莉亞，狂熱地愛去教堂。

「是在演《羅恩格林》的時候吧，亨利夫人？」

「對，是可愛的《羅恩格林》。我最喜歡華格納的音樂了，聲音很大，一個人可以一直說話，別人卻聽不到你在說什麼。真是一大好處，你不覺得嗎，格雷先生？」

一陣神經質的斷續笑聲又從她薄薄的嘴唇間蹦出來，她手裡開始把玩一把長長的玳瑁柄裁紙刀。

道林笑著搖了搖頭：「我恐怕不這麼想，亨利夫人。聽音樂的時候我從來不說話——至少在聽好的音樂的時候。如果聽到糟糕的音樂，倒是有責任把它淹沒在談話聲裡。」

「啊！這也是哈里的觀點吧，格雷先生？我老是從他的朋友那裡聽到他的觀點。這是我瞭解那些觀點的唯一途徑。但你千萬別以為我不喜歡好的音樂。我喜歡它，但我又害怕它。它讓我太浪漫了。哈里說我只是愛慕鋼琴家——有時同時愛慕兩個。我不知道他們身上有什麼東西吸引我，也許因為他們是外國人吧。他們都是外國人，對吧？即使是那些在英國出生的人，後來也變成了外國人，不是嗎？他們真聰明，弘揚了藝術，讓藝術變成了世界性的，對不對？你還沒有參加過我辦的晚宴吧，格雷先生？你一定要來。我買不起蘭花，但我會不惜花錢請外國人的。有他們在場，整個屋子都絢爛多姿。哎，哈里來了！哈里，我來找你想問你點事——我忘了是什麼事了——然後發現格雷先生在這裡。我們聊音樂聊得很愉快。我們的想法很一致，不，我想是很不一致。不過他很討人喜歡，我很高興能見到他。」

「我很高興，親愛的，非常高興。」亨利勛爵抬起他那月牙形的黑眉毛，帶著有趣的微笑看著他們倆。「真對不起，我來晚了，道林。我去沃德街看了一匹老錦緞，然後不得不

1 法國作家安東尼・普列沃斯的小說，一七三一年出版，描寫年輕貴族格里厄對窮女孩曼儂的愛情。

為它討價還價了幾個小時。現在的人啊什麼東西的價格都知道，但什麼東西的價值都不知道。」

「我恐怕要走了。」亨利夫人喊道。她突然傻乎乎地笑了起來，打破了尷尬的沉默。「我答應和公爵夫人一起坐車出去。再見，格雷先生。再見，哈里。我想你們會在外面吃飯吧？我也是。說不定會在索恩伯里夫人家碰到你們。」

「肯定會的，親愛的。」亨利勛爵說。她像一隻淋了一夜雨的天堂鳥那樣飛出了房間，留下一股淡淡的素馨花香。他在她身後關上了門，然後點了一支菸，倒在沙發上。

「永遠不要娶淡黃頭髮的女人，道林。」他抽了幾口菸後說。

「為什麼，哈里？」

「她們太多愁善感了。」

「但我喜歡多愁善感的。」

「根本就不要結婚，道林。男人結婚是因為累了；女人結婚是因為好奇。結果都會失望。」

「我覺得我不會結婚，哈里。我愛得太深了。這是你的一句箴言。我正在付諸實踐，你說的我都照做了。」

「你愛上誰了？」亨利勛爵頓了頓問。

「一個女演員。」道林．格雷紅著臉說。

亨利勛爵聳了聳肩：「這個開場還滿老套的。」

「你看到她就不會這麼說了，哈里。」

「她是誰啊？」

「她叫西碧兒．范。」

「沒聽說過。」

「沒人聽說過。不過他們總有一天會聽說的。她是個天才。」

「親愛的孩子，沒有哪個女人會是天才。女人是個裝飾性的性別。她們從來沒有什麼可說的，但又說得娓娓動聽。女人代表著物質對心靈的勝利，就像男人代表著心靈對道德的勝利一樣。」

「哈里，你怎麼能這麼說？」

「我親愛的道林，這是真的。我現在正在分析女人，所以我很清楚。這個課題並不像我想像的那麼深奧。我發現，歸根結柢，只有兩種女人，一種是樸素的，一種是多彩的。樸素的女人很有用，如果你想獲得受人尊敬的名聲，只要帶她們去吃晚飯就行了。另一種女人很迷人，但她們犯了個錯誤：她們化妝，想方設法讓自己看起來更年輕。我們的祖母輩化妝是為了讓自己說話時更有光彩，胭脂曾經和智慧是分不開的。現在不是這樣了。一個女人只要能看起來比自己的女兒年輕十歲，她就很滿意了。至於交談，倫敦只有五個女人值得交談，其中兩個還進不了正經人的社交圈。好啦，跟我說說你的天才吧。你認識她多久了？」

「啊！哈里，你的觀點太可怕了。」

「別管了，你認識她多久了？」

「大概三個星期。」

「你在哪裡遇到她的？」

「我現在就告訴你，哈里，但你可不能一副無動於衷的樣子。畢竟，要是我沒遇到你，這一切也不會發生。你讓我充滿了瘋狂的欲望，想去瞭解生活的一切。遇見你之後好幾天，我的血管裡似乎有什麼東西在跳動。當我在公園裡閒逛，或者在皮卡迪利大街上散步時，我經常看著每一個經過我身邊的人，帶著瘋狂的好奇心想知道他們過著什麼樣的生活。他們中的一些人讓我著迷，還有一些讓我恐懼。空氣中彌漫著美妙的毒素，而我渴望去品嘗……嗯，有天晚上，大約七點，我決定出去探險。我感到我們這個灰濛濛如鬼魅般的倫敦，有無數的人，有骯髒的罪人，還有燦爛的罪惡，就像你說過的那樣，一定有什麼東西在等著我。我幻想了無數的事情。光是危險本身就給了我一種愉悅感。我想起了我們第一次一起吃飯的那個美妙夜晚，對美的追求是生命真正的祕密。我不知道自己期待的是什麼，只是出了門，信步往東走，很快就在骯髒的街道和寸草不生的漆黑廣場組成的迷宮裡失去了方向。大約八點半時，我經過了一個怪模怪樣的小劇場，煤氣燈很炫目，戲單花裡胡哨，門口站著一個醜陋的猶太人，穿著我這輩子見過最奇怪的背心，抽著廉價雪茄。他的頭髮油膩膩的，在髒兮兮的襯衫中央有一顆巨大的鑽石在閃耀。『要包廂嗎，老爺？』他看到我就說，奴才氣十足地摘下帽子。他身上有種東西讓我覺得很有趣，哈里，他真是個怪物。我知道你會笑我，但我真的進去了，花了整整一幾尼要了個包廂。到現在我也不明白自己為什麼會進去。但如果我沒進去——親愛的哈里，如果我沒進去——我就會錯過我一生中最浪漫的事了。我看出來了你在笑我。你真可怕！」

「我沒笑，道林，至少我不是在笑你。但你不應該說這是你一生中最浪漫的事，應該說這是你生命中的第一段浪漫事。你會永遠有人愛的，你也會永遠迷戀愛情。多情是無所事事者的特權，也是一個國家的有閒階級的一個用處。別害怕，等著你的美妙東西多得是，這只不過是開始。」

「你覺得我的天性這麼膚淺嗎？」道林·格雷憤怒地喊道。

「不，我覺得你的天性可深沉了。」

「什麼意思？」

「親愛的孩子，一生只愛一次的人，才是真正淺薄的人。他們所謂的忠誠和堅貞，我都稱之為習慣性的懶惰或是缺乏想像力。忠貞對於感情生活來說，就像一貫性對於智力生活一樣——只是一種對失敗的承認。忠誠！哪天我要來分析一下，其中包含著對財產的執念。有許多東西，要不是怕被別人撿到，我們都會扔掉的。但我不想打斷你，繼續講你的故事吧。」

「嗯，我坐進了一個可怕的小包廂，正對著一幅俗氣的升降布幕，我從簾子後面看出去，環視了一下劇場。真是俗不可耐，到處都是丘比特和豐饒角[2]，就像一個三等婚禮蛋糕。頂層樓座和正廳後座坐了很多人，但黑漆漆的前兩排卻空蕩蕩的，那個大概叫『花樓』[3]的地方也幾乎不見人影。女人拿著橘子和薑汁啤酒走來走去，還有很多人在大吃堅果。」

「肯定就像英國戲劇的全盛時期那樣。」

「我覺得應該滿像的，很悶。看到戲單的時候我真不知道自己到底該怎麼辦了。你猜是什麼戲，哈里？」

「我猜是《傻小子》，或者《天真的啞巴》。我覺得上一輩人喜歡那種戲。道林，我活得越久就越深切地感覺，合上一輩人口味的東西並不合我們這輩人的口味。在藝術和政治上都一樣，『老頭子總是錯的』。」

「這齣戲是合我們口味的，哈里。那是《羅密歐與茱麗葉》。我要承認，我對看到莎士比亞在這麼一個破地方上演感到不痛快，但又覺得也有點意思。總而言之，我決定等著看第一幕。樂隊很差勁，領奏的是個年輕的希伯來人，他吱吱嘎嘎地彈著鋼琴，我幾乎聽不下去想走了，但最後布幕終於拉開了，戲開始了。羅密歐是個上了年紀的胖先生，眉毛是用軟木炭畫的，嗓音悲戚沙啞，身材像啤酒桶。他的好友茂丘西奧也是一樣糟糕，演員是一個三流的丑角，信口插科打諢，倒挺受正廳後排觀眾的歡迎。布景和他們兩個人一樣怪異，就像鄉下來的戲班。但是茱麗葉！哈里，你想像一下這麼個女孩：幾乎不到十七歲，小臉像花一樣，一個希臘式的小腦袋，盤著一圈深褐色的辮子，眼睛像兩汪紫色的湧泉，雙唇像玫瑰花瓣。她是我這輩子見過最可愛的事物。你跟我說過，你對悲情無動於衷，但美，光是美，就能讓你熱淚盈眶。我跟你說，哈里，我幾乎看不清這個女孩，因為我淚眼矇矓。還有她的聲音——我從沒聽過那麼好聽的聲音：一開始很低沉，圓潤柔美，似乎單單落在你耳邊；然後，稍微高了起來，聽起來像長笛或悠遠的雙簧管；在花園那場戲裡，它婉轉震顫，就像大家在黎明前聽到的夜鶯歌唱一樣；後來，有時它又有小提琴的那種狂放激情。你知道聲音能多麼撩人。你的聲音和西碧兒．范的聲音是我永遠也不會忘的，我閉上眼睛就能聽到它們在說著不同的事，我不知道該聽誰的。我怎麼能不愛她呢？哈里，我真的愛她。她是我生命中的一切。每天晚上我都去看她的演出。這一晚她是羅瑟琳[4]，第二晚她是伊莫金[5]；我看見

2 源自古希臘神話中的山羊角，後來指裝滿鮮花和水果的羊角形裝飾物。

3 劇院的樓廳前座，二樓正座。

她從情人的唇上吸吮毒藥，死在陰暗的義大利墓穴裡[6]；我看見她打扮成一個穿緊身褲、緊身短上衣，頭戴精美帽子的漂亮男孩，在阿爾丁森林裡遊蕩[7]；她瘋過，來到一個有罪的國王面前，讓他戴上芸香，品嘗苦草[8]；她天真過，被嫉妒的黑手掐斷了她蘆葦般的脖子[9]。我看見她的各種年齡，穿著各種服飾。普通的女人根本不會激發人的想像，她們被局限在她們的世紀裡，沒有任何魅力能讓她們改變。別人瞭解她們的思想，就像瞭解她們的帽子一樣容易。找到她們很容易，她們中的任何一個都毫無神祕可言，早上在公園騎馬，下午在茶會上聊天。她們有著同一套笑容和風行的舉止。她們全都一目了然。但是女演員！女演員是多麼不同啊！哈里！你為什麼不告訴我世界上唯一值得愛的是女演員？」

「因為我愛過很多個了，道林。」

「哦，是的，那些染了頭髮、濃妝豔抹的可怕傢伙。」

「別把染髮和化妝貶得一文不值。她們有時候也有種異乎尋常的魅力。」亨利勛爵說。

「我現在真希望我沒告訴你西碧兒·范的事。」

「你不可能不告訴我，道林。你這輩子都會對我傾訴一切的。」

「是的，哈里，我想是這樣。我忍不住要跟你說的，你對我有種奇怪的影響。如果我犯了罪，我也會來對你坦白。你會理解我的。」

「像你這樣的人——無拘無束的生命之光——是不會犯罪的，道林。但我還是很感謝你的褒獎。現在告訴我——好孩子，把火柴給我——謝謝——你和西碧兒・范到底是什麼關係了？」

道林・格雷跳了起來，滿臉通紅，眼神熾熱：「哈里！西碧兒・范是神聖的！」

「只有神聖的東西才值得碰呢，道林，」亨利勛爵說著，聲音裡帶著一絲奇怪的傷感，「可是你為什麼要生氣呢？我想她總有一天會是你的。人在戀愛時，總是以欺騙自己開始，也總是以欺騙別人結束。這就是世人所說的羅曼史。不管怎麼樣，我想，你是認識她的吧？」

「我當然認識她。我去劇院的第一個晚上，演出結束以後，那個討厭的老猶太人就來我包廂裡，說要帶我去後臺認識她。我對他大發雷霆，告訴他茱麗葉已經死了幾百年了，她的遺體就躺在維羅納的一座大理石墓裡。看他茫然不知所以的表情，我想他一定以為我喝了太多香檳還是什麼的。」

4 莎士比亞戲劇《皆大歡喜》女主角。
5 莎士比亞戲劇《辛白林》女主角。
6 指《羅密歐與茱麗葉》中的茱麗葉之死。
7 位於法國、比利時、盧森堡三國交界處，是《皆大歡喜》中的主要場景之一。
8 指《哈姆雷特》中的奧菲莉亞發瘋。
9 指《奧賽羅》中的苔絲狄蒙娜之死。

「我不覺得奇怪。」

「然後他問我是不是替哪家報紙寫稿的。我跟他說，我甚至從來都不看報。他似乎很失望，又跟我說，所有劇評家都串通起來和他作對，他要一個個買通他們。」

「我覺得他說得不假。不過，另一方面，從外表看，大多數劇評家的身價實在也不怎麼高。」

「嗯，他似乎覺得自己力所難及了，」道林笑道，「不過，就在這個時候，劇場的燈熄了，我不得不走了。他想讓我嘗嘗他極力推薦的雪茄，我謝絕了。當然，第二天晚上，我又去了那裡。他一看到我，就深深鞠了個躬，並誇我是個慷慨大方的藝術贊助人。他是那種非常讓人討厭的傢伙，雖然他對莎士比亞滿懷熱情。他有一次自豪地告訴我，他五次破產都是因為『吟遊詩人』，他堅持稱莎士比亞為『吟遊詩人』，似乎覺得這是一種殊榮。」

「確實是殊榮，親愛的道林——極大的殊榮。大多數人破產是因為在日常生活方面投資太大，為了詩歌而破產的確是一種榮譽。不過你什麼時候和西碧兒．范第一次說上話的？」

「第三天晚上。她演羅瑟琳那晚。我情不自禁走過去，給她扔了一些花，她看了我一眼——至少我以為她看了我一眼。那個老猶太人很執著，似乎決意要把我帶到後臺去，我就同意了。我不想認識她，這很奇怪吧？」

「不，我不覺得奇怪。」

「親愛的哈里，為什麼？」

「等下再告訴你。你先跟我說那個女孩吧。」

「西碧兒？哦，她好害羞，好溫柔。她身上有股孩子氣。我對她說我對她的表演的看法時，她的眼睛驚訝地睜得大大的，好像完全沒有意識到自己的魅力。我覺得我們都有點緊張。老猶太人笑嘻嘻地站在灰撲撲的休息室門口，把我們兩個都美言了一番，而我們則像孩子一樣站在那裡你看我、我看你。他堅持要叫我『老爺』，我只好對西碧兒聲明我不是什麼老爺。她乾脆地對我說：『你看起來更像王子。我得叫你白馬王子。』」

「我得說，道林，西碧兒小姐知道怎麼恭維人。」

「你不瞭解她，哈里。她只是把我看成一個劇中人而已。她對生活一無所知。她和她母親住在一起，她媽媽也是演員，但已年老色衰，我去的第一天晚上，她扮演的是凱普萊特夫人，穿著一件洋紅色的晨袍，看起來似乎也曾經美過。」

「我知道那種樣子，看了讓人沮喪。」亨利勛爵賞鑒著自己的戒指，低聲說。

「那個猶太人想告訴我她的過去，但我說我不感興趣。」

「你做得很對。別人的悲劇裡總有些很可恥難堪的東西。」

「我只關心西碧兒。她是從哪裡來的，跟我有什麼關係？從她的小腦袋到她的小腳，都徹頭徹尾、百分之百地神聖。此後我人生中的每個晚上，都要去看她的演出，而她一晚比一晚更迷人。」

「難怪你現在再也不和我一起吃飯了。我就想你一定陷進了什麼奇特的戀情裡，結果還真是這樣，但和我期待的不太一樣。」

「親愛的哈里，我們每天不是一起吃午飯就是一起吃晚飯，我還和你一起去過好幾次歌劇院呢。」道林驚訝地睜著藍眼睛說。

「你總遲到很久。」

「好吧，我不能不去看西碧兒的演出，」他喊道，「哪怕只看一幕也好。我渴望見到她。我一想到那小小的象牙般的身體裡藏著的美妙靈魂，就滿心敬畏。」

「今晚你可以和我一起吃飯吧，道林？」

他搖了搖頭。「今晚她演伊莫金，」他回答說，「明晚她演茱麗葉。」

「她什麼時候是西碧兒．范？」

「永遠不是。」

「我恭喜你。」

「你真討厭！她集世上所有偉大的女主角於一身。她不只是一個人。你笑吧，但我告訴你，她有天才。我愛她，我一定要讓她也愛上我。你不是知道人生的一切祕密嗎？告訴我怎麼吸引西碧兒．范來愛我！我要讓羅密歐嫉妒，我要讓世界上死去的戀人聽到我們的笑聲，並為此悲傷。我想用我熱烈的氣息，使已化作塵土的他們重獲知覺、感到痛苦。天哪，哈里，我真愛慕她啊！」他邊說邊在房間裡走來走去，臉頰上燒起兩片紅雲，興奮得不得了。

亨利勛爵帶著一種微妙的愉悅看著他。他現在和他在巴茲爾·霍爾沃德的畫室裡遇到的那個羞澀膽怯的男孩太不一樣了！他的天性已經像花兒一樣生長，開出了火焰般鮮紅的花朵。他的靈魂從祕密的藏身處爬了出來，欲望已經在迎接它的路上。

「你打算怎麼辦呢？」亨利勛爵最後說。

「我想讓你和巴茲爾找個晚上跟我一起去看她的演出。我一點也不擔心結果。你們一定會承認她的天才。然後我們一定要把她從猶太人手裡救出來。她跟他簽了三年的合約——從現在起至少還有兩年零八個月。我當然得給他一些錢。等這些問題都解決了，我就在西區找個劇院，讓她體體面面地出場。她會讓全世界都像我一樣為她瘋狂的。」

「那是不可能的，親愛的孩子。」

「可能的，她會的。她身上不僅有藝術和完美的藝術直覺，她還長得很美。你經常跟我說，左右時代的是美貌，而不是原則。」

「好吧，我們哪天晚上去？」

「讓我想想。今天是星期二，就明天吧。明天她演茱麗葉。」

「好吧。八點在布里斯托爾見，我會叫巴茲爾也一起來。」

「八點不行，哈里，六點半吧，我們要在開幕前到。你們要看她演第一幕，她初遇羅密歐。」

「六點半！那麼早！那時候吃點心、看看英文小說還可以。一定要七點。沒有哪個紳士在七點之前吃飯的。這段時間裡你會去見巴茲爾嗎？還是我寫信給他？」

「親愛的巴茲爾！我已經一個星期沒見他了。我太差勁了。他把我的畫像送來了，配了他專門設計的精美的框，雖然我有點嫉妒這幅畫比我年輕整整一個月，但我必須承認我很喜歡它。也許還是你給他寫信比較好。我不想單獨見他。他說的東西讓我很煩，還老是給我提建議。」

亨利勛爵笑了笑：「人很喜歡把自己最需要的東西送給別人。這就是我所說的慷慨的深意。」

「哦，巴茲爾人很好，但我覺得他好像有點平庸。認識你以後我發現了這一點，哈里。」

「親愛的孩子，巴茲爾把他身上一切迷人的東西都放到作品裡去了。結果就是，他生活裡除了偏見、原則和常識以外，就什麼也沒有了。我認識的藝術家裡，他們本人吸引人的，都是糟糕的藝術家。好的藝術家只存在於他們的作品中，他們本人都是沒什麼意思的。偉大的詩人、真正偉大的詩人，是所有生物裡最沒有詩意的。但蹩腳詩人卻絕對迷人。他們的詩寫得越差，樣子就越別致。一個人要是出版了一本二流的十四行詩集，他就會魅力難當。他的生活，就是他沒本事寫出來的詩；而另一些人寫出了詩，卻不敢實踐詩一般的生活。」

「真的嗎，哈里？」道林．格雷說，一邊從桌上放著的一個金瓶蓋大瓶子裡灑出一點香水在手帕上，「既然你這麼說，那就一定是真的吧。我要走了，伊莫金在等我。明天的事別忘了。再見了。」

他一離開房間，亨利勛爵沉重的眼皮就垂了下來，他開始思考。顯然，很少有人像道林．格雷這樣讓他感興趣，然而這個年輕人瘋狂地愛上了別人卻沒有引起他絲毫的惱怒或嫉妒。他為此感到高興，因為這使格雷成了一個更有趣的研究對象。他一直醉心於自然科學的研究方法，但自然科學的尋常論題對他來說又似乎太瑣細，沒有意義。於是他剖析完自己，又去剖析別人。人生——在他看來，那是唯一值得研究的東西。與它相比，再沒有別的有價值之事。的確，當一個人看著生命在痛苦和快樂的奇特熔爐中煎熬時，不可能戴上玻璃面具，也不可能阻止硫黃的煙霧熏壞大腦，讓想像被醜惡的幻想和畸形的夢境攪渾。有些毒藥如此微妙，如果想知道它們的毒性，就必須自己中毒。有些病症如此奇怪，如果想瞭解它們的病理，就必須親自罹患。然而，你會得到多大的回報啊！整個世界對你來說變得多麼美妙！注意到激情那奇特而堅實的邏輯，和理智那多情又多彩的生活，觀察它們在哪裡相遇、在哪裡分離、在什麼時候一致、什麼時候不一致——那本身就是一種樂趣！代價是什麼又有什麼關係呢？只要能得到感受，付出多少代價都是值得的。

他意識到——這個念頭使他瑪瑙色的眼睛裡閃爍著快樂的光芒——正是由於他的某些話，某些以音樂般的語調說出的音樂般的話，道林．格雷的靈魂轉向了這位單純的女孩，並拜倒在她的石榴裙下。在很大程度上，這個年輕人是他創造的，他讓他早熟了。這有點意思。普通人等著生活向自己顯露祕密，但對極少數人、上天的寵兒來說，在生活揭開面紗之前，它的祕密就已一覽無餘。有時，這是藝術的效果，大部分是直接以激情和理智為主題的文學藝術的效果。但偶爾也會由一種複雜的人格魅力，以它的方式代替藝術，承擔了那樣的職能。那也是一件真正的藝術作品，是人生的精美傑作，就像詩歌、雕塑或繪畫一樣。

是的，這個年輕人早熟了。還沒到春天，他就已經開始收穫。青春的脈搏和激情在他的身體裡，而他開始有自我意識。觀察他是一種快樂。他那美麗的臉龐，還有美麗的靈魂，都讓人驚奇。至於這一切如何結束，或注定要結束，都不重要。他就像慶典或戲劇中某個優雅的人物，他的快樂似乎離人很遠，但他的悲傷卻能激起人的美感，他的傷口就像紅玫瑰一樣美。

靈魂與肉體、肉體與靈魂——它們是多麼神祕啊！靈魂中有動物性，而肉體也有靈性的時刻。感官可以昇華，理智可以墮落。誰能說得清肉體的衝動在哪裡停止，或靈魂的衝動在哪裡開始？尋常心理學家的武斷定義是多麼淺薄！而要在各種學派的主張之間決定取捨，又是多麼困難！靈魂是寓居於罪孽軀殼中的影子嗎？還是像義大利哲學家布魯諾所認為的那樣，肉體包含在靈魂之中？精神與物質的分離是一個謎，精神與物質的結合也是一個謎。

他開始懷疑，我們是否能把心理學變成一門絕對精準的科學，使生命中的每個小湧泉都能被我們發現。事實上，我們總是誤解自己，也很少理解他人。經驗是沒有倫理價值的。它只是世人給自己的錯誤起的名字。道德家通常把它看作一種警告方式，聲稱它對性格的培養具有一定的道德功效，讚揚它可以教我們遵循什麼，告訴我們應當避免什麼的。但經驗中沒有任何驅動力。它和良心一樣，都沒有什麼積極的動因。它真正能昭示的是，我們的未來會和我們的過去一樣，我們曾經懷著厭惡犯下的罪，我們還將懷著喜悅犯很多次。

他很清楚，實驗是唯一能對情欲加以科學分析的方法。道林．格雷就是他手上的課題，似乎有望取得豐碩的成果。他突然瘋狂地愛上了西碧兒．范，這是很有意思的心理現象。毫無疑問，這與好奇心對新體驗的渴望有很大的關係，然而這種激情並不簡單，它相當複雜。男孩純感官的本能，經過想像的加工，變成了對這個年輕人來說與感官相去甚遠的東西，因而更加危險。正是我們自欺欺人的激情，對我們的控制最為強烈。我們能意識到其本質的動機，是最弱的驅動力。往往，當我們以為自己在別人身上做實驗的時候，其實是在拿自己做實驗。

當亨利勛爵坐著為這些事情浮想聯翩的時候，有人敲門，僕人進來提醒他該更衣赴宴了。他起身向街上望去，夕陽把對面房屋的上層窗戶染成了金紅色，窗玻璃像燒熱的金屬板一樣發著光，上方的天空像一朵凋謝的玫瑰。他想著朋友年輕而火熱的生活，不知道這一切將如何結束。

大約十二點半的時候，他回到家，看到大廳的桌子上躺著一封電報。打開一看，發現是道林・格雷發來的，說他與西碧兒・范訂婚了。

第五章

演員

「媽媽、媽媽，我真開心！」女孩把臉埋在那個面容憔悴、滿臉倦容的婦人的腿上，輕聲說。母親坐在他們那間破舊的起居室裡僅有的一張扶手椅上，背對著破窗而入的刺眼陽光。「我真開心！」她重複說，「你也要開心呀！」

范太太皺了皺眉頭，把一雙因為化妝太多而發白的瘦手放在女兒的頭上。「開心！」她答道，「我只有看你演戲的時候才開心，西碧兒。你除了演戲之外，什麼也不要想。以撒斯先生對我們很好，我們還欠他錢。」

女孩抬起頭來，噘起了嘴。「錢，媽媽？」她喊道，「錢有什麼關係？愛比錢重要。」

「以撒斯先生已經給我們預支了五十英鎊，讓我們還債，還為詹姆斯買了一套合適的衣服。你千萬別忘了，西碧兒。五十鎊是筆大數目。以撒斯先生已經想得很周到了。」

「他不是紳士，媽媽，我討厭他跟我說話的樣子。」女孩說著，站起來走到窗前。

「要是沒有他，我真不知道我們要怎麼辦。」老婦人不高興地說。

西碧兒・范揚了揚頭，笑了起來。「我們不需要他了，媽媽。現在有白馬王子照顧我們的生活了。」隨後，她停住不說話了。一朵玫瑰花在她的血液裡搖晃著，紅暈泛上臉頰，花瓣似的嘴唇被急促的呼吸吹開，輕輕顫動，激情的南風拂過她，在她衣服上掀起精巧的褶皺。「我愛他。」她只說。

「傻孩子！傻孩子！」回答是一串鸚鵡似的重複的話，伴隨著戴著假珠寶的變形手指舞動，顯得很怪異。

女孩又笑了，聲音裡透著籠中鳥的喜悅。她的眼睛裡閃爍著光，回應了那個調子，然後閉了一會兒，像是要隱藏自己的祕密。當她再睜開眼時，還能看見剛飄過的夢幻薄霧。

薄嘴唇的聰明人坐在破舊的椅子上，暗示她要謹慎，彷彿從一本以常識之名寫就的儒弱之書中引經據典。她沒在聽，她正在激情的囚室裡逍遙，她的王子、白馬王子，和她在一起。她用記憶重塑了他的形象，她讓自己的靈魂去尋找他，把他帶回來。他的吻再次在她唇上燃燒，她的眼瞼又被他的呼吸溫暖著。

然後，聰明人換了個方法，談起了觀察和發現。這個年輕人可能很有錢。如果是這樣，就應該考慮結婚。世俗狡猾的浪打在西碧兒的耳郭上，破碎了。狡詐的箭支從她身邊飛過。她看著那張薄薄的嘴唇在動，笑了。

她忽然覺得應該說點什麼。她對那絮絮叨叨的不知所云感到厭煩。「媽媽、媽媽，」她叫道，「他為什麼這麼愛我？我知道我為什麼愛他。我愛他，因為他就像是愛本身。可是他在我身上看到了什麼？我配不上他。但是——我說不清楚為什麼——雖然我覺得自己比他差很多，但我並不感到卑微。我覺得驕傲，非常驕傲。媽媽，你當時是像我愛白馬王子一樣愛爸爸嗎？」

老婦人臉上蓋著厚厚的粗劣脂粉，還是看得出面色發白了，乾枯的嘴唇痛苦地抽搐著。西碧兒衝過去，摟住她的脖子，親吻她：「對不起，媽媽。我知道說起爸爸讓你難過了。但你難過就是因為你太愛他了呀。別那麼悲傷了。我現在就像你二十年前一樣開心。啊！讓我永遠開心吧！」

「女兒啊，你現在想戀愛的事還太年輕了。再說，你對那個年輕人瞭解多少？你連他的名字都不知道。整件事都滿麻煩的，真的，詹姆斯要去澳洲，又有一大堆事要我操心，我得說，你要多想想。不過，我剛才說過，如果他有錢……」

「啊！媽媽、媽媽，讓我開心一下吧！」

范太太瞥了她一眼，用那種常常變成舞臺演員第二天性的裝模作樣的戲劇動作把她摟進懷裡。這時門開了，進來一個棕色亂髮的年輕人，他體格粗壯，手腳都很大，動作有點笨拙，不像他姊姊那麼精巧，旁人很難看出他們有血緣關係。范太太的目光追隨著他，笑得更開心了。她在心裡把兒子抬高到了觀眾的位置，她確信這個場景很有意思。

「我覺得你可以把你的吻留點給我，西碧兒。」年輕人笑著抱怨說。

「啊！可是你又不喜歡被親，吉姆[1]，」她叫道，「你是一頭可怕的老熊。」她跑過房間去擁抱他。

詹姆斯·范溫柔地看著姊姊的臉。「我想要你陪我去散散步，西碧兒。我想我再也看不到這可怕的倫敦了。我也不想再看見了。」

「兒子，別說這麼嚇人的話。」范夫人喃喃地說，拿起一件破舊的戲服，歎了口氣，開始縫補。他沒加入劇團，她有點失望，如果他也是劇團裡的人，這個戲劇場景就更生動了。

「幹嘛不能說，媽媽？我說真的。」

「我聽了很難受，兒子。我相信你會從澳洲發財回來的。我相信在殖民地沒有上流社會——沒有我能管它叫上流社會的東西——所以你發了財，一定要回倫敦來站穩腳跟。」

「上流社會！」年輕人嘀咕道，「這種東西我一點也不想知道。我就想賺點錢，讓你和西碧兒離開舞臺。我討厭它。」

「哦，吉姆！」西碧兒笑著說，「你說話可真不好聽啊！不過你真的要和我去散步嗎？好呀！我還怕你要去跟一些朋友告別呢，比如送你那個難看菸斗的湯姆·哈迪，或者笑你抽它的內德·蘭頓。你真好，把最後一個下午給我。我們要去哪裡？去公園吧。」

「我太寒酸了，」他皺著眉頭回答，「只有時髦的人才去公園。」

「胡說八道，吉姆。」她撫摸著他的衣袖輕聲說。

他猶豫了一下，最後說：「好吧，不過換衣服別太久啊。」她跳著舞出了房間，唱著歌跑上了樓，那雙小腳在上頭啪嗒啪嗒地走。

他在房間裡來回走了兩三圈，然後轉身對著那個椅子上一動不動的人說：「媽媽，我的東西都準備好了嗎？」

「準備好了，詹姆斯。」她的眼睛盯著針線活回答道。幾個月來，每當和這個粗魯嚴厲的兒子單獨在一起的時候，她就很不自在。他們的眼神一接觸，她那膚淺的隱祕本性就會不安。她覺得他是不是在懷疑什麼，但他什麼都不說，這讓她更加受不了。她開始抱怨。女人用攻擊來作為防守，就像她們用突如其來的奇怪投降來攻擊一樣。「我希望你能對航海生活感到滿意，詹姆斯，」她說，「你要記住這是你自己的選擇。你本來可以進律師事務所工作的。律師是非常受人尊敬的階層，在鄉下，經常和最好的人家一起吃飯。」

「我討厭辦公室，也討厭當職員，」他答道，「但你說得很對，我的生活是我自己選的。

1 詹姆斯的暱稱。

我只有一句話要說，照顧好西碧兒，別讓她受到任何傷害。媽媽，你一定要照看好她。」

「詹姆斯，你這話說得真奇怪，我當然要照看好西碧兒的。」

「我聽說每天晚上都有一位先生來看戲，到後臺去和她說話。是這樣嗎？是怎麼回事？」

「你不懂，就在那裡亂說，詹姆斯。幹這行，我們肯定要被很多人追捧的呀，這都是常有的事。以前我自己就收到過許多花。那都是別人真的理解你的演技的時候。至於西碧兒，我現在還不知道她是不是真動了感情。但毫無疑問，那個年輕人是完美的紳士。他對我總是很有禮貌，而且他好像是有錢人，送的花也很可愛。」

「但你連他的名字都不知道哦。」年輕人粗聲粗氣地說。

「是不知道，」他母親一臉平靜地回答，「他還沒說他的真名。我覺得這樣滿浪漫的。他說不定是貴族呢。」

詹姆斯．范咬了咬嘴唇。「照看好西碧兒，媽媽，」他喊道，「看好她。」

「兒子，你這話真讓我難過。我一直把西碧兒照看得好好的。當然，如果這位先生很有錢，她沒理由不和他結婚。我相信他是個貴族，怎麼看都像貴族。對西碧兒來說，這是門好姻緣。他倆真是一對璧人，他長得真的很漂亮，有目共睹的。」

年輕人自言自語嘟噥了兩句，用粗糙的手指頭敲著窗櫺，剛轉身想說點什麼，門開了，西碧兒跑了進來。

「你們怎麼這麼嚴肅啊！」她叫道，「怎麼啦？」

「沒什麼，」他答道，「我想人有時候總要嚴肅點。再見，媽媽，我五點鐘吃晚飯。除了襯衫，東西都收拾好了，你別操心了。」

「再見，兒子。」她故作莊嚴拘謹地欠了欠身。

他的語氣讓她很惱火，但他的某種神情又讓她有點害怕。

「親親我，媽媽。」女孩說。她那花兒般的嘴唇碰在乾癟的臉頰上，溫暖了上面的冰霜。

「我的孩子啊！我的孩子啊！」范夫人喊道，眼睛往上望，尋找著想像中的頂層樓座。

「走吧，西碧兒。」她弟弟不耐煩地說。他討厭母親矯揉造作的樣子。

他們走進被風吹拂的閃爍陽光中，沿著沉寂的尤斯頓路漫步。路人驚奇地望著這個陰沉粗重的青年，他穿著一身不合身的粗陋衣服，和一個那麼優雅而精緻的女孩相伴而行，就像一個粗俗的園丁帶著一朵玫瑰花在走路一樣。

吉姆察覺到了陌生人好奇的目光，不時皺起眉頭。他不喜歡被人盯著看，天才要到很晚才會有這種感覺，而普通人向來都是這樣。西碧兒卻完全沒意識到自己產生的效果。她的愛在唇邊的笑聲中顫動著。她在思念白馬王子，為了讓自己更思念他，她就沒有談到他，而是喋喋不休地說吉姆出海要乘坐的那條船，說他一定會找到的金子，說他會從那些邪惡的紅衫叢林強盜手裡，救出一個美麗的富家小姐的命。因為他不會一直當水手、押貨員之類他即將從事的職業。哦，不，水手的生活太可怕了。想像一下被困在一艘可怕的船上，彎著腰的海浪哭嚎著想翻進來，黑風把桅杆吹倒，將帆撕成尖叫著的長布條！他要在墨爾本下船，向船長禮貌地告別，然後馬上奔金礦而去。不出一個禮拜，他就會碰到一大塊純金，是有史以來發現的最大金塊，把它裝在馬車裡，由六個騎警護送，帶到海邊。叢林強盜襲擊了他們三次，但都大敗而逃。或者，不，他根本就不去什麼金礦，那地方很可怕，人都醉醺醺的，在酒吧裡互相開槍，還滿口髒話。他要當一個正派的牧羊場主人，某天晚上騎馬回家的時候，看見一個美麗的女繼承人被一個騎黑馬的強盜擄走，他追上去救了她。當然，她會愛上他，他也會愛上她，他們會結婚，然後回家，住在倫敦一棟大房子裡。是的，他面前有一大堆好事等著他，但他必須做個好人，不發脾氣，不能亂花錢。她只比他大一歲，但她比他更懂事。他還要保證，每班郵船來都要給她寫信，每天晚上睡覺前都要禱告。上帝非常仁慈，會眷顧他。她也會為他祈禱，過幾年他就會回來，又富有，又快活。

年輕人悶悶不樂地聽著，一言不發。要離開家了，他有點難過。

但使他鬱悶的不光是這個。他雖然涉世不深，但還是強烈地感覺到西碧兒處境危險。有個公子哥兒愛上她，對她可不是什麼好事。那是個上等人，他因此而恨他，出於某種奇怪的階級本能恨他，他自己也解釋不了，也正因為如此，這種恨越發支配著他。他也意識到母親生性淺薄虛榮，並從中看到了西碧兒和她的幸福所面臨的無窮危險。孩子一開始都是愛父母的，隨著年齡增長，就會開始評判父母，有時又會原諒父母。

他那個母親啊！他心裡有事要問她，他已經默默想了好幾個月了。那是他在劇院偶然聽到的一句話，有天晚上他在後臺門口等她們，耳邊傳來一句低聲的譏諷，讓他產生了一連串可怕的想法。他記得那句話，就像一根獵鞭抽在他臉上似的。他的眉頭皺出了楔形的深溝，他痛苦地顫抖了一下，咬住了下唇。

「我說的話你一個字也沒聽進去，吉姆，」西碧兒叫道，「我在為你的未來訂製最美好的計畫呢，你說話呀。」

「你要我說什麼呀？」

「哦！說你會做個好孩子，不會忘記我們。」她笑著回答。

他聳聳肩：「怕是你會忘記我吧，西碧兒。」

她臉紅了。「你是什麼意思，吉姆？」她問。

「我聽說你有了一個新朋友。他是誰？你為什麼沒跟我說過他？他對你不會有什麼好處的。」

「住口，吉姆！」她大聲說，「不許你說他不好。我愛他。」

「哈，你連他的名字都不知道，」年輕人說，「他是誰？我有權知道。」

「他叫白馬王子。你不喜歡這個名字嗎。哦！你這個傻孩子！你要永遠記住這個名字。

如果你看到他，一定會覺得他是世界上最美妙的人。你總有一天會見到他的——等你從澳洲回來的時候。你會非常喜歡他的，人人都喜歡他，而我……愛他。我希望你今晚能來劇院，他會去的，我會演茱麗葉。哦！我會演得好極了！想想吧，吉姆，戀愛著，又演茱麗葉！而他坐在那裡！為了讓他歡喜而表演！我怕我會讓整個劇團都嚇一跳，或者讓他們傾倒。戀愛就是超越自己。可憐又可怕的以撒斯先生會在酒吧裡對著那幫閒人大呼『天才』。他一直像傳教一樣宣傳我，今晚他會宣布我是上帝的啟示。我感覺到了。這一切都是他的功勞，只歸功於他，我的白馬王子、我美妙的情人、我的魅力之神。我只是個在他身邊的窮光蛋。但是窮又有什麼關係？『窮從門外溜進來，愛就從窗戶飛進來』，我們的諺語該重寫了，那是在冬天寫的，而現在是夏天，對我來說則是春天，我覺得是藍天下花朵跳舞的時節。」

「他是個上等人。」年輕人悶悶地說。

「是個王子！」她幾乎是唱出來的，「你還想怎麼樣？」

「他會奴役你。」

「一想到自由我就發抖。」

「我要你防著他點。」

「看到他就會愛慕他，瞭解他就會信任他。」

「西碧兒，你被他迷得發瘋了。」

她笑著挽起他的胳臂：「親愛的老吉姆，你的口氣就像是一百歲了。總有一天你自己也會戀愛的。然後你就會知道什麼是愛情。別這樣板著臉。你應該高興地這樣想：雖然你要走了，但我在這裡，比以前任何時候都開心。生活對我們兩個來說都很艱難，又苦又難。可是現在開始不一樣了，你要去一個新的世界，我也找到了一個新的世界。這裡有兩張椅子，我們坐下來看看那些時髦人吧。」

他們坐在一群看風景的人裡，街對面花壇裡的鬱金香開得像一圈圈跳動的火。一片白色的沙塵——似乎是鳶尾花根形成的雲——懸在浮動的空氣中。五顏六色的陽傘就像奇異的蝴蝶在跳舞，飛上飛下。

她讓弟弟說說自己，說說他的希望、他的願景。他說得很慢，很費力。他們你一言我一句，每說一句都像賭徒推出籌碼那樣慢吞吞的。西碧兒感到壓抑。她傳達不出她的快樂，能贏得的只有那悶悶不樂的嘴邊的一絲笑意。過了一會兒，她也不說話了。忽然她瞥見一頭金髮和一副笑著的嘴唇，在一輛敞篷的馬車裡，是道林．格雷，還有兩位女士，駛了過去。

她一下子站起來。「是他！」她喊。

「誰？」吉姆．范說。

「白馬王子。」她回答，目光跟隨著遠去的馬車。

他跳起來，粗暴地抓住她的胳臂。「指給我看，哪個？指出來，我要看看他！」他大喊道。但這時，伯里克公爵的四馬馬車插了進來，它過去以後，道林的馬車已經出了公園。

「他走了，」西碧兒憂傷地喃喃說，「我真希望你看到他了。」

「我也希望我看到了，老天有眼，他要是讓你受了什麼委屈，我就殺了他。」

她驚恐地看著他。他又說了一遍。這句話像一把匕首一樣劃破了空氣。周圍的人訝異地看著他們，一位站得比較近的女士緊張地笑了笑。

「走吧，吉姆，走吧。」她低聲說。他不情願地跟著她，穿過人群。他很高興自己說了那些話。

走到阿基里斯雕像那裡，她轉過身來，眼裡充滿了憐愛，在嘴唇上化作了笑，她對他搖搖頭：「你真傻，吉姆，傻透了。真是個壞脾氣的孩子，就是這樣。你怎麼能說這麼可怕的話呢？你根本不知道自己在說什麼。你就是嫉妒和無情。啊！我希望你也能戀愛。愛情讓人變得善良，你說的話太邪惡了。」

「我十六歲了，」他回答說，「我知道自己在說什麼。媽媽幫不了你什麼，她不知道該怎麼照看你。我現在真希望我根本就不要去澳洲了。我很想放棄這一切計畫。要是我沒簽約，我就不去了。」

「噢，可別這麼嚴肅，吉姆。你就像媽媽過去很喜歡演的那些愚蠢通俗劇裡的人一樣。我不會跟你吵架的。我看到他了。哦！看到他就很幸福了。我們別吵了，我知道你絕對不會傷害我愛的人的，對嗎？」

「我想，只要你還愛他，就不會。」他陰沉地回答。

「我會永遠愛的！」她大聲說。

「那他呢？」

「也永遠愛我！」

「他最好是這樣。」

她從他身邊縮開，笑著把手放在他的胳臂上。他還只是個孩子。

他們在大理石拱門那裡搭了一輛公共馬車，坐到尤斯頓路寒酸的家附近。已經五點多了，西碧兒要在上臺前躺幾個小時。吉姆堅持要她休息。他說他寧願在母親不在的時候跟她告別，否則她肯定會上演哭哭啼啼的一幕，他討厭那種戲劇化的場面。

他們在西碧兒的房間裡告了別。年輕人心裡充滿了嫉妒，還有對那個在他看來插到了他們之中的陌生人的強烈憎恨。然而，當她的雙臂環抱著他的脖子，手指穿過他的頭髮時，他心軟了，真心真意地親吻了她。下樓時，眼裡還噙著淚水。

母親在下面等他。他進門時，她埋怨他不守時，他不做聲，只是坐下來吃他那貧乏的晚飯。蒼蠅圍著桌子嗡嗡地飛，在滿是汙漬的桌布上爬來爬去。在公共馬車的隆隆聲和街邊出租馬車的嗒嗒聲裡，他能聽到那嗡嗡聲在吞噬著留給他的每一分鐘。

過了一會兒，他推開盤子，把頭埋在雙手中。他覺得自己有權知道。如果真像他猜的那樣，那她早就該告訴他。母親恐懼地看著他，嘴裡無意識地說著話，手裡擺弄著一塊帶花邊的破手帕。鐘敲了六點，他起身走到門口，然後又回頭看著她。他們的目光碰到了。他在她眼裡看到了一種急於祈求憐憫的神情，這讓他惱怒起來。

「媽媽，我有事要問你。」他說。她的視線在房間裡茫然地遊走。她沒做聲。「告訴我真相。我有權知道。你和爸爸結婚了嗎？」

她如解脫般地深深歎了一口氣。這個可怕的時刻，她多少個星期、多少個月來，日日夜夜都在擔憂的時刻終於來了，但她沒感到害怕。事實上，她還有點失望。這個粗魯又直接的問題，只能直截了當地回答。這種情況並不是逐漸發展到這一步的，簡直粗糙，使她想起了一次糟糕的排練。

「沒有。」她回答說，對生活的簡單粗鄙感到奇怪。

「那我爸爸是個無賴啊！」年輕人喊道，握緊了拳頭。

她搖了搖頭：「我知道他身不由己。我們非常相愛。要是他還活著，他一定會養我們的。不要說他的壞話，兒子。他是你爸爸，也是個紳士。事實上，他是上層圈子裡的人。」

他嘴裡冒出一句髒話。「我無所謂，」他大聲說，「但不要讓西碧兒……愛上她的也是個上等人，是吧，或者是他自稱愛上。他也是上面那個圈子的吧？」

一陣可怕的屈辱感襲來，婦人垂下了頭，雙手顫抖著擦了擦眼睛。「西碧兒有媽媽，」她喃喃道，「但我沒有。」

年輕人被打動了。他走過去，彎下腰，吻了她。「如果我問起爸爸的事讓你難過，很對不起，」他說，「但我忍不住想問。我要走了。再見。別忘了，你現在只有一個孩子要照顧，相信我，如果那個人對不起我姊姊，我一定會搞清楚他是誰，找到他，像殺狗一樣殺了他。我發誓。」

他愚蠢誇張的威脅，伴著情緒激動的手勢，加上瘋狂的煽情話語，讓她覺得生活變得更加生動了。她熟悉這種氛圍。她呼吸得更自在了，幾個月來，她第一次真正欣賞自己的兒子。她很想把這場情感戲照這樣繼續演下去，但兒子打斷了她。要把箱子拿下去了，圍巾也要找出來，公寓的雜役跑進跑出地忙著，還要和馬車夫討價還價。戲劇時刻就在這些庸俗的細節裡消散不見了。兒子坐的車離開了，她在窗口揮著破爛的花邊手帕，內心再次升起一股失望。她意識到一個大好機會被浪費掉了。為了給自己補回來一點，她告訴西碧兒，她覺得自己的生活會變得多麼孤寂淒涼，因為她現在只有一個孩子要照顧了。她記住了這句話，這句話讓她很高興。而對於他的威脅，她隻字未提。那話說得很生動而又戲劇性十足，她覺得有朝一日大家想起來都會笑的。

第六章

爭執

「我想你已經聽說了吧，巴茲爾？」當晚，霍爾沃德剛被引進布里斯托爾的一個小包廂，亨利勛爵就說，那裡已經擺好了三個人的晚餐。

「沒啊，哈里，」藝術家說著，把帽子和大衣遞給一旁躬身的侍者，「怎麼了？但願不是什麼政治消息！我沒興趣。下議院裡沒一個人值得畫的，雖然他們很多人是應該打扮一下。」

「道林．格雷訂婚了。」亨利勛爵看著他說。

霍爾沃德吃了一驚，接著皺起了眉頭。「道林訂婚了！」他喊道，「不可能！」

「千真萬確。」

「和誰？」

「一個小演員之類的。」

「我真不敢相信，道林挺有腦子的啊。」

「道林太有腦子了，所以免不了時不時幹點傻事，親愛的巴茲爾。」

「結婚可不是時不時就能做一做的事，哈里。」

「在美國可能可以，」亨利勛爵懶洋洋地說，「我沒說他結婚了。我說他訂婚了。這可是兩回事。我對結婚還挺有印象的，對訂婚就完全沒印象，所以我應該是沒訂過婚。」

「但想想道林的出身、地位和財產。娶一個地位比他低這麼多的女孩，那太荒唐了。」

「如果你想讓他娶那個女孩，就這麼跟他說，巴茲爾，然後他就肯定會娶她。每當一個人幹一件徹底愚蠢的事情時，總是出於最高尚的動機。」

「希望那是個好女孩，哈里。我不想看到道林跟一個壞女人綁在一起，她可能會讓他的天性墮落，毀了他的理智。」

「哦，她不只是好，還很美。」亨利勛爵咕噥道，從杯子裡呷了一口加橙汁的苦艾酒。「道林說她很美，他的眼光一向很準的。你給他畫的像促使他去欣賞別人的外貌，這是那幅畫的非凡功效之一。如果那孩子沒有忘記約定的話，我們今晚就能見到她了。」

「你說真的嗎？」

「非常真，巴茲爾。我真想不出來我什麼時候比現在還認真了。」

「可是你贊成他結婚嗎，哈里？」畫家咬著嘴唇在房間裡走來走去，問，「你不可能贊同，這就是一時愚蠢的癡迷。」

「我現在不贊成也不反對任何事情，那樣看待生活很荒謬。我們被送到這個世界上來，不是為了來發表道德偏見的。一般人說什麼，我從來不注意，我也從來不干涉有魅力的人幹什麼。如果我很喜歡一個人的臉，那這個人無論幹什麼，我都喜歡。道林．格雷愛上了一個演茱麗葉的美麗女孩，向她求了婚，有什麼不可以呢？就算他娶了美撒利娜[1]，他也會變得更有意思。你知道我不是婚姻的擁護者。婚姻的真正弊端在於它讓人變得沒有自己。沒有了自己的人，沒了個性，就失去了色彩。不過，有些性情中人，婚姻還是會讓他們變得更加複雜。他們保留了自己的自我中心主義，又在這基礎上增加了很多其他的自我，他們被迫擁有不止一種生活，並變得高度有序，我想這是世人生存的目標吧。再說，每種體驗都是有價值的，不管大家怎麼反對婚姻，它肯定也是一種體驗。我希望道林．格雷娶這個女孩，熱烈地愛她六個月，然後突然被別的人迷住。那就太有意思了。」

「你說的沒一個字是當真的吧，哈里，你知道你沒當真。如果道林．格雷的生活被毀了，沒有人會比你更難過。你的心腸比你裝出來的要好得多。」

亨利勛爵笑了：「我們都喜歡把別人想得那麼好，是因為我們都為自己感到害怕。樂觀主義的基礎就是純粹的恐懼。我們稱讚鄰居擁有一些美德，只是因為如果他們有那些美德，對我們自己有好處，然而我們卻覺得自己這樣稱讚別人是慷慨的。我們讚美銀行員，是希望

「其實也沒什麼好說的。」他們圍著小圓桌坐下，道林喊，「事情很簡單。哈里，昨天晚上跟你分開以後，我穿好衣服，在魯伯特街你介紹的那家義大利小餐館吃了點晚飯，八點到了劇院。西碧兒在演羅瑟琳。當然，布景很糟糕，演奧蘭多的那個人也演得很糟糕。可是西碧兒！你們要是看到就好了！她穿著男裝上場的時候，真是太漂亮了。她穿著一件苔蘚色的天鵝絨緊身衣，帶肉桂色的袖子，棕色的長交叉襪帶，一頂精緻的綠色小帽，帽子上綴著寶石，寶石上插著一根鷹翎，還披著一件暗紅色的連帽斗篷。在我看來，她真是前所未有地美妙。她有你工作室裡那尊塔納格拉[2]小雕像的細膩和優雅，巴茲爾。她的頭髮簇擁著她的臉，就像深色的葉子圍著一朵淺色的玫瑰。至於她的演技——嗯，你今晚就會看到她了，她簡直是個天生的藝術家。我坐在骯髒破舊的包廂裡，完全被迷住了，忘了我是在倫敦、是在十九世紀，我和我的情人來到了一個從未有人見過的森林裡。演出一結束，我就到後臺去和她說話。我們坐在一起，她的眼睛裡突然流露出一種我從來沒見過的眼神，我的嘴唇朝她的嘴唇靠近，我們接吻了。我沒辦法向你們描述那一刻我的感覺。我覺得我的一生似乎都被縮小到了一個完美的玫瑰色的快樂點上。她渾身顫抖，抖得像一朵白色的水仙花，接著她撲通一聲跪在地上，吻我的手。我覺得我不應該把這些都告訴你們，但我忍不住。當然，我們訂婚是絕對保密的。她甚至沒告訴她母親。我也不知道我的監護人會怎麼說，萊利勛爵肯定會大發雷霆。我才不管呢，再過不到一年我就成年了，到時候我就可以想幹什麼就幹什麼了。

我是對的，是不是？巴茲爾，我從詩歌裡尋找愛情，從莎士比亞戲劇裡尋找妻子，莎士比亞教會說話的嘴唇，在我耳邊悄聲講述它們的祕密。我被羅瑟琳的雙臂圈著，又親吻了茱麗葉的嘴唇。」

「是的，道林，我覺得你是對的。」霍爾沃德慢慢地說。

「你今天見到她了嗎？」亨利勛爵問。

道林．格雷搖了搖頭：「我把她留在阿爾丁的森林裡了，然後我會在維羅納的果園裡找到她。」

亨利勛爵若有所思地喝著香檳：「你是在什麼時候說到『結婚』這個詞的，道林？她又是怎麼回答的？你是不是全忘了？」

「親愛的哈里，我可沒把它當成一場買賣，我也沒正式求婚，我只是告訴她我愛她，她說她不配當我的妻子。不配！為什麼？和她相比，全世界對我來說都不算什麼。」

「女人實際得驚人，」亨利勛爵喃喃地說，「比我們實際多了。在那種情況下，我們往往不記得要說什麼結婚了，而她們總是提醒我們。」

2 希臘中東部古城，遺址位於雅典西北，自一八七四年起，該地多出土陶器，上有彩繪女神。

霍爾沃德把手搭在他的胳臂上：「別這麼說，哈里，你惹道林不高興了。他和別人不一樣，他絕不會給別人帶來不幸的，他本性太善良了，做不出那種事。」

亨利勛爵望著桌子對面。「道林不會生我氣的，」他說，「我問這個是出於最好的理由，其實也是問任何問題唯一的好理由——就是好奇。我有個理論：總是女人向我們求婚，而不是我們向女人求婚。當然，在中產階級生活裡除外。但中產階級那套已經過時了。」

道林．格雷仰頭大笑起來：「你真是無可救藥，哈里，不過我不介意，我對你沒脾氣。你看到西碧兒．范，就會覺得能對不起她的人是禽獸、沒心沒肺的禽獸。我不明白怎麼會有人能羞辱自己的所愛。我愛西碧兒．范，我想把她放在黃金寶座上，看全世界都愛慕這個屬於我的女人。婚姻是什麼？一個永不違背的誓言。你就因為這樣而嘲笑它。啊！別笑了，我想要的就是一個永不違背的誓言。她的信任讓我忠誠，她的信念讓我善良。我和她在一起的時候，就為你教給我的一切而感到懊悔。我變得和你認識的我不一樣了。我變了，西碧兒．范的手一碰我，我就忘了你和你所有錯誤、迷人、有毒，而令人愉快的理論。」

「哪些理論……？」亨利勛爵問道，一邊吃了點沙拉。

「哦，你關於生活的理論、關於愛情的理論、關於享樂的理論。事實上，你所有的理論，哈里。」

「只有享樂值得有理論，」他用緩慢而悅耳的聲音回答，「但我恐怕不能說我的理論是我自己的。它屬於天性，不屬於我。享樂是天性的考驗，是天性認可的標誌。當我們快樂時，我們總是善的；但當我們善的時候，卻並不總是快樂的。」

「啊！可是你說的善是什麼意思呢？」巴茲爾．霍爾沃德叫道。

「是啊，」道林附和道，他靠在椅子上，目光越過立在桌子中央的一團繁盛的紫唇瓣鳶尾花，望著亨利勛爵，「你說的善是什麼意思，哈里？」

「善就是與自己和諧相處，」他用蒼白尖細的手指觸摸著酒杯的細腳，回答說，「被迫與他人和諧就是不和諧。一個人自己的生活——才是最重要的。至於鄰居的生活，如果有人想當道學先生或是清教徒，那可以對他們炫耀自己的道德觀點，但其實他們不關他的事。再者，個人主義要追求的其實是更高的目標。現代的道德就是要教人接受同時代的標準，但我認為一個有教養的人如果接受了他自己那個時代的標準，才是最粗俗的不道德。」

「但是，哈里，如果一個人只為自己而活，會為此付出很大的代價吧？」畫家提出了想法。

「是的，如今一切事情的代價都過於大了。我想，窮人真正的悲劇是，他們除了自我否定以外，什麼也負擔不起。美麗的罪惡，就像一切美的東西一樣，是富人的特權。」

「除了錢，人還得付出別的代價。」

「還有什麼代價，巴茲爾？」

「哦！我想還有悔恨、痛苦，還有……嗯，墮落的自我意識。」

亨利勛爵聳了聳肩：「親愛的朋友，中世紀的藝術很迷人，但中世紀的情感已經過時了。當然，寫小說的時候還可以用。但是，小說裡用的東西，只能是現實裡已經不再有人用的東西。相信我，沒有一個文明人會對追求快樂感到遺憾，而沒開化的人沒一個知道什麼是快樂。」

「我知道什麼是快樂，」道林．格雷喊道，「就是愛一個人。」

「那當然比被愛好，」亨利勛爵回答說，一邊玩著水果，「被愛是種麻煩。女人對待我們就像人對待神一樣，她們崇拜我們，還老纏著我們為她們做這做那。」

「應該說，無論她們向我們索取什麼，她們都已經先給了我們，」年輕人嚴肅地低聲說，「她們在我們的天性裡創造了愛，她們有權要求我們回報愛。」

「那倒是真的，道林。」霍爾沃德叫道。

「沒什麼東西是特別真的。」亨利勛爵說。

「這就是真的，」道林打斷他的話，「你得承認，哈里，女人把自己生命中最珍貴的東西給了男人。」

「可能吧，」亨利勛爵歎了口氣，「但她們一定會零零碎碎地要回去，這就是麻煩的地方。就像某個風趣的法國人說的，女人會激發我們做大事的欲望，但又總是阻止我們真的去做。」

「哈里，你太可怕了！我不知道我為什麼這麼喜歡你。」

「你會一直喜歡我的，道林，」他回答，「你們要喝咖啡嗎？——服務生，送咖啡和上等香檳來，還有菸。不，不要菸了——我還有一點。巴茲爾，我不能讓你再抽雪茄了，你要試試菸，抽菸就是一種完美的享樂。它很優雅，又讓人永不滿足，你還能要求什麼呢？是的，道林，你會一直喜歡我的。對你來說，我就代表著所有你沒有勇氣去犯的罪惡。」

「你胡說什麼呀，哈里！」道林一邊喊，一邊在侍者放在桌上的噴火銀龍裡點上菸，「我們去劇院吧。等西碧兒一上臺，你就會有一個新的人生理想了。對你來說，她就代表你從未知曉的東西。」

「我已經什麼都知道了，」亨利勛爵說，眼裡流露出疲倦的神情，「不過我隨時準備嘗試新的情感。雖然對我來說，恐怕已經沒這種東西了。也可能，你那個神奇的女孩會讓我激動吧。我喜歡看戲，戲比生活要真實多了。走吧，道林，你和我一起走。抱歉啊，巴茲爾，馬車只坐得下兩個人，你要坐出租馬車跟著了。」

他們起身穿上外套，站著又喝了口咖啡。畫家沉默不語，心事重重，臉色沉鬱。他接受不了這樁婚事，但他似乎又覺得，和很多其他可能會發生的事相比，這樣還算好的。幾分鐘以後，他們都下了樓。他按照安排，自己坐車跟著他們走。他看著前面那輛小馬車上閃爍的燈光，一種奇怪的失落感湧上心頭。他感到，道林．格雷再也不會像以前那樣了，生活已經插在了他們之中……他的眼睛黯淡下來，熙熙攘攘、燈光閃耀的街道在他眼前變得模糊不清。馬車停在劇院門口時，他覺得自己好像一下子老了好幾歲。

第七章

演出

不知為什麼，那天晚上劇院裡人很多，在門口迎接他們的那個胖猶太經理，滿臉都是油膩而顫抖著的笑。他帶著一種浮誇的謙卑，揮舞著他那雙戴著珠寶的胖手，扯開嗓門嚷嚷著，把他們領到包廂。道林．格雷比以往更討厭他了。他覺得自己像是來找米蘭達[1]，卻遇到了卡利班。相反，亨利勛爵卻很喜歡他。至少他號稱喜歡他，並執意和他握手，向他保證說這是自己的榮幸，能見到一個發現了真正的天才、還為詩人而破產的人。霍爾沃德則觀察著正廳後座區的面孔當作消遣。劇院裡熱得要命，巨大的汽燈燃燒著黃色的火焰花瓣，宛如一朵碩大無朋的大麗花。頂層的年輕人脫了外套和背心，搭在一邊，他們隔得老遠高聲交

1 莎士比亞戲劇《暴風雨》中的人物，一位公爵的女兒。

談，和坐在一旁的俗豔女孩分享橘子。有幾個女人在後排大笑，聲音刺耳難聽。酒吧裡則傳來拔軟木瓶塞的砰砰聲。

「這可真是個能找到女神的好地方！」亨利勛爵說。

「對！」道林．格雷回答，「我就是在這裡找到了她，她的神性超越了世間萬物。她演戲的時候，你會忘記一切。這些平凡的普通人，面貌粗俗、舉止野蠻，但當她在舞臺上時，就會變得完全不一樣，他們靜靜地坐著，看著她，按照她的意願，又哭又笑。她讓他們像小提琴一樣反應靈敏，讓他們富有靈性，讓人覺得他們和自己擁有一樣的血肉。」

「一樣的血肉！啊，我可不要！」亨利勛爵叫起來，一邊用觀劇鏡掃視著樓上的觀眾。

「別理他，道林，」畫家說，「我懂你的意思，也相信這個女孩。你愛的人一定了不起。任何一個有你講的那種效果的女孩都肯定是美好而高貴的。賦予時代靈性——這是值得做的事。如果這個女孩能給那些生活中沒有靈魂的人以靈魂，能讓在骯髒醜陋中生活的人心裡生出美感，能把他們從自私裡剝離出來，能把眼淚借給不會悲傷的他們，她就配得上你全部的愛，值得全世界的愛。這樁婚事非常好，我起初不這樣想，但現在我覺得好了。神為你創造了西碧兒．范，沒有她，你是不完整的。」

「謝謝，巴茲爾，」道林．格雷按著他的手答道，「我知道你會理解我的。哈里太憤世嫉俗了，簡直讓我害怕。樂隊開始演奏了，是很糟糕，但只要忍五分鐘左右。然後幕就會拉開，你們會看到那個女孩，我願意把我的一生交給她，我已經把我身上所有美好的東西都給她了。」

一刻鐘後，在一陣亂糟糟的熱烈掌聲中，西碧兒．范走上了舞臺。是的，她看起來的確可愛——亨利勛爵覺得她是他見過最可愛的女孩之一。她羞澀、優雅、驚愕的眼神，就像一頭小鹿。她看了一眼擁擠而熱情的劇場，兩頰泛起淡淡的紅暈，像銀鏡中映出的一朵玫瑰。她退後了幾步，雙唇似乎在顫動。巴茲爾．霍爾沃德跳起來，開始鼓掌。道林．格雷一動不動地坐著，目不轉睛地看著她，就像在夢裡。亨利勛爵透過觀劇鏡觀看著，喃喃自語：「迷人！迷人！」

那是凱普萊特家大廳裡的一場戲，穿著朝聖者禮服的羅密歐和茂丘西奧以及其他朋友一起走進來。樂隊依然糟糕，奏了幾小節音樂，舞蹈開始了。西碧兒．范穿過一群動作笨拙、戲服簡陋的演員，就像一個來自更美好世界的生靈。她跳舞的身體搖擺著，像植物在水中搖曳，頸部的曲線像一枝白百合，雙手彷彿是由冰涼的象牙雕成的。

但奇怪的是，她演得無精打采。她的目光停在羅密歐身上時，沒有絲毫喜悅之情，勉強地說出幾句臺詞——

信徒，莫把你的手兒侮辱，

這樣才是最虔誠的禮敬；
神明的手本許信徒接觸，
掌心的密合遠勝如親吻。[2]

還有接下來一段簡短對話，都說得很做作。她聲音甜美，語氣卻很虛假，音調全錯了。整首詩都沒了生氣，激情變得很不真實。

道林．格雷看著她，臉色變得蒼白起來。他既疑惑又焦慮。他的朋友都沒敢對他說什麼。在他們看來，西碧兒演技拙劣，他們非常失望。

不過他們覺得，真正能考驗茱麗葉扮演者的，是第二幕陽臺相會的那場戲。他們等著看，如果那一場她也演不好，那她就真的沒有可取之處了。

當她出現在月光下時，看起來很迷人，這一點不能否認。但她的表演讓人難受，而且越演越差。她的手勢裝模作樣，非常離譜，說每句話都過度強調。劇中有一段漂亮的臺詞：

幸虧黑夜替我罩上了一重面幕，
否則為了我剛才被你聽去的話，
你一定可以看見我臉上羞愧的紅暈——

這段話就像是被一個二流演講老師教出來的女學生一個字一個字費勁地背誦出來的。她俯身在陽臺上，開始念那些原本美妙的詩句——

我雖然喜歡你，
卻不喜歡今天晚上的密約；
它太倉卒、太輕率、太出人意外了，
正像一閃電光，等不及人家開一聲口，
已經消隱了下去。好人，再會吧！
這一朵愛的蓓蕾，靠著夏天的暖風吹拂，
也許會在我們下次相見的時候，開出鮮豔的花來。

她說這些話的時候，好像這些話對她沒有任何意義。這不是因為緊張。實際上，根本不

2 此處及之後用的是《羅密歐與茱麗葉》的朱生豪譯文。

是緊張，完全就是她自己要這麼念的。她就是演技差。她的演出徹底失敗了。

連正廳後座和頂層那些沒有受過教育的平庸觀眾也對演出失去了興趣。他們騷動起來，開始大聲說話，亂吹口哨。站在花樓後面的猶太經理氣得跺腳怒罵。唯一無動於衷的只有女孩自己。

第二幕結束時，劇場裡響起了暴風雨般的噓聲，亨利勛爵從座位上站起來，披上外套。

「她很漂亮，道林，」他說，「但她不會演戲。我們走吧。」

「我要看完，」年輕人生硬而痛苦地回答，「很抱歉讓你們浪費了一個晚上，哈里。我向你們兩位道歉。」

「親愛的道林，我看范小姐是病了，」霍爾沃德打斷他，「我們改天再來吧。」

「我希望她是病了，」道林回答，「但我覺得她簡直變得冷漠無情了。她完全變了。昨晚她是個偉大的藝術家，今晚她只是個普普通通的平庸女演員。」

「不要這樣說你愛的任何人，道林。愛情是比藝術更美妙的東西。」

「兩者都只不過是模仿的形式而已，」亨利勛爵說，「但我們還是走吧，道林，你不能再待在這裡了。看拙劣的表演對人的身心沒好處。再說，我想你也不會讓自己的妻子演戲吧，所以，她把茱麗葉演得像木偶一樣又有什麼關係呢？她很可愛，如果她對生活的瞭解和對演戲的瞭解一樣少，她會活得很開心的。真正讓人著迷的只有兩種人——一種是無所不知的人，一種是一無所知的人。天哪，親愛的孩子，別這麼垂頭喪氣！保持年輕的祕密就在於絕不動不該動的感情。跟巴茲爾和我一起去俱樂部吧，我們去抽會兒菸，為西碧兒・范的美麗乾一杯。她是個美人，你還想要什麼呢？」

「走開，哈里，」年輕人喊道，「我想自己靜一靜。巴茲爾，你也走吧。啊！你們看不出來我的心都碎了嗎？」他熱淚盈眶，嘴唇顫抖，衝到包廂後面，靠在牆上，雙手捂著臉。

「我們走吧，巴茲爾。」亨利勛爵說，聲音裡帶有一種奇怪的溫柔。兩個年輕人一起走了。

沒過一會兒，腳燈亮起，第三幕開始了。道林・格雷回到座位上，看起來臉色蒼白，又傲慢、又冷漠。演出冗長乏味，似乎無休無止。一半觀眾離場了，他們一路譏笑著，靴子踏得砰砰響。整個演出是一場慘敗。最後一幕幾乎是演給空蕩蕩的座位看的。帷幕在嗤笑和歎息聲中落下。

一結束，道林・格雷就衝進了後臺的演員休息室。女孩正獨自站在那裡，臉上露出勝利的表情，眼裡亮著美妙的火光。她看起來神采奕奕，雙唇微張，為某個祕密而微笑著。

一看到他，她臉上就露出無限喜悅。「今晚我演得真是太糟糕了，道林！」她喊道。

「太糟糕了！」他回答，一臉詫異地盯著她，「糟糕透頂，太可怕了。你病了嗎？你不知道糟成什麼樣了，你不知道這讓我多痛苦。」

女孩笑了。「道林，」她唱歌似的拖長了他的名字，彷彿對花瓣似的紅唇來說，這名字比蜜還甜，「道林，你應該明白的。但你現在明白了，是不是？」

「明白什麼？」他氣呼呼地問。

「為什麼我今晚演得那麼糟糕，為什麼我會一直演得糟糕，為什麼我以後再也不會演好了。」

他聳了聳肩：「我想你是病了。病了就不該演出。你讓自己出了醜。我的朋友都看不下去了，我也看不下去。」

她似乎沒在聽他說話。她高興得容光煥發，完全沉浸在幸福的狂喜裡。

「道林、道林，」她叫道，「認識你之前，表演是我生命裡唯一的現實。只有在劇院我才是活著的。我把那些都當作真的。一天晚上我是羅瑟琳，另一天晚上我是鮑西婭[3]；貝特麗絲[4]的快樂就是我的快樂，考狄利婭[5]的悲傷就是我的悲傷。我什麼都信。和我同臺演出的普通人在我眼裡都有如神明，畫出來的布景就是我的世界。我什麼都不知道，除了這些角色的影子，我把它們當成真的。但你來了——哦，我美麗的愛人！——你把我的靈魂從囚牢中解救了出來，你教我知道了什麼是真正的現實。今晚，我生平第一次看穿了自己一直在空洞、虛假和滑稽的戲劇裡表演。今晚，我第一次意識到羅密歐多麼醜陋、年邁和虛假；意識到果園裡的月光是假的、景色是庸俗的，我不得不念的臺詞是不真實的，不是我自己的話，也不是我想說的話。你給我帶來了更高尚的東西，所有的藝術都只是它的投映。你讓我明白了什麼是真正的愛。我的愛人！我的愛人！白馬王子！我生命中的王子！我已經厭倦了當個影子。你對我來說比什麼藝術都重要。我和戲裡的傀儡有什麼關係？今晚我上場的時候，不知道為什麼一切都離我而去了。我以為我會演得很好，卻發覺自己什麼也演不了了。突然，我的靈魂領悟了這一切意味著什麼。對我來說，這覺醒美妙極了。我聽見了他們的噓聲，但我笑了，他們怎麼能理解我們這樣的愛呢？帶我走吧，道林——帶我走吧，到只有我們倆的地方去。我討厭舞臺。我可以模仿我自己感覺不到的激情，但沒法模仿像火一樣燃燒著我的激情。啊，道林、道林啊，你現在明白這意味著什麼了吧？即使我能做到，但在戀愛中表演也是一種褻瀆。是你讓我明白了這一點。」

道林跌坐在沙發上，轉過臉去。「你已經扼殺了我的愛。」他喃喃低語。

她驚訝地看著他，笑了起來。他沒有理會。她走到他身旁，用纖弱的手指撫摸他的頭髮，

3 莎士比亞戲劇《威尼斯商人》的女主角。
4 莎士比亞戲劇《無事生非》的女主角。
5 莎士比亞戲劇《李爾王》的女主角。

跪下來，把他的手按在自己的唇上。他抽出手，渾身一陣戰慄。

接著他跳起來，往門口走去。「是的，」他叫道，「你已經扼殺了我的愛。你曾經激發了我的想像力，但現在，你甚至無法激起我的好奇心。你對我一點影響都沒有了。我愛你，是因為你很奇妙，因為你有天分和智慧，因為你讓偉大詩人的夢變成了真的，因為你給藝術的影子賦予了形象和實質。你把這一切都丟了。你又淺薄又愚蠢。天哪！我愛上你真是瘋了！我真是個傻子！你現在對我來說什麼都不是了。我再也不想見你了，也永遠不會再想起你了。我永遠不會再提起你的名字。你不知道你曾經對我意味著什麼。啊，曾經……哦，一想起來我就受不了！我真希望從來沒見過你！你毀了我一生的浪漫。如果你說愛情破壞了藝術，那你對愛情的瞭解真是太少了！沒有藝術，你什麼都不是。我本來可以讓你成名，讓你燦爛奪目、事業輝煌，整個世界都會愛慕你，而你也會冠上我的姓氏。你現在是什麼呢？一個臉蛋漂亮的三流女演員啊。」

女孩的臉色越來越白，渾身顫抖。她緊握著雙手，聲音似乎哽在了喉嚨裡。「你不是認真的吧，道林？」她輕聲說，「你是在演戲吧。」

「演戲！還是你演吧。你演得多好啊。」他刻薄地說。

她站了起來，帶著痛苦的表情，穿過房間走到他面前，把手放在他手臂上，望著他的眼睛。道林把她推開。「別碰我！」他叫道。

她發出一聲低沉的呻吟，撲到他腳下，像一朵被踐踏過的花似的倒在那裡。「道林、道林，別離開我！」她低聲說，「我沒演好，真對不起，我一直在想你。但我會努力的——真的，我會努力。我對你的愛來得太突然了，如果你沒有親我——如果我們沒有親吻，我就不會意識到這份愛。再親親我吧，親愛的。不要離開我。我受不了。啊！不要離開我。我的弟弟……不，沒什麼。他不是認真的，他是說著玩的……可是你，噢！你就不能原諒我今晚的事嗎？我一定會認真工作，努力演得更好。別對我那麼殘忍，我愛你勝過愛世界上的一切。畢竟我只有這一次沒讓你滿意。但你說得很對，道林，我應該表現得更像一個藝術家。我真傻，但我情不自禁。噢，別離開我，別離開我。」一陣情緒激動的抽噎讓她透不過氣來。她像受傷的動物一樣蜷伏在地板上，而道林·格雷那雙漂亮的眼睛俯看著她，秀麗的嘴唇不屑地撇了撇。當你不再愛一個人了，就會覺得他的感情多少有點可笑。在他看來，西碧兒·范是在荒唐地煽情，她的眼淚和哭聲都讓他心煩。

「我走了。」他最後冷靜而清晰地說，「我不想不近人情，但我不能再見你了。你讓我失望了。」

她默默地流著淚，沒有回答，只是爬近了些，一雙小手茫然地伸著，彷彿在找他。他轉身離開了房間，不一會兒，就出了劇院。

他幾乎不知道自己後來去了哪裡。只記得自己在昏暗的街道上徘徊，經過淒涼的漆黑拱門和陰森森的房子；聲音嘶啞、笑聲尖厲的女人招呼著他；醉漢從他身旁罵罵咧咧、踉踉蹌蹌地走過，活像巨大的猿人；他看到奇形怪狀的孩子蜷縮在門口的臺階上，聽到陰暗的庭院裡傳來尖叫和詛咒。

破曉時分，他發現自己來到了柯芬園[6]附近。夜色消散，霞光乍現，天空就像一顆無瑕的珍珠。滿載著搖曳的百合花的大車在空曠潔淨的大街上轟隆隆地慢慢駛過。空氣裡彌漫著濃郁的花香，花的美似乎可以撫慰心中的傷痛。他跟著走進市場，看人卸貨。一個穿白色罩衫的車夫送給他一些櫻桃，他道了謝，不明白為什麼那人不肯收錢。他無精打采地吃起了櫻桃，櫻桃是午夜摘的，沁入了月亮的寒涼。一長串男孩扛著一筐筐帶斑紋的鬱金香，還有黃玫瑰和紅玫瑰，從他面前成堆的淺綠色蔬菜當中穿過。門廊下，被太陽曬褪了色的柱子旁邊，有一群沒戴帽子的邋遢女孩在閒逛，等著拍賣結束，還有一些人擠在市場咖啡館的旋轉門周圍。拉車的大馬踏著粗糙的石子路，不時打一下滑，鈴鐺和飾物一路搖晃著。有些車夫躺在一堆麻袋上睡著了。彩頸紅趾的鴿子跳來跳去啄著種子。

過了一會兒，他叫了一輛馬車回家。他在家門口徘徊了一會兒，看著寂靜的廣場，四下空蕩蕩的，只有緊閉的窗戶和凝視著他的百葉窗。此時的天空像一大塊純淨的蛋白石，房子的屋頂在它的映襯下閃爍著銀光。對面某個煙囪裡升起了一縷輕煙，像一條紫色的絲帶，旋轉著穿過了珠母貝色的空氣。

寬敞的門廳裡嵌著橡木板，天花板上掛著一盞從某條總督船上拆下來的鍍金威尼斯大吊燈，三個噴嘴上還點著火，像鑲著白邊的薄薄藍色花瓣。他把燈熄滅，將帽子和斗篷扔在桌上，穿過書房走向臥室。臥室在一樓，是一間八角形的大房間，由於最近對「奢華」有了新的感覺，他剛把臥室重新裝飾了一下，牆上掛了一些奇特的文藝復興時期的壁毯，那是在塞爾比莊園的一個廢棄閣樓上找到的。他轉動門把時，目光落在了巴茲爾・霍爾沃德為他畫的肖像上，然後退了一步，好像嚇了一跳，接著繼續走進了自己的房間，似乎疑惑不解。拿下插在外套鈕扣孔上的花以後，他猶豫了一下，最後又回到畫像前，仔細看了起來。在好不容易穿過乳白色絲綢百葉窗的朦朧光線裡，他覺得畫像上的臉好像有點變了，表情看起來不太一樣，也許可以說，嘴角露出了一絲殘忍，這當然很奇怪。

他轉身走到窗前，拉起百葉窗。明亮的晨光瀉滿了房間，把如夢般怪誕的影子掃進昏暗的角落，躺在那裡瑟瑟發抖。但他在畫像上注意到的奇怪表情似乎還在那裡，甚至更明顯了。抖動著的強烈陽光，分明照出了畫像嘴邊殘忍的線條，就像他做了什麼可怕的事之後照鏡子看到的自己一樣。

他打了個寒戰，從桌上拿起一面旁邊鑲著象牙雕的丘比特的橢圓鏡子——那是亨利勛爵送給他的諸多禮物之一——急忙往那鋥亮的深處看了一眼，沒有像那樣的線條使他的紅唇扭曲。這是怎麼回事？

他揉了揉眼睛，湊近畫像，又仔細端詳起來。他看畫時，畫並沒有任何變化的跡象，但毫無疑問，畫像的整個表情已經變了。這不是他的幻想，事實再明顯不過了。

他倒在椅子上，思考起來。突然，他的腦海裡閃現出畫作完成那天他在巴茲爾・霍爾沃德的畫室裡說的話。是的，他記得很清楚，他曾說了一個瘋狂的願望，希望自己能保持年輕，而畫像卻會變老；希望自己的美永不褪色，而由畫布上的臉來承受他激情和罪孽的重荷；希望痛苦和思慮的線條都烙印在畫中的形象上，而他能保持自己當時剛剛意識到的、少年的嬌豔青春和可愛。他的願望不會成真吧？這種事情是不可能的，甚至連想一想都覺得很畸形。然而，那幅畫像就在他面前，嘴角分明帶著一絲殘忍。

殘忍！他殘忍了嗎？那是那個女孩的錯，不是他的。他曾經把她夢想成一位偉大的藝術家，因為覺得她了不起，而把自己的愛獻給了她。但她讓他失望了。她很膚淺，配不上他。然而，一想到她伏在自己腳邊像個小孩一樣哭泣時，他心裡就湧起了無限的悔恨。他還記得自己多麼冷酷無情地看著她。為什麼他會變成現在這樣？為什麼自己擁有這樣一顆靈魂？但他自己也很痛苦啊。在看戲的可怕的三個小時裡，他經受了幾個世紀的痛苦、億萬年的折磨。他的性命完全抵得上她的。如果說他傷了她一輩子，那麼她至少也傷了他一時。再說，女人比男人更能承受痛苦。她們就靠感情生活，她們只考慮自己的感情，她們找情人，也就是想找個可以一起製造戲劇性場面的對象。亨利勛爵就是這樣告訴他的，他瞭解女人是什麼。他為什麼要為西碧兒煩惱呢？她現在對他來說什麼都不是了。

但那幅畫呢？他要怎麼解釋？它蘊含著他生活的祕密，講述著他的故事。是它教會他愛護自己的美。它會教他厭惡自己的靈魂嗎？他還會去看它嗎？

不，那只是紊亂感官產生的幻覺，他所經過的那個可怕的夜晚遺留下了種種幻影。突然他想起一個小紅點就能讓人發瘋的事。畫沒有變，覺得它變了真是愚蠢。

可是它正看著他，美麗而受了損傷的臉上帶著殘忍的笑容，明亮的頭髮在初升的陽光下閃耀，藍色的眼睛和他自己的眼睛對視著。他心中升起無限的憐憫，不是為自己，而是為自己的畫像。它已經改變了，而且還會變更多。它的金色會褪成灰白，它的嬌豔有如紅白玫瑰會枯萎。他每犯一次罪，就會出現一個汙點，破壞它的美麗。但他不會犯下罪孽了，這幅畫，無論變不變，都是他良心看得見的象徵。他會抗拒誘惑，不會再去見亨利勛爵——無論如何，不會再去聽那些潛移默化的有毒理論，這些理論在巴茲爾．霍爾沃德的花園裡第一次激起了他的癡心妄想。他要回到西碧兒．范身邊，補償她、娶她、努力再愛上她。是的，他有責任這麼做。她一定比他更痛苦，可憐的孩子！他太自私了，對她太殘忍了。她還會重新充滿魅力的，他們會幸福地在一起，他們在一起的生活會是美麗而純潔的。

他從椅子上站起來，拉過一個大屏風擋在畫像前，瞥見它，他就不寒而慄。「真可怕！」他自言自語說著，走到窗戶前，打開了窗，又走到了外面的草地上。他深深地吸了一口氣，清晨的新鮮空氣似乎驅走了他所有陰鬱的情緒。他只想著西碧兒，他的愛的微弱回音又在他的腦海裡重新蕩漾起來。他一遍又一遍地重複著她的名字。被露水浸溼的花園裡，鳥兒在歌唱，似乎在對花兒講著西碧兒的事。

第八章

悲劇

他醒來的時候已經過了中午。僕人幾次躡手躡腳地走進房間，想看看他有沒有什麼動靜，不知道少爺為什麼會睡到這麼晚。最後他終於按鈴了，維克多用一個法國賽弗爾古瓷盤端著一杯茶和一疊信輕輕走了進來，然後拉開了掛在三扇高大窗戶前的橄欖色緞子窗簾，藍色襯裡閃著光亮。

「先生今天早上睡得很好啊。」他笑著說。

「幾點了，維克多？」道林．格雷還沒完全睡醒的樣子。

「一點十五分，先生。」

這麼晚了！他坐起來，喝了點茶，翻起信來。有一封是亨利勛爵早上派人送來的。他猶豫了一下，把它放到一邊。他沒精打采地拆開了其他信，都是些普通名片、晚宴請柬、私人展覽門票、慈善音樂會節目單之類的東西，這個季節裡，時髦青年每天早上都會收到這些。

有一張數目不菲的帳單，是買了一套路易十五時代的銀製梳妝用具，他還不敢讓他的監護人知道，他是極度守舊的人，沒有意識到我們生活在一個沒必要的東西才是我們唯一的必需品的時代。還有幾封信是傑明街的放款人寄來的，措辭非常謙恭，說可以隨時預支他任何數額的款項，且利息極為合理。

大約十分鐘後，他起了床，穿上一件精美的絲繡羊絨晨衣，走進瑪瑙鋪地的浴室。清涼的水讓睡了很久的他神清氣爽。他似乎已經忘了昨天經歷的一切，只有一兩次模模糊糊地覺得自己好像參與了什麼奇怪的悲劇，但就像夢一樣虛幻不真實。

穿好衣服，他走進書房，坐在窗邊的小圓桌上，吃已經為他擺好的清淡的法式早餐。天氣好極了，溫暖的空氣中似乎帶著芳香。一隻蜜蜂飛進來，圍著他面前一個裝滿柚黃色玫瑰的龍紋青瓷碗嗡嗡轉。他感到非常快樂。

突然，他看到了自己放在畫像前的屏風，為之一震。

「太冷嗎，先生？」僕人問，一邊把煎蛋捲放在桌子上，「我把窗戶關上？」

道林搖了搖頭。「我不冷。」他喃喃說。

這一切都是真的嗎？畫像真的變了嗎？還是僅僅是他自己的想像，讓他把原本愉快的表情看成了邪惡的？畫好了的畫一定不會變嗎？這事太離譜了，有天可以當成個故事講給巴茲爾聽，他聽了會笑的。

然而，整件事真是歷歷在目啊！先是在朦朧的黎明，接著在明亮的清晨，他都看到了扭曲嘴唇邊的殘酷筆觸。他幾乎害怕僕人離開房間。他知道，他一個人的時候就會去仔細看那幅畫。他害怕這件事是真的。僕人送來咖啡和香菸後，轉身就走，他特別想叫他留下。僕人要關門時，他叫住他，看了他一會兒，歎了一口氣說：「維克多，無論誰來，都說我不在家。」僕人欠身退下了。

隨後，他從桌旁站起來，點了一支菸，躺倒在放著很多奢華靠墊的躺椅上，面對著屏風。屏風是老式的，鍍金的西班牙皮革做的，印著路易十四風格的華麗圖案。他打量著它，好奇這塊屏風以前是否也掩藏過什麼人的生活祕密。

他到底要不要把它挪開？為什麼不讓它留在那裡呢？知道了又有什麼用？如果事情是真的，那就太可怕了。如果不是真的，又何必為它煩惱呢？但是，如果不湊巧，有別人往屏風後看，看到了那可怕的變化呢？如果巴茲爾．霍爾沃德來要求看自己的畫，那怎麼辦？巴茲爾一定會的。不，還是要好好看一看這幅畫，現在就看。無論如何都比這樣疑神疑鬼、提心吊膽要好。

他起身把兩扇門都鎖上。至少他要自己一個人查看自己的羞恥面具。他把屏風拉開，面對面地看到了自己。千真萬確，畫像變了。

他後來經常回憶起來，都驚奇不已。他發現自己一開始是用一種近乎科學研究的興趣來看畫像的。發生這樣的變化，他覺得不可思議。但事實就是如此。會不會那些在畫布上形成了形狀和顏色的化學原子與他的靈魂之間，有著某些微妙的密切聯繫？它們是不是能體現靈魂的想法，把靈魂的夢變成現實？他不禁戰慄，感到害怕，又回到躺椅上躺著，凝望著畫像，感到一種噁心的恐怖。

不過，他覺得畫像也為他做了一件事，就是讓他意識到，自己對西碧兒．范是多麼不公平、多麼殘忍。現在要彌補還不算太晚，他還可以娶她為妻。他那虛幻自私的愛會屈服於某種更高尚的影響，會轉化成更高貴的激情，巴茲爾．霍爾沃德為他畫的畫會成為他一生的指南，就像神聖之於一些人，良心之於另一些人，對上帝的畏懼之於我們所有人那樣。有治療悔恨的鴉片劑，也有使道德感沉睡的藥物，但它是罪孽和墮落的可見象徵，是一個人毀壞了自己靈魂的永遠存在的證據。

鐘三點敲響了，然後是四點、四點半，但道林．格雷一直沒動。他正試圖把生活中的紅線理出來，編織成一個圖案。他遊蕩在墮落的激情迷宮裡，想找到一條出路。他不知道該做什麼，也不知道該想什麼。最後，他走到桌前，給他愛過的女孩寫了一封激情洋溢的信，罵自己瘋了，乞求她原諒。他寫了一頁又一頁，滿紙狂熱的悲傷和更狂熱的痛苦。自我譴責中有種奢侈，當我們自責時，就覺得別人無權再責備我們了。赦免我們的是懺悔，而不是神父。道林寫完信，覺得自己已經被原諒了。

突然有人敲門，他聽到外面亨利勛爵的聲音：「親愛的孩子，我必須見你。快讓我進去。我受不了你這樣把自己關起來。」

他一開始沒有回答，一聲也沒吭。敲門聲繼續著，越來越響。好吧，還是讓亨利勛爵進來吧，跟他解釋一下他將要過的新生活，如果有必要爭吵，就和他吵，如果絕交不可避免，就絕交。他跳起來，匆匆拉過屏風遮住畫像，開了門。

「我對這一切感到非常抱歉，道林，」亨利勛爵一進門就說，「但你千萬別想太多了。」

「你是說西碧兒．范的事嗎？」年輕人問。

「是啊，當然。」亨利勛爵答道，坐進椅子裡，慢慢脫下黃手套，「從某個角度來說，是很可怕，但這不是你的錯。告訴我，戲演完以後你去後臺見她了嗎？」

「去了。」

「我覺得你肯定去了。你和她大吵了一場嗎？」

「我很殘忍，哈里——太殘忍了。但現在沒事了，我對任何事都不後悔，它讓我學會了更能認識自己。」

「啊，道林，你能這樣接受這件事我真高興！我還擔心你會悔恨得要命，扯你那頭漂亮的髮髮呢。」

「都過去了，」道林搖頭笑著說，「我現在很開心。首先，我知道了什麼是良心。它不是你告訴我的那樣，而是我們身上最神聖的東西，別再對它嗤之以鼻了，哈里——至少在我面前不要。我想做好人。我不能忍受我的靈魂是醜陋的。」

「很迷人的倫理學藝術基礎，道林！我祝福你。但你打算怎麼做呢？」

「娶西碧兒．范為妻。」

「娶西碧兒．范！」亨利勛爵叫道，站起身來，一臉困惑地看著他，「可是，親愛的道林——」

「是的，哈里，我知道你要說什麼，又是關於婚姻的可怕，別說了。不要再對我說那種話了。兩天前我向西碧兒求了婚，我不會食言，我要娶她。」

「娶她！道林！……你沒有收到我的信嗎？我今天早上給你寫了信，派我自己的人送來的。」

「你的信？哦，對，我想起來了。我還沒看呢，哈里。我怕裡面有我不喜歡的內容。你用你那些格言警句把生活切成了碎片。」

「那你什麼都不知道啊？」

「什麼意思？」

亨利勛爵走過來，在道林．格雷身邊坐下，拉起他的兩隻手，緊緊握住。「道林，」他說，「我的信——別害怕——是告訴你，西碧兒．范死了。」

年輕人嘴裡迸出一聲痛苦的叫聲，他掙脫了亨利勛爵的手跳起來：「死了！西碧兒死了！這不是真的！這是可怕的謊言！這種謊你都敢說啊？」

「是真的，道林，」亨利勛爵嚴肅地說，「各家早報都登了。我寫信給你就是叫你在我來之前不要見任何人，一定會調查的，你不能被牽扯進去。這樣的事在巴黎會讓一個人變成風頭人物，但倫敦人的偏見很深，在這裡，一個人可不能用醜聞來嶄露頭角，留到晚年增添點趣味還行。我想劇院裡的人不知道你的名字吧？不知道最好。有沒有人看見你去她的房間？這點很重要。」

道林好一會兒沒有回答，他嚇呆了。最後，他結結巴巴地悶聲說：「哈里，你說要調查嗎？什麼意思？西碧兒她——哦，哈里，我受不了了！快點都告訴我吧。」

「我覺得肯定不是意外，道林，雖然對公眾只能宣稱是意外。據說她和她母親正要離開劇院，大約十二點半，然後她說忘了東西在樓上。他們等了她一段時間，但她沒再下來。最後他們發現她躺在化妝間的地板上，死了。她誤吞了一些東西，劇院裡用的某種有毒的東西。我不知道是什麼，裡面不是有氰化氫就是有白鉛，我猜是氰化氫，因為她好像當場就死了。」

「哈里、哈里，太可怕了！」年輕人喊道。

「是啊，是很悲慘，但你千萬別把自己攪進去。我在《標準報》上看到，說她才十七歲。

我還以為她比這還小，她看起來就像個孩子，好像對表演一竅不通的樣子。道林，你不能讓這件事影響你的情緒，你要來和我一起吃飯，然後我們再去看歌劇，今晚帕蒂[1]演出，大家都會去看的，你可以到我妹妹的包廂來，她那裡有些時髦的女生。」

「所以我殺了西碧兒．范，」道林．格雷半是自言自語地說，「就像是我用刀親手割斷她細細的喉嚨。但是玫瑰並沒有因此減少一絲嬌豔，鳥兒在我的花園裡依然快樂地歌唱，晚上我還要和你一起吃飯，然後去聽歌劇，我猜聽完還要去哪裡吃點東西。生活怎麼這麼戲劇化啊！如果我在書裡讀到這樣的事，哈里，我肯定會哭的。不知怎麼的，現在這一切都真實地發生了，我卻覺得它太奇妙了，哭不出來。這是我這輩子寫的第一封熱烈的情書，奇怪的是，我的第一封熱烈的情書竟然是寫給一個已經死去的女孩。不知道那些我們稱為死人的蒼白沉默的人，他們有感覺嗎？西碧兒！她能感覺、能知道、能聽見嗎？哦，哈里，我曾經多愛她啊！現在好像已經是好幾年前的事一樣。她曾經是我的一切。然後是那個可怕的夜晚——真的只是昨晚嗎？——她演得那麼糟糕，我的心都要碎了。她向我解釋了一切，好可憐，但我無動於衷，還覺得她很膚淺。後來突然發生了很嚇人的事，我不能告訴你是什麼事，但真的很可怕。我說我要回到她身邊，我覺得我做錯了，結果她死了。天啊！天啊！哈里，我要怎麼辦？你不知道我已經危險了，沒有救了。她本來可以拯救我的，她沒有權利自殺，她太自私了。」

「親愛的道林，」亨利勛爵說，一邊從菸盒裡拿出一支菸，又拿出一個鍍金火柴盒，「女人改造男人的唯一辦法，就是讓他徹底厭倦，失去一切對生活可能有的興趣。如果你娶了這個女孩，你就慘了。當然，你會對她很好的。一個人對自己毫不在意的人，總是可以好好對待的，但她很快就會發現你對她根本就不在意。當一個女人發現自己的丈夫是這樣的時候，她要嘛變得邋邋遢遢，要嘛變得花枝招展，戴的時髦帽子還是別人的丈夫買的。我還沒說你們的門第很不配呢——當然我不會那麼卑鄙——但我跟你保證，無論如何，整件事是不會有好結果的。」

「我想也是，」年輕人嘟囔著，在房間裡走來走去，臉色蒼白得可怕，「但我覺得這是我的責任。這個可怕的悲劇讓我做不了正確的事了，這不是我的錯。我記得你說過，好的決心都有一點致命——總是下得太晚了。我的決心當然也是這樣。」

「好的決心只不過是想要干涉科學規律的徒然嘗試，根源是純粹的虛榮心，結果絕對是一場空。它們時不時給我們帶來一些華而不實的情緒，只有弱者才會被吸引，沒別的好說的，它們只是些空頭支票罷了。」

1　阿德里娜．帕蒂（一八四三—一九一九）：義大利著名歌劇演員。

「哈里，」道林．格雷喊道，走到亨利勛爵身邊坐下，「為什麼我對這場悲劇沒有想要有的感受呢？我覺得我不無情啊，你覺得呢？」

「過去兩個星期你幹了太多傻事了，沒資格被稱作『無情』，道林。」亨利勛爵帶著他那甜蜜而憂鬱的微笑說。

年輕人皺了皺眉頭。「我不喜歡這種解釋，哈里，」他說，「但我很高興你不覺得我無情。我不是那種人，我知道我不是。可是我必須承認，發生的這件事並沒有對我產生應該有的影響。對我來說，它就像是一齣精彩戲劇的精彩結局，具有希臘悲劇所有可怕的美，我是這場悲劇的主角之一，卻沒有受到傷害。」

「這個問題有意思，」亨利勛爵說，他從玩弄年輕人無意識的自負裡找到了微妙的樂趣，「非常有意思。我想真正的解釋是這樣：生活裡真正的悲劇往往是以毫不藝術化的方式發生的，它們用殘忍的暴力、絕對的不和諧、荒謬的意義和徹底的無格調來傷害我們。它們對我們的影響就像庸俗對我們的影響一樣。它們給我們的印象是純粹的蠻力，而我們會反抗。然而，有時，我們在生活裡遭遇了帶著藝術美感的悲劇。如果這些美的成分是真實的，那麼整件事就只能從我們欣賞戲劇效果的角度來打動我們了。突然間我們發現，我們不再是演員，而是這齣戲的觀眾。或者說，我們既是演員又是觀眾。我們看著自己，光是奇異的場面就讓我們迷醉了。在目前這件事裡，到底發生了什麼？有人因為愛你而自殺了。我希望我也有這樣的經歷，它會讓我一生都愛著愛情。愛我的人——雖然不多，但也有一些——總是堅持活下去，我早就不關心她們，或者她們早就不關心我了，但一直還活著。她們變得又胖又無聊，一碰到我，又馬上開始懷念過去。女人可怕的記憶力啊！真嚇人！那只說明，她們的心智已經完全停滯了！人應該吸收生活的色彩，但絕不要記住細節，細節總是庸俗的。」

「我要在花園裡種點罌粟花[2]了。」道林歎了口氣。

「沒必要，」他的同伴又說，「生活的手裡總是有罌粟花的。當然，有些事情總是揮之不去。我曾經一整個季節都只戴紫羅蘭，作為一種藝術形式，來哀悼一段不願忘卻的戀情。然而最終它還是過去了。我忘了是什麼扼殺了它。我想是因為她提出要為我犧牲整個世界。那樣的時刻總是可怕的，讓人充滿對永恆的恐懼。好吧——你相信嗎——一個星期前，在漢普夏爾夫人家，我發現我吃飯時就坐在她旁邊，她堅持要把過去的事重新回憶一遍，把往事都挖出來，再提一下未來。我已經把自己那份浪漫埋在了長春花[3]底下，而她又把它挖了出來，還非說是我毀了她的生活。我要聲明，她的晚餐吃得可不少，所以我一點也沒當回事。

2 象徵忘卻。
3 長春花象徵死亡。

但她的行為舉止實在太沒品了！往事的唯一魅力就在於它已經是往事了。但女人從不知道大幕已經落下。她們總想著還有第六幕[4]，戲已經沒趣了，她們還想繼續演下去。如果都由著她們，那每齣喜劇都會以悲劇結尾，而每齣悲劇都會變成鬧劇。她們的做作有點迷人，但毫無藝術感。你比我幸運。相信我，道林，我認識的所有女人裡沒有一個會像西碧兒那樣，為了我那樣做的。一般的女人總是會安慰自己，有的女人喜歡靠穿帶感情色彩的衣服來安慰自己，比如千萬別信穿淡紫色衣服的女人，不管她年齡大小，或愛戴粉紅色緞帶的過了三十五歲的女人，這些都表示她們有一段過往。還有些女人突然發現丈夫的優點時，會得到很大的安慰。她們在人前炫耀婚姻的美滿，好像它是最迷人的罪過。宗教也安慰了不少人，它的神祕具有調情的魅力——曾經有個女人這樣告訴我，我很能理解。此外，最值得炫耀的是被人說成罪人。良心把我們都變成自我中心的人。是的，女人真的可以在現代生活裡找到無窮無盡的安慰。實際上，最重要的安慰我還沒說呢。」

「是什麼，哈里？」年輕人無精打采地問。

「哦，那種顯而易見的安慰。失去了自己的愛慕者，就去搶別人的愛慕者。在美好的社會裡，這樣總是能偽飾一個女人。但說真的，道林，西碧兒．范和大家碰到的女人太不一樣了！在我看來，她的死相當美麗。我很慶幸自己生活在一個還有這種奇蹟發生的時代。那讓人相信我們都在賞玩的東西是真實存在的，比如浪漫、激情和愛情。」

「你忘了，我對她非常殘忍。」

「恐怕女人最欣賞的就是殘忍了，徹頭徹尾的殘忍。她們有著奇妙的原始本能。我們已經解放了她們，但她們仍然像奴隸一樣尋找著主人，她們喜歡被支配。我相信你一定做得很出色，我從來沒見過你大發雷霆，但我可以想像你的樣子有多可愛。畢竟前天你跟我說了那些話，當時我覺得只是幻想，但現在我覺得全是真的，它是打開一切的鑰匙。」

「我說了什麼，哈里？」

「你說西碧兒．范在你眼裡代表了所有浪漫主義的女主角——她今晚是苔絲狄蒙娜[5]，明晚是奧菲莉亞[6]，如果她作為茱麗葉死去，還會以伊莫金的身分活過來。」

「她現在再也不會活過來了。」年輕人雙手掩面喃喃道。

「是啊，她再也不會活過來了。她已經演完了最後一個角色。但是你一定要把在那個低俗化妝間裡的孤獨的死亡，當成只是詹姆斯一世時代的某齣悲劇裡的怪異恐怖片段，當成韋

4 英國傳統戲劇一般只有五幕。
5 莎士比亞戲劇《奧賽羅》女主角。
6 莎士比亞戲劇《哈姆雷特》女主角。

伯斯特、福特，或圖爾納[7]筆下的精彩場景。這個女孩從來沒有真正地活過，所以她也沒有真正地死去。至少對你來說，她一直就是一個夢、一個在莎士比亞戲劇裡飛舞的幻影，讓那些戲劇更加可愛，她是一支讓戲劇的音樂更豐富、使之充滿歡樂的蘆笛。當她接觸到實際生活的那一刻，她就把生活破壞了，生活也破壞了她，於是她就香消玉殞了。如果你願意，就憑弔奧菲莉亞吧，因為科迪莉亞被絞死而把灰撒在自己頭上吧[8]，因為勃拉班修[9]的女兒死了而向上蒼呼喊吧。但不要為西碧兒・范浪費眼淚，因為她還沒她們真實呢。」

一陣默然。房間裡漸漸暗了下來。陰影踏著銀色的腳無聲無息地從花園爬了進來。顏色疲憊地從事物上褪去。

過了一會兒，道林・格雷抬起頭來。「你剖析了我，哈里，」他彷彿解脫般地呼出了一口氣，喃喃說道，「你說的我都感覺到了，但我很害怕，也沒辦法跟自己說清楚。你真瞭解我啊！已經發生的事就別再談了。這是一次奇妙的經歷，僅此而已。我不知道生活還有沒有為我準備其他同樣奇妙的事情。」

「生活為你準備了一切，道林。憑你那非凡的美貌，沒有什麼事是你做不到的。」

「但是，哈里，如果我憔悴了、老了、滿臉皺紋了呢？然後會怎麼樣？」

「啊，那時候嘛，」亨利勛爵一邊說著，一邊站起來要走，「親愛的道林，那時候你就要努力才能勝利啦。現在，勝利是自動送上門來的。不，你還是要保持你的美貌。我們生活在一個讀書太多反而不聰明、思考太多就漂亮不了的時代。我們少不了你。現在你最好換衣服，坐車去俱樂部。實際上我們已經晚了。」

「我想我們還是在歌劇院見吧，哈里。我太累了，什麼也吃不下。你妹妹的包廂是幾號？」

「二十七號吧，我想。在正面看臺上，門上有她的名字。你不能來跟我們一起吃飯真可惜。」

「我不想吃，」道林無精打采地說，「我很感謝你對我說的話。你顯然是我最好的朋友。沒人像你這麼瞭解我。」

「我們的友誼才剛開始，道林，」亨利勛爵握了握他的手答道，「再見。我希望在九點半之前見到你。別忘了，是帕蒂演唱啊。」

亨利勛爵一關上門，道林·格雷就按了按鈴，幾分鐘後，維克多提著燈來了，放下百葉

7 這三位都是英國劇作家。
8 《聖經》裡寫到古猶太人往自己頭上撒爐灰或塵土以示哀悼或懺悔。
9 《奧賽羅》男配角，苔絲狄蒙娜之父。

窗。道林不耐煩地等著他離開，這人就像幹什麼事都要花無窮無盡的時間似的。

他一走，道林就衝過去拉開了屏風。不，畫面上沒有新的變化。在他知道之前，它已經收到了西碧兒·范的死訊。它知道生活中發生的事。那嘴角的優美線條扭曲成惡毒的凶相，肯定是在女孩喝下不管是什麼毒藥的那一刻發生的。還是說，它對結果無所謂，只察覺靈魂裡流逝掉的東西？他猜想著，希望有一天能親眼看到它變化的時刻，想到這裡他不禁顫抖起來。

可憐的西碧兒！這是怎樣一段戀情啊！她常在舞臺上表演死亡，然後死神真的來了，碰了碰她，把她帶走了。她是怎麼演那可怕的最後一幕的？她死的時候有沒有詛咒他？不會的，她是因為愛他而死的，從此愛對他來說就永遠是一種聖禮。她用生命獻祭，補償了一切。他不會再去想在劇院的那個可怕夜晚，她讓他經受的一切。當他想起她時，那就是一個美妙的悲劇人物，被送到人間的舞臺上，來展示愛情的絕對真實的存在。他想起了她孩子般的模樣，夢幻般楚楚動人的舉止，還有羞怯柔軟的優雅，眼淚不禁奪眶而出。他匆匆拭去淚水，又看了看畫像。

他覺得真的到了做出選擇的時候了。或者說，他已經做出選擇了？是的，生活已經為他決定了——生活，還有他對生活的無限好奇心。永恆的青春、無限的激情、微妙而隱祕的快樂、狂野的歡樂和狂野的罪惡——他要擁有這些東西。畫像將替他承擔羞恥的重擔。就這樣吧。

他想到畫布上那張俊美的臉將要遭受玷汙，心頭掠過一陣痛楚。曾有一次，他孩子氣地模仿納西瑟斯，去親吻，或者說假裝親吻了此刻正對著他殘忍微笑的雙唇。一個又一個早晨，他坐在畫像前，驚異於它的美，幾乎被它迷住。它會隨著他的心境而改變嗎？它會變成一個可怕而討厭的東西，要被鎖進房間藏起來嗎？陽光再也沒法把它飄揚的秀髮照耀得更加金光熠熠了嗎？可惜啊！真可惜！

有那麼一會兒，他想到了祈禱，祈求存在於自己和畫像之間的那種可怕的感應能夠終止。它因為祈禱而起了變化，或許也會因為祈禱而停止變化。然而，只要知道什麼是生活，有誰會願意放棄永保青春的機會呢？無論這個機會多古怪，或者可能導致什麼致命的後果。再說，這真的是他能控制的事嗎？真的是祈禱產生了這種對調的效果？有沒有可能存在一些奇怪的科學原因？如果思想能對一個活的有機體產生影響，那它為什麼不能對死的無機體產生影響呢？還有，如果外界的事物沒有想法或欲望，它們會不會也能跟我們內在的情緒和情感產生共鳴呢？原子和原子之間會不會因為隱祕的愛或奇特的吸引而相互呼應呢？但原因不重要。他再也不會藉由祈禱來誘發什麼可怕的力量了。如果畫像要變，就變吧，隨便吧，為何要深究呢？

但觀察畫像有種真正的樂趣。他能追蹤自己的思想，進入心靈隱祕的地方。這幅畫像會成為他最神奇的鏡子。就像它已經向他展現了自己的肉體一樣，它還會向他揭露自己的靈魂。冬天來臨時，他還會站在春夏之交的變幻時節。當血色從它臉上消退，留下一張蒼白臉孔和呆滯的眼睛時，他還會保持著少年的魅力。他可愛的花朵一朵也不會凋謝，他生命的脈搏不會減弱。他會像希臘眾神一樣強壯、敏捷、快樂。畫布上的彩色形象怎麼樣了有什麼關係呢？反正他自己安然無恙就好了。

他笑著把屏風拉回原位，擋住了畫像，然後走進臥室，僕人已經在那裡等他了。一個小時後，他在歌劇院裡，亨利勛爵朝他的位子探過身來。

第九章

祕密

第二天早上，他正坐著吃早餐，巴茲爾．霍爾沃德被引進了房間。

「找到你真高興，道林，」他嚴肅地說，「我昨晚來找你，他們說你去聽歌劇了。當然，我知道那是不可能的。但我真希望你留下話說你到底去哪裡了。我這一夜真難熬，生怕又一個悲劇會跟著發生。我想你可能會在第一次聽說的時候就給我發電報。我是在俱樂部裡偶然翻到《環球報》晚刊才看到的，然後我馬上就來了，可是卻找不到你，急死了。我沒法告訴你我對整件事有多心碎。我知道你一定很痛苦，但你去哪裡了？你去看了那女孩的母親嗎？我還想過要跟你一起去呢。他們在報紙上寫了地址，在尤斯頓路的什麼地方，是吧？但我怕打擾到她的悲痛，又沒法為她減輕一點。可憐的女人！她肯定難過極了！她就這麼一個孩子！她怎麼說的？」

「親愛的巴茲爾，我怎麼知道？」道林．格雷喃喃道，一邊從一個精緻的帶小金珠泡泡的威尼斯玻璃酒杯裡喝著淡黃色的酒，一臉不耐煩，「我是在歌劇院啊。你應該去的。我第一次見到了格溫德琳夫人、哈里的妹妹。我們在她的包廂裡。她非常迷人。帕蒂也唱得神乎其神。別說什麼可怕的話題了。如果不說，它就沒發生過。就像哈里說的，只有言語才能賦予事物真實性。我可以順便說一下，那個女人不只她一個孩子，她還有個兒子，大概也很好看，但他不是演員，是個水手還是什麼的。現在，說說你自己吧，你在畫什麼？」

「你去聽歌劇了？」霍爾沃德一個字一個字地說出這句話，聲音裡帶著壓抑的痛苦，「西碧兒．范死了，屍體還寄存在某個骯髒的地方，這時候你去聽歌劇？你愛的女孩還沒入土為安，你就跟我說別的女人很迷人，說帕蒂唱得神乎其技？為什麼，兄弟？多少可怕的事在等著她那小小的蒼白軀體啊！」

「別說了，巴茲爾！我不想聽！」道林跳起來喊道，「你可別給我上課了，事情發生了就發生了，過去就過去了。」

「你把昨天就說成是過去了？」

「這跟具體的時間長短有什麼關係？只有膚淺的人才需要經年累月來擺脫一段情感。一個能做自己主人的人，可以輕鬆終止憂傷，就像能輕鬆創造快樂一樣。我不想受感情的擺布，我只想利用它、享受它、支配它。」

「道林，這太可怕了！什麼東西把你完全改變了。你看起來和那個曾經每天來我畫室裡

意思——中產階級美德之類的東西。但西碧兒多麼不一樣啊！她活在她最美的悲劇裡，永遠是女主角。她演出的最後一個晚上——你看到她的那個晚上——她演得很糟糕，是因為她知道了愛情是真實存在的。等她發現愛情又是虛幻的時候，她就死了，和茱麗葉死了一樣。她又進入了藝術的國度。她有種殉道者的氣質，她的死包含了殉道者所有可悲的徒勞、所有浪費了的美。可是我說你千萬別以為我沒受苦，如果你昨天某個時候來了——大概是五點半，或者是六點十五分，你會看到我在流淚。就連當時在這裡、告訴我這個消息的哈里，其實都不知道我經受了什麼。我承受了巨大的痛苦。然後就過去了。我沒法重複一種情感。除了多愁善感的人，誰都辦不到。你太不公平了，巴茲爾。你來是為了安慰我，你真好，但你發現我沒事了，卻很生氣。你這算是有同情心的人嗎！你讓我想起哈里講的一個故事，說一位慈善家花了二十年時間，想要為人申冤，或是改變一些不公正的法律——我忘了究竟是什麼了，最後他終於成功了，結果卻失望透頂，他完全沒事幹了，幾乎死於無聊，變成了徹徹底底的厭世者。還有，親愛的老巴茲爾，如果你真的想安慰我，就教我怎麼忘記發生的事，或者怎麼從恰當的藝術角度去看它。法國詩人戈蒂耶是不是寫過什麼『藝術的慰藉』？我記得有天我在你的畫室裡翻到過一本牛皮紙封面的小書，正好看到這行討人喜歡的話。我們一起在馬妻的時候，你跟我說，有個年輕人經常說黃綢子能慰藉生活中的所有痛苦，我不像他，我喜歡可以觸碰和把玩的好看東西，古老的錦緞、青銅器、漆器、象牙雕塑、優雅的環境、奢華、豪華——從這些東西裡人能得到很多，而對我來說最重要的是它們所營造的、至少是表面上給人感覺到的藝術氣質。像哈里說的，成為自己生活的旁觀者，就能逃避生活的痛苦了。我知道你聽我說這種話很驚訝，你還沒有意識到我的成長。你認識我的時候我還是個孩子，現在我是個男人了，我有了新的激情、新的思想、新的觀念。我是變了，但你不能不喜歡我。我變了，你也必須永遠是我的朋友。當然，我很喜歡哈里。但我知道你比他好。你沒他強——你太害怕生活了——但你更好。我們以前在一起多開心啊！別離開我，巴茲爾，也別和我吵。我現在就是這樣的人，沒別的好說的了。」

畫家被奇怪地感動了。他無比珍愛道林，道林的魅力是他藝術的重大轉捩點。他不忍心再責備他了。畢竟，他的冷漠可能只是一種情緒，會慢慢不見的。他身上有那麼多善良和高尚的東西。

「好吧，道林，」他終於哀戚地笑笑說，「從今往後我再也不和你說這件可怕的事了。我相信你的名字不會跟這件事有牽連的。調查會在今天下午進行。他們傳喚你了嗎？」

道林搖了搖頭，一聽到「調查」這個詞，他的臉上就浮起一絲厭煩，凡是這一類的事情，都有那麼一點粗鄙和庸俗。「他們不知道我的名字。」他說。

「但她肯定知道？」

「她只知道我的教名，而且她肯定從來沒對任何人說過。她跟我說過，他們都很好奇地想知道我是誰，她總是告訴他們我叫白馬王子。她真好，你一定要給我畫一幅西碧兒的畫，巴茲爾。我還想多留一些她的東西，不光是記憶裡的幾個吻和幾句破碎可憐的話。」

「我會盡力而為，道林，只要你高興。但你一定要再來讓我畫像。沒有你我就畫不了了。」

「我不能再當你的模特兒了，巴茲爾。不可能了！」他後退了一步，大叫著說。

畫家瞪著眼睛看著他。「親愛的年輕人，你在胡說什麼！」他喊道，「你是說你不喜歡我幫你畫的畫嗎？那幅畫在哪裡？你為什麼用屏風擋著它？讓我看看。這是我最好的畫啊。把屏風拉開，道林。你的僕人這樣把我的畫遮起來真不像話。我進來的時候就覺得這房間看起來變了。」

「這不關我僕人的事，巴茲爾。你不會真覺得我會讓他布置房間吧？他有時幫我弄弄花。不，是我自己遮的。照在畫上的光線太強了。」

「太強了？不會吧，親愛的朋友，掛在這裡滿好的，給我看看。」霍爾沃德說著向屋角走去。

道林·格雷不禁驚恐地叫出了聲，衝到畫家和屏風之間。「巴茲爾，」他臉色煞白地說，「你千萬別看。我不希望你看。」

「不能看我自己的畫！你開玩笑的吧，為什麼我不能看？」霍爾沃德笑著說。

「如果你看了，巴茲爾，我用名譽擔保，我一輩子都不會跟你說話了。我很認真說的。我不解釋了，你也別問。但是你記住，你只要碰一下這座屏風，我們就一刀兩斷。」

霍爾沃德如遭雷擊。他看著道林．格雷，完全驚呆了，他從沒見過他這樣。這個年輕人真的憤怒得臉色煞白，他雙拳緊握，瞳孔就像噴出藍色火焰的圓盤，渾身顫抖。

「道林！」

「別說話！」

「但是怎麼了？如果你不讓我看，我當然不會看，」他很冷靜地說，轉身朝窗戶走去，「可是，說真的，我不能看自己的畫，好像很荒謬啊，特別是我秋天還想送到巴黎去展出呢，去之前我可能還要給它再上一層光，所以我總要看到它的，為什麼今天不能看呢？」

「展出？你要把它拿去展出？」道林．格雷大叫起來，一種奇怪的恐懼感爬遍了他全身。難道要讓全世界的人都看到他的祕密？讓人都為他的生命之謎瞠目結舌？絕對不行。要做點什麼——雖然他不知道能怎麼辦——但必須馬上想想辦法。

「是啊，我想你不會反對的。喬治．佩蒂特要收集我最好的畫，在塞茲路辦特展，在十月第一週開幕。這幅畫像只會拿走一個月。這點時間我想你讓我用一下沒問題的吧。事實上，你肯定要出城的。而且如果你一直用屏風擋著它，就代表你也不是很在乎它。」

道林．格雷用手擦了一下額頭上冒出的汗珠，覺得自己處在可怕的危險邊緣。「一個月前你跟我說永遠不會展出它，」他叫道，「你為什麼改變主意了？你們這些主張信守諾言的人和其他人一樣心情反覆無常，唯一的區別是你們的心情相當沒意義。你不會忘了吧，你曾經鄭重向我保證，世界上沒有任何東西能讓你把它送去展出。你對哈里也是這麼說的。」他突然停了下來，眼裡閃出一絲光亮。他想起亨利勛爵曾經半認真半開玩笑地對他說：「如果你想經歷一次奇特的十五分鐘，就讓巴茲爾告訴你，他為什麼不展出你的畫像。他告訴過我原因，讓我大開眼界。」是的，也許巴茲爾也有他的祕密。他要問問他。

「巴茲爾，」他走到他身邊，靠得很近，直視著他的臉說，「我們兩個都有祕密。你告訴我你的，我就告訴你我的。你之前為什麼不肯展出我的畫像？」

畫家不由自主地打了個寒戰：「道林，如果我告訴你，你就不會像現在這樣喜歡我了，而且一定會笑我。這兩件事我都受不了。如果你希望我再也不看你的畫像，我也願意的，我情願永遠可以看你本人就夠了。如果你希望把我最好的畫藏起來不讓世界上任何人知道，我也願意的，對我來說，你的友誼比什麼名氣、聲望都珍貴。」

「不行，巴茲爾，你一定要告訴我，」道林．格雷堅持說，「我覺得我有權利知道。」他的恐懼已經被好奇心代替了。他一心想發掘出巴茲爾．霍爾沃德的祕密。

「我們坐下來吧，道林，」畫家看起來很煩惱，「我們坐下來。就回答我一個問題，你有沒有注意到這幅畫裡有什麼奇怪的東西？——可能一開始你並沒有注意到，但後來突然發現的東西？」

「巴茲爾！」年輕人喊道，雙手顫抖著抓住了椅子扶手，驚恐狂亂地望著他。

「我看你已經發現了。別說話，聽我說完。道林，從我見到你的那一刻起，你的樣子就對我產生了非同小可的影響。我的靈魂、大腦和力量都被你控制了。我們藝術家心裡一直會有那種魂縈夢繞但看不見的理想，你對我來說就是那個理想可視的化身。我愛慕你，我嫉妒每個和你說話的人，我想獨占你，只有和你在一起的時候我才開心。你不在的時候，你仍然存在於我的藝術裡……當然，我從來沒讓你知道這件事。不可能讓你知道，你也不會理解的，我自己都不太理解。我只知道，我面對面地看到了完美，世界在我的眼裡也變得神奇了——也許太神奇了，因為在這種瘋狂的愛慕裡存在著危險，忽然覺得不愛了的危險和繼續愛下去的危險一樣大……時間一個禮拜一個禮拜過去，我對你越來越著迷。後來又有了新的發展，我把你畫成身穿精美甲冑的帕里斯[1]和披著獵人斗篷、手裡拿著錚亮標槍的阿多尼斯。你戴著沉甸甸的蓮花冠，坐在哈德良皇帝的船頭，凝視著尼羅河渾濁的綠色河水。你俯身在希臘森林中一汪潭水邊，從寧靜的銀色水面上看到了自己驚世的美貌。那都是藝術，藝術就

1　希臘神話中的特洛伊王子、美男子，因誘拐斯巴達王后海倫而引起了特洛伊戰爭。

是那樣——無意識、理想化、遙不可及。有天——我有時覺得那是命中注定的一天——我決定給你畫一幅了不起的畫像，就是你真實的樣子，不是穿著古裝，而是就穿著你自己的衣服，就在你現在這個時代。我說不上來，是因為畫法的寫實主義，還是純粹是你美貌的奇蹟，就那樣毫無掩飾地直接呈現在我面前，但我知道，我畫畫的時候，每一筆、每一層顏色都透露出了我的祕密。我開始擔心別人看出我的愛慕。道林，我覺得我流露得太多了，把自己太多東西都畫進了畫裡。於是我決心絕不展出這幅畫。你那時有點不高興，你不明白這對我意味著什麼。我跟哈里說這件事的時候，他就嘲笑我。不過我不在意那些。這幅畫畫完的時候，我一個人坐在畫前，覺得自己是對的……過了幾天，這幅畫離開了我的畫室，我擺脫了它在那裡對我產生的難以忍受的魅力以後，就覺得我好像很愚蠢，除了你很美和我很會畫以外，竟會想像在這幅畫上還能看出別的什麼來。現在我還是忍不住覺得，認為一個人在創作時的激情會表現在作品裡，那種想法是不對的。藝術總是比我們幻想的還要抽象。形狀和色彩只能展現形狀和色彩。我覺得藝術對藝術家的掩飾，比對他們的揭露更徹底。所以我收到巴黎的邀請時，就決定把你的畫像作為我展覽的主要展品。我沒想過你會拒絕。我現在明白了，你是對的，這幅畫不能展出。你別因為我告訴你的事生我的氣，道林，就像我之前對哈里說過的，你生來就是讓人愛慕的。」

道林．格雷長吁了一口氣，臉上恢復了血色，唇邊露出了笑容。危險過去了，他暫時安全了。然而他不禁對這位剛剛向他作了奇怪表白的畫家感到無限的憐憫，不知道自己會不會被朋友的容貌如此左右。亨利勛爵危險而有魅力，但也僅此而已。他太聰明，太玩世不恭，並不真的討人喜歡。會不會有人讓他滿懷這樣奇怪的愛慕呢？生活有沒有為他準備那樣的事情？

「我覺得很奇怪，道林，」霍爾沃德說，「你竟然在畫上看出來了。你真的看出來了？」

「我看到了一些，」他回答說，「滿奇怪的東西。」

「好吧，現在你介意我看看這些東西嗎？」

道林搖了搖頭：「你別再要求這件事了，巴茲爾。我不可能讓你看的。」

「以後總可以吧？」

「永遠不行。」

「好吧，也許你是對的。那再見了，道林。我生命裡真正影響了我的藝術的人就是你了。不管我畫了什麼好東西，都是你的功勞。啊！你不知道我要花多大力氣才能把剛才那些話告訴你。」

「親愛的巴茲爾，」道林說，「你告訴我什麼了？只說你覺得你太愛慕我了，這也不算什麼恭維嘛。」

「本來就不是恭維，那是告白。說完好像少了點什麼。也許人不該把自己的愛慕用語言說出來。」

「這個告白挺讓人失望的啊。」

「為什麼，你希望是什麼啊，道林？你沒在畫裡看到別的吧？沒別的了吧？」

「沒有，沒別的可看。你為什麼這麼問？不過你千萬別說什麼愛慕，那太傻了，你和我是朋友，巴茲爾，我們一定要永遠當朋友。」

「你已經有哈里啦。」畫家傷心地說。

「哦，哈里！」年輕人笑起來，「哈里白天就說些不可信的事，晚上就做不可能的事。我滿想過那種生活的。但我想如果我遇到困難還是不會去找哈里的。我寧願找你，巴茲爾。」

「你還會給我當模特兒嗎？」

「那不會了！」

「你不肯，就是毀了我作為藝術家的生命了，道林。沒人能碰到兩個符合理想的人，碰到一個的都不多。」

「我沒法跟你解釋，巴茲爾，但我就是不能再給你當模特兒了。畫像裡有種要命的東西，它有自己的生命。我會來和你一起喝茶，那也會很愉快的。」

「恐怕是你比較愉快，」霍爾沃德懊喪地咕噥說，「好了，再見了。很遺憾你不讓我再看看那幅畫。但這也沒辦法。我很理解你對它的感覺。」

他出去的時候，道林．格雷暗暗笑了。可憐的巴茲爾！他哪裡知道真正的原因呢！真奇怪，他沒被逼出自己的祕密，卻靠運氣套出了朋友的祕密。那個奇怪的自白向他解釋了多少事啊，畫家莫名其妙的嫉妒、瘋狂的忠誠、誇張的讚美、奇怪的沉默——他現在都明白了，也覺得很遺憾。他覺得，這麼具有浪漫色彩的友情裡，潛藏著一些悲劇性的東西。

他歎了口氣，按了鈴。必須不惜一切代價把畫像藏起來。他再也不能冒這種敗露的危險了。他真是瘋了，竟然讓那東西留在他的朋友可以來的房間裡，留在這裡一個小時都不行。

第十章

掩藏

僕人進來後，道林目不轉睛地看著他，想看他會不會想往屏風後看一眼，但他沒什麼反應，只等待著他的吩咐。道林點了一支菸，走到鏡子前，朝鏡子裡看了一眼，他完全可以從鏡子裡看到維克多的臉，它就像一張溫馴的面具，充滿了奴性，沒什麼好怕的。但他想最好還是小心點。

他說得很慢，讓他告訴管家他要見她，然後去找畫框師傅，讓他馬上派兩個人來。他覺得僕人出去的時候往屏風那裡瞄了一眼，或者這是自己幻想出來的？

過了一會兒，身穿黑綢衣裙、滿是皺紋的手上戴著老式線手套的莉芙太太，匆匆忙忙地進了書房。他向她要了小書房的鑰匙。

「那間舊書房，道林先生？」她嚷道。「哎呀，裡面全是灰，我要先收拾一下。現在您不合適去，先生，真的。」

「不用收拾，莉芙。我只想要鑰匙。」

「好吧，先生，您要是進去會一身蜘蛛網的。哎呀，快五年沒人去過了——自從老爺過世以後就沒打開過。」

聽人提到外祖父，他打了個寒戰，他對他懷著恨呢。「沒關係，」他說，「我只是想看看那裡——沒別的，鑰匙給我。」

「鑰匙在這裡，先生，」老太太的手抖抖索索地翻著鑰匙圈，「這把，我這就從鑰匙圈上拿下來。你不會想去住吧，先生，這裡還舒服嗎？」

「不會不會，」他急躁地說，「謝謝你，莉芙。沒事了。」

她又待了一會兒，絮叨了一些家裡的瑣事。他歎了口氣，要她只管按自己的想法去辦。她滿臉笑容地走了。

門一關上，道林就把鑰匙放到口袋裡，環顧了一下房間，目光落在一條大的紫色緞子床罩上，上面密密麻麻地用金線繡著花，是十七世紀晚期威尼斯的精品，他外祖父從義大利波隆那附近的一個修道院裡弄來的。可以，用來裹那個可怕的東西正好。說不定它原來就是蓋棺材的，現在也用它來裹一個會自己腐敗的東西，比死亡帶來的腐敗更可怕——它會滋生恐怖，卻永遠不會死。他的罪孽對畫像來說就是屍體上的蛆，那些蛆破壞它的美麗，齧噬它的丰姿，玷汙它，讓它變得噁心。然而那玩意還繼續活著。它會永遠活下去。

他顫抖起來，有那麼一刻，他懊悔沒告訴巴茲爾他想把畫藏起來的真正原因。巴茲爾會幫他抵禦亨利勛爵的影響，還有源自自己身上的更有害的影響。他對他的愛——那是真正的愛——裡面沒有一絲不高尚，而且是智慧的。那不是那種發自感官，也會隨感官疲倦而消逝的對美的傾慕。那是米開朗基羅、蒙田、溫克爾曼[1]和莎士比亞都瞭解的那種愛。是的，巴茲爾本來可以救他的。但現在太晚了。過去總是可以被消滅的。後悔、否認，或遺忘都可以做到這一點。但未來是不可避免的。他身上的激情會找到可怕的出口，夢想會令其邪惡的陰影變得真實。

他從躺椅上拿起蓋在上面的紫金色大織物，拿在手裡，走到屏風後面。畫布上的臉變得更猙獰了嗎？他覺得沒變，但他更厭惡它了。金髮、碧眼、紅唇——它們依然如故，只是表情變了，殘忍得可怕。跟他從中受到的譴責和非難相比，巴茲爾因為西碧兒·范對他的責備多輕啊——輕得簡直不算什麼。他自己的靈魂從畫布上看著他，要他接受審判。一陣痛苦襲來，他把華麗的棺罩蒙到畫上，這時傳來了敲門聲，他從屏風後出來，僕人進來了。

「人來了，先生。」

他覺得應該馬上把僕人打發走，絕不能讓他知道畫像要搬到哪裡去，他有點狡猾，長著一雙老謀深算的奸詐眼睛。道林在寫字臺前坐下，給亨利勛爵寫了一張便條，請他給他送些書來看，並提醒他當晚八點十五分見面。

「等著回信，」他把便條遞給僕人，「叫那些人進來。」

過了兩三分鐘，敲門聲又響起了，南奧德利街著名的畫框師傅哈伯德先生親自帶著一個長得粗獷的年輕助手來了。哈伯德先生是個臉色紅潤、長著紅鬍子的小個子，他對藝術的敬佩之情由於跟他打交道的大多數藝術家一向都沒什麼錢而大打折扣。通常他是不出店門的，就等著別人上門找他，但他總是為道林．格雷破例。道林身上有種魅力，能迷住所有人，見到他都是種享受。

「有何吩咐，格雷先生？」他搓著那雙長滿雀斑的胖手問，「我覺得我還是親自來的好。我剛進了一個漂亮的畫框，先生，是在拍賣會上買的，老佛羅倫斯式的，我想是從方特希爾[2]來的，非常適合宗教題材，格雷先生。」

「真不好意思讓您費心過來一趟，哈伯德先生。我一定會去看看那個畫框的——雖然我現在沒怎麼關注宗教藝術——今天我只想把一幅畫搬到頂樓去，它滿重的，所以我才想找您借點人手。」

1 溫克爾曼（一七一七—一七六八）：德國考古學家、藝術史家，以研究古希臘文物著稱。
2 位於英格蘭南部的一座哥德式建築，一八二二年易主時曾有大批藝術品出售。

「不麻煩的，格雷先生。我很樂意為您效勞。先生，是哪幅畫？」

「這個，」道林拉開屏風說，「能不能就這麼連著罩著的布一起搬？我怕它上樓時被刮到。」

「沒問題，先生。」溫和的畫框師傅說著，在助手的幫助下，把畫從掛它的長銅鏈上解下來。「那麼，要搬到哪裡去，格雷先生？」

「我來帶路，哈伯德先生，請跟我走。或者你們最好走在前面，要到房子正頂上呢。我們從前面的樓梯上去，那邊比較寬。」

他為他們拉住門，他們進了門廳，開始上樓。畫框材質精良，使得這幅畫非常沉重，儘管哈伯德先生一再婉拒，他秉承他道地生意人的精神，不願看到一位紳士動手幫忙，但道林還是時不時地搭把手。

「還真有點分量，先生。」到了頂層樓梯口的時候，那個小個子喘著氣說，一邊擦了擦汗津津的額頭。

「恐怕是相當重吧。」道林喃喃說著，一邊打開了門鎖，裡面就是那個將為他保守生命中的奇異祕密、為他將靈魂隱藏起來不讓人看見的房間。

他已經四年多沒進過這個房間了——事實上，小時候他把這裡當遊戲室，長大一點之後又把這裡當作書房，後來就沒來過了。那是個比例勻稱的大房間，是已故的凱爾索勛爵特意為小外孫建造的，因為他和母親長得很像，也因為其他原因，他一直很討厭這個小外孫，希望他離自己遠一點。道林覺得這間屋子幾乎沒什麼變化。那個巨大的義大利櫥櫃，上面有著精美的彩繪嵌板和已經暗淡了的金色線條裝飾，他小時候經常躲在裡面。那個椴木書架，上面放滿了他捲角的課本。後面的牆上還掛著那幅破舊的佛蘭德壁毯，上面隱約可見國王和王后在花園裡下棋，一隊馴鷹人騎馬經過，戴護臂的手腕上停著戴頭罩的鷹隼。他對這一切記得多清楚啊，環顧四周，他孤獨童年的每一刻都浮現在眼前。回憶起童年時代的純潔無瑕，而致命的畫像也藏在這裡，他覺得有點可怕，在那些逝去的日子裡，他又怎麼會想到日後這裡會發生什麼呢。

但這所房子裡沒有其他地方像這裡這麼安全、不會被人窺探了。鑰匙在他手裡，沒別人可以進來。在紫色的棺罩下面，畫布上的面孔會變得凶殘、麻木、骯髒，這又有什麼關係呢？沒人看得到它。他自己也不會看。他為什麼要去看著自己的靈魂可怕地腐爛呢？他保持著青春——這就夠了。再說，他的天性難道就不會變好嗎？沒理由覺得未來會如此充滿恥辱。他的生命裡也許還會有愛出現，淨化他，使他免受那些似乎已經在精神和肉體中激蕩的罪孽的傷害——那些沒有被畫出來的奇怪罪孽，它們的神祕讓它們具有難以捉摸的魅力。也許有一天，殘忍的神情會從那敏感的紅唇上消失，到那時他就向世人展示巴茲爾．霍爾沃德的傑作。

不，不可能的。畫布上的東西一小時一小時、一星期一星期地越來越老。它或許能逃過可怕的罪孽，但逃不過可怕的衰老。臉頰會凹陷鬆弛；黃色的魚尾紋會爬上日漸憔悴黯淡的眼睛周圍，讓它們變得可怕；頭髮會失去光澤；嘴巴會張開或下垂，像老人的嘴一樣，愚蠢又難看；喉嚨會皺巴巴；手會冰涼而又布滿青筋；身體會扭曲。他童年時從嚴厲的外祖父身上記得的就是這般模樣。這幅畫一定要藏起來，沒別的辦法。

「請搬進來吧，哈伯德先生，」他疲憊地轉過身來說，「對不起，耽誤您這麼久，我在想別的事情。」

「能休息一下總是好的，格雷先生，」還在喘氣的畫框師傅回答，「放哪裡，先生？」

「哦，哪裡都可以，就這裡吧，這裡就可以。我不想掛起來，就靠牆上吧。謝謝。」

「可以看看這幅畫嗎，先生？」

道林吃了一驚：「您不會感興趣的，哈伯德先生。」他一直盯著他，如果他膽敢掀開掩藏了他生命祕密的華麗帷幔，他就跳過去把他撲倒在地上。「現在我不想再麻煩您了，很感謝您好心親自跑一趟。」

「不客氣，不客氣，格雷先生。隨時願意為您效勞，先生。」於是哈伯德先生就笨重地下樓去了，助手跟在後面，還回頭看了一眼道林，粗糙的臉上露出了羞澀而驚奇的神情，他從來沒見過這麼好看的人。

他們的腳步聲消失後，道林鎖上門，把鑰匙放進口袋，覺得安全了。沒人會看到這個可怕的東西了。除了他自己，沒人會看到他的恥辱了。

回到書房，他發現五點多了，茶已經上好了。在一張嵌滿了珠母的小黑檀木桌上——這是他監護人的妻子拉德利夫人送給他的禮物，她是一個漂亮的職業病人，去年冬天還在開羅療養——躺著一張亨利勛爵的便條，旁邊還有一本黃色封面的書，封面有點破舊，邊角都髒髒的。茶盤上放著一份《聖詹姆斯公報》第三版。很明顯，維克多已經回來了。他想知道他有沒有在門廳遇到那兩個人出去，跟他們打聽他們來做了什麼。他肯定注意到畫不見了——毫無疑問，他上茶時就發現了，屏風還沒拉回去，牆上明顯空空的。也許哪天晚上，他會發現他偷偷摸摸地爬上樓，想強行打開房門。家裡有密探真可怕。他聽說過有的有錢人被僕人看了一封信，或偷聽到了一段談話，或撿到了一張寫著地址的卡片，或在枕頭下面發現了一朵枯萎的花或是一條皺巴巴的蕾絲，就被勒索了一輩子。

他歎了口氣，給自己倒了杯茶，打開了亨利勛爵的便條，上面說給他送來了晚報和一本他可能會有興趣的書，還說他會在八點十五分到俱樂部。他懶洋洋地打開《聖詹姆斯公報》翻看起來。第五頁上的一個紅筆記號，讓他注意到了下面這段話：

女演員驗屍調查——今晨，地區驗屍官丹比先生於霍克斯頓路的貝爾酒館，對霍爾本皇家劇院的年輕女演員西碧兒．范的屍體，加以驗屍調查。驗屍結論為意外死亡。死者母親在提供證詞及比勒爾醫生做屍體鑑定時，情緒非常激動，大家深表同情。

他皺了皺眉頭，把報紙撕成兩半，走過房間，將碎片扔掉。這一切多醜陋啊！而醜陋又把一切事情搞得多麼真實！他有點生氣亨利勛爵給他送來這份報紙，還用紅筆標出了那篇報告，太蠢了，維克多可能會讀到的，他認的字讀這個足夠了。

也許他已經讀過了，而且已經開始起疑了。不過這又有什麼關係呢？道林．格雷和西碧兒．范的死有什麼關係？沒什麼好怕的，道林．格雷又沒有殺她。

他轉而去看亨利勛爵寄給他的那本黃色的書，不知道是本什麼書，他走到那張珍珠色的八角小茶几旁，他一直覺得這張茶几有點像一種奇怪的埃及蜜蜂用銀子做出來的。他拿起書，倒進扶手椅裡，翻看起來。沒幾分鐘他就入迷了，那是他讀過最奇怪的書。他彷彿看到世界上的罪惡都披著精美的外衣，伴著輕柔的笛聲，從他面前無言地走過。他以前朦朦朧朧想到的東西，突然在他面前變得真實起來。他過去從來沒有想過的，也在他面前漸漸顯露出來。

這是一本沒有情節、只有一個人物的小說，事實上，只是對一個巴黎年輕人的心理研究。那個年輕人一生都試圖在十九世紀實現從前每個世紀中的所有激情和思維方式，想在自己身上彙集人類所經歷過的各種情緒。他欣賞被世人愚蠢地稱為德行的那種純粹人為的自我克制，也喜歡那種被賢哲稱作罪孽的天性的反叛。這本書的寫作風格奇特，像鑲嵌著寶石一樣，既生動又晦澀，充滿了隱語、古語、術語和精心的注釋，那是法國象徵主義最優秀的藝術家的典型特徵。很多比喻像蘭花一樣，形狀奇怪，顏色微妙。作者用神祕的哲學語言描述著感官生活，讓人有時幾乎搞不清楚自己到底是在讀一個中世紀聖人的精神狂想，還是一個現代罪人的病態懺悔。這是一本有毒的書，書頁間彷彿散發著濃郁的香味，擾亂人的頭腦。道林一章章往下看的時候，光是句子的節奏、那音調中的微妙單音、許多複雜的疊句，和樂章精巧的重複，就能在他腦海中激起一種遐想、一種夢幻症，使他對夕陽西下、夜幕降臨渾然不覺。

天空中沒有一絲雲，一顆孤零零的星點破了那片青銅綠，照進窗來。他借著這點微光讀著，直到看不清了才停下。僕人已經提醒過幾次時候不早了，他這才站起來，走進隔壁房間，把書放在床邊的佛羅倫斯小桌上，開始換衣服去吃飯。

快九點他才到俱樂部，發現亨利勛爵一個人坐在休息室裡，百無聊賴。

「對不起，哈里，」他喊，「但其實這都是你的錯。你給我的那本書太吸引人了，我忘了時間了。」

「是啊，我知道你會喜歡的。」亨利勛爵站起來說。

「我沒說我喜歡，哈里。我說它吸引我。這不一樣。」
「啊，你發現了嗎？」亨利勛爵喃喃地說。他們走進了餐廳。

第十一章

藝術生活

多年來，道林．格雷都無法擺脫這本書的影響，或者說他從沒想過要擺脫它的影響會更準確一點。他從巴黎弄來了不下九冊這本書大開本的初版，並把它們裝幀成不同的顏色，來配合他的各種情緒，和他天性裡各種變幻莫測、有時幾乎要失控的奇想。書的主角、一個奇妙的巴黎年輕人，浪漫和科學的氣質神奇地在他身上混合，在道林看來，那是自己未來的寫照。事實上，他覺得整本書似乎寫的就是他自己的生命故事，在他經歷之前已經寫好了。

有一點，他比小說中奇異的主角更幸運。他從來不知道——事實上也沒有理由知道——那種對鏡子、拋光的金屬表面和平靜的水面的恐懼，而這種有點怪異的恐懼很早就降臨在了那個巴黎年輕人的身上，因為他看到了一個曾經明豔過人的美人突然衰頹走樣。道林常常懷著一種殘酷的喜悅讀這本書的後半部分——也許在幾乎所有喜悅裡，就像在所有的快樂中一樣，殘酷都有它的位置。

因為那曾讓巴茲爾．霍爾沃德和其他許多人著迷的驚人的美，似乎永遠也不會離開他。有關他生活方式的詭異傳聞不時在倫敦到處流傳，成為俱樂部的八卦，但即使聽過他最邪惡傳聞的人，見了他，也不相信他會有任何不光彩的事。他總是一副不染世事的樣子。他一走進房間，那些粗話連篇的人都閉嘴了，他的一臉純潔彷彿在責備他們，他一出現就讓他們回想起自己被玷汙了的天真，他們不知道像他這麼迷人優雅的人是怎麼免於被這個骯髒而縱情聲色的時代玷汙的。

他常常神祕地消失很久，然後回家，使得他的朋友或自認為是他朋友的人做出種種離奇的猜測。他回到家，總是先悄悄溜到樓上那間鎖著的房間，用那把現在從不離身的鑰匙打開門，拿著一面鏡子，站在巴茲爾．霍爾沃德為他畫的肖像前，看看畫布上那張邪惡而衰老的臉，再看看鏡子裡對自己回報以微笑的年輕漂亮的臉，這樣鮮明的對比讓他倍感快樂。他越來越迷戀自己的美貌，越來越對自己靈魂的腐敗感興趣。他會帶著一種畸形而可怕的愉悅，一絲不苟地察看那醜陋的線條刻上皺巴巴的前額或爬到豐唇周圍，有時還琢磨，罪惡的跡象和衰老的跡象，哪個更可怕。他把自己白皙的手放在畫中粗糙臃腫的手旁，微笑起來，笑那變形的軀體和衰退的四肢。

的確，有的時候，夜裡，當他躺在自己那散發著淡淡香味的房間裡，或是躺在碼頭附近那家聲名狼藉的小酒館的骯髒房間（那是他常用假名喬裝打扮光顧的地方）無法入眠時，他就會想到他毀了自己的靈魂，純粹出於自私，心酸地自憐起來。但像那樣的時刻很少。亨利勛爵最開始在他們一起坐在朋友花園裡的那次，為他激起的那種對生活的好奇心，似乎隨著滿足而遞增，他知道的越多就越想知道，越是饕餮就越是無法饜足。

然而他並不是毫無顧忌，至少在與社交界的關係上不是。冬天每個月一兩次，或社交季裡的每星期三晚上，他都會把自己美麗的宅邸對外開放，請時下最有名的音樂家用藝術奇蹟來令客人陶醉。他的小型晚宴，總是由亨利勛爵幫忙安排，對賓客的精挑細選，座位的得體安排，餐桌的品味高雅的布置，異國花卉、繡飾桌布、金銀古盤的微妙而和諧的擺放……都使道林的宴會相當有名。

事實上，有很多人，特別是很年輕的人，都在道林．格雷身上看到，或覺得他們看到了他們在伊頓或牛津大學上學時所夢想的一切——真正的學者的教養與世界公民的優雅、優秀和完美風度的結合。對他們來說，他就是但丁筆下的「藉由對美的崇拜而使自己變得完美」的那種人，就像戈蒂耶一樣，「現實世界為他而存在」。

當然，對他來說，生活是最重要的、最偉大的藝術，其他藝術都只能算是它的準備。時尚讓真正奇妙的東西迅速普及，而時髦，以它自己獨有的方式試圖維護美的絕對現代性。當然，這兩者他都愛。他的穿衣方式和他時不時的做派，對梅菲爾舞廳和蓓爾美爾俱樂部窗邊的時髦青年，都有巨大影響。他們模仿他的一舉一動，他偶爾半開玩笑地搞點公子哥兒的花哨玩意，他們也跟著學。

雖然他很樂意接受他一成年就會得到的地位，而且一想到自己對當今的倫敦來說，可能會像《愛情神話》[1]的作者對於尼祿皇帝統治時期的古羅馬一樣，他確實有種妙不可言的愉快，但在內心深處，他不只是想做「美的鑒賞權威」，讓人諮詢些珠寶搭配、領帶繫法和手杖握姿之類的事。他想闡述一種新的生活方式，具有理性的哲學和井然的秩序，並在昇華的感官裡找到它的最高境界。

對感官的崇拜經常受到譴責，而且還挺有道理，世人似乎對比自己強大的激情和感覺有一種天生的畏懼，那讓他們意識到自己和低等動物擁有同樣的欲望和感受。但道林・格雷覺得，感官真正的本質還從來沒被人理解，它們之所以一直保持著原始和獸性，只是因為世人在用禁止的方式來迫使它們屈服，或用痛苦扼殺它們，而不是把它們變成一種新精神的要素，這種新精神的最主要特徵就是：對美有著更精細敏銳的直覺。回顧人類發展的歷史時，他被一種失落感所困擾。這麼多的東西都被放棄了！出於如此微不足道的目的！那些瘋狂任性的抵制、病態的自我折磨和自我否定，都是源於恐懼，結果卻是比他們在無知中試圖逃避的幻想出來的墮落更可怕的墮落；自然有個絕妙的諷刺：把修道士趕去與沙漠裡的野獸一同茹毛飲血，又為隱士送來荒野中的野獸作伴。

是的，正如亨利勳爵所預言的那樣，將會出現一種新的享樂主義，它將重新創造生活，並把生活從目前正在奇怪地復興的那種嚴酷而不近人情的清教主義中拯救出來。當然，它是服務於理智的，但不接受任何以犧牲情感體驗為代價的理論或體系。事實上，它的目的就是體驗本身，而非體驗的結果，不管這種結果是苦是甜。對於扼殺感官的禁欲主義，或使感官鈍化的低俗的縱欲，它一無所知。它只是要人學會把注意力集中在生活裡的一個個瞬間，而生活本身也只是一個瞬間。

我們很少有人沒在黎明前醒來過，那一夜也許無夢，讓我們幾乎迷戀上了死亡，又或許充斥著恐怖和怪異的歡樂，那時，腦中掠過了比現實更可怕的幻象；還有潛藏在所有怪誕事物背後活生生的本能，它們賦予了哥德藝術持久的生命力，世人覺得那種藝術就是那些為幻想所苦的心靈創造的。白色的手指慢慢爬過了窗簾，似乎在顫抖。奇形怪狀的黑影默默鑽進房間的角落，蜷縮在那裡。屋外，鳥兒在樹葉間騷動，人出去工作，風從山上下來，繞著寂靜的房子徘徊、歎息和嗚咽，好像既怕驚醒睡夢中的人，又必須把睡神從她紫色的洞穴裡喊出來。一層又一層朦朧的紗幔被揭開，漸漸地，事物重新有了形狀和顏色，我們看著黎明

1 長篇諷刺小說《愛情神話》創作於羅馬帝國時期，一般認為作者是佩托尼奧。小說用詩文間雜的體裁寫成，故事由四處遊蕩的主角自述，描寫了西元一世紀義大利南部城鎮的社會生活。

以它古老的方式重塑著世界。蒼白的鏡子又獲得了它模仿的生命，熄滅的蠟燭站在原地，旁邊是我們讀到一半的書，或是我們在舞會上戴過的花，或是我們一直不敢讀或讀了太多遍的信。我們似乎覺得，一切都沒有改變。我們熟識的現實生活從黑夜虛幻的陰影裡回來了，我們又要從昨天中斷的地方繼續下去，一種可怕的感覺向我們襲來，那就是必須在一成不變、令人厭煩的陳舊習慣中繼續努力，或是狂熱地渴望：可能在某個早晨睜開眼，會看到一個在黑夜裡按照我們的喜好重新塑造了的世界——萬物都有了新的形狀和顏色、新的祕密。在新世界，過去微不足道，或乾脆不存在了，即使留著，也不會再讓人意識到責任，以及歡欣的記憶裡帶著辛酸、快樂的回味中也含著痛苦這樣的遺憾。

道林．格雷覺得創造這樣的世界才是他生活的真正目標，或者至少是真正的目標之一。他在尋找新鮮、快樂的感覺和浪漫中必不可少的怪異元素的時候，常常採用那種他知道跟自己天性格格不入的思維方式，任憑自己受到它們微妙的影響，然後，在抓住了它們的色彩，滿足了自己智力上的好奇之後，就冷淡地把它們丟下了。這種奇怪的冷淡和真正的熱情氣質並不是不相容，而且根據一些現代心理學家所說，真正熱情的氣質裡往往都要有那種冷淡。

有一次，傳說他要加入羅馬天主教派。天主教的儀式確實一直很吸引他，每天的獻祭比古時候的獻祭還要可怕，那種對感官事實的超然拒絕，以及它所竭力象徵的人類悲劇原始的樸素和永恆的悲哀，都深深地激起他的興趣。他喜歡跪在冰冷的大理石地板上，看著穿著筆挺的繡花法衣的神父用蒼白的手慢慢拉開神龕的帷幕，或高高舉起鑲嵌珠寶的燈籠形聖體匣，裡面裝著白色的聖餅，而有時教徒真的覺得那是「天使的麵包」。有時神父穿著基督受難衣，把聖餅掰碎，放進聖杯裡，然後為了罪孽而捶打胸脯。神情莊重的男孩都穿著鑲花邊的紅衣服，把煙霧繚繞的香爐甩到空中，像一朵朵鍍金的大花，這對他也有難以言說的吸引力。走出教堂時，他常驚奇地看一眼黑幽幽的告解室，想像自己坐在那裡的一個陰影裡，聽男人和女人隔著破舊的柵欄低聲訴說他們生活中的真實故事。

但是，他從來沒有犯這樣的錯誤，比如正式接受某一信條或體系，讓它阻礙自己的智力發展；或者誤以為只適合住一晚、或是在月黑風高的晚上逗留幾個小時的小客棧是可以真正住下來的地方。神祕主義能化平庸為神奇，又總伴隨著微妙的唯信仰論，這打動過他一段時間；有段時間，他又傾向於德國達爾文主義運動的唯物主義學說，透過把人的思想和激情追溯到大腦裡某個珍珠般的細胞或體內某條白色神經中獲得了樂趣，他喜歡這種觀點：精神絕對取決於某些生理條件，不管是病態的還是健康的，正常的還是殘缺的。然而，就像之前說的，他覺得跟生活本身相比，什麼理論都不重要。他強烈地意識到，脫離了行動和實驗，一切理性思考都很貧瘠。他知道，感覺跟靈魂一樣，都有精神上的奧祕有待揭開。

所以他開始研究香水和製造香味的祕密了——蒸餾氣味濃郁的香油，燃燒東方芳香的樹脂。他發現感官與情緒都是可以對應上的，於是探索起它們之間真正的關係，他想知道乳香中有什麼讓人感到神祕的東西，龍涎香中有什麼能催發人的情欲，紫羅蘭中有什麼能喚起大家對逝去浪漫的回憶，麝香中有什麼能擾亂人的大腦，黃蘭中又有什麼能玷汙人的想像。他想闡釋真正的香水心理學，研究氣味香甜的根、滿載花粉的香花、香濃的油膏、黑色的香木、讓人噁心的甘松、讓人發狂的枳椇，還有據說能驅除心靈中的憂鬱的蘆薈，評估它們的各種影響。

又有段時間，他把自己完全獻給了音樂，在一個長長的房間裡，他舉辦過奇怪的音樂會，房間裝著格子窗，嵌著朱紅金黃兩色天花板，牆壁漆成橄欖綠色，瘋狂的吉卜賽人在齊特琴上彈出狂野的音樂，黃頭巾的突尼斯人撥動著巨大的琵琶上緊繃的琴弦，而笑瞇瞇的黑人單調地敲打著銅鼓，纏頭的瘦削印度人蹲坐在紅墊子上吹奏長長的蘆笛或銅笛，迷住了──或假裝迷住了──大眼鏡蛇和可怕的角蝰。這些野蠻音樂的刺耳音程和尖銳的不協調時時激蕩著他，而舒伯特的優雅、蕭邦的美麗憂傷和貝多芬的強大的諧調，在他聽來都沒什麼感覺。他從世界各地收集了能找到的最奇怪的樂器──從滅絕了的民族的墳墓裡，從少數倖存下來、與西方文明有接觸的土著部落中。他喜歡撫摸和撥弄那些樂器。他有亞馬遜內格羅河流域的印第安人的「朱魯巴里斯」，這種樂器是女人不可以看的，青年男子也要經受了禁食和鞭撻以後才能看到；有能發出鳥的尖叫聲的祕魯人的土罐；有西班牙探險家阿方索．德．奧瓦萊在智利聽到過的人骨笛子；還有在祕魯庫斯科附近發現的能奏出甜美音符的色澤渾厚的綠玉。他有幾個彩繪葫蘆，裡面裝滿了小石子，搖晃起來嗒啦作響；有墨西哥人的單簧管，演奏方式不是吹，而是吸；有亞馬遜部落的刺耳的「圖爾」，是整天坐在高高的樹上的哨兵用的，據說九英里外都能聽到；有「特波納茲特里」，它有兩個振動的木舌片，用塗著從植物汁液裡來的彈性膠質的棍子敲打發聲；有阿茲特克人的「約特」鈴，像葡萄一樣一串一串的；還有一個巨大的圓柱形的鼓，蒙著巨蟒的皮，就像西班牙歷史學家貝納爾・迪亞茲跟著殖民者科爾特斯進入墨西哥神廟時看到的那個鼓，他還為我們生動描述了它陰沉的聲音。這些樂器的奇異特性使他著迷，他想到藝術也像大自然一樣，有自己的怪物，外形凶殘、聲音可怕，就感到一絲奇異的愉悅。但是過了一段時間，他就對這些東西厭倦了，寧願一個人或是和亨利勛爵一起坐在歌劇院的包廂裡，津津有味地聽華格納的《唐懷瑟》，並在這部偉大藝術作品的序曲裡看到自己靈魂悲劇的上演。

一度，他研究起珠寶來。在一次化裝舞會上，他打扮成法國海軍上將喬尤斯公爵[2]，穿著綴了五百六十顆珍珠的衣服。這種癖好他迷戀了好多年，實際上可以說他從沒厭倦過。他

2 喬尤斯公爵（一五六〇或一五六一——一五八七）：法國亨利三世的密友，作為寵臣，擁有穿戴皇家顏色和佩戴宮廷珠寶的特權。

常會花一整天翻來覆去地擺弄那些盒子裡的寶石，比如在燈光下會變紅的橄欖色金綠寶石、帶著銀線的波光玉、阿月渾子色的橄欖石、玫瑰粉與酒黃色的黃玉、閃著十字光華的火紅色紅榴石、火焰紅的肉桂石、橙色和紫色的尖晶石、紅藍兩色的紫水晶等等。道林喜歡日長石的金紅、月長石的珍珠白和乳白色蛋白石夾雜的碎彩虹。他從阿姆斯特丹買了三顆色彩多樣的特大號祖母綠，還擁有一顆令所有鑒賞家都眼饞的骨董綠松石。

他還發現了一些關於寶石的傳奇故事。在西班牙學者阿方索的《教士戒律》裡寫到過一條蛇，眼睛是真正的紅鋯石。在亞歷山大的傳奇故事裡說，這位古希臘城邦伊瑪底亞的征服者在約旦河的山谷裡發現了「背上長著一圈圈真正的祖母綠」的蛇。古希臘雄辯家菲洛斯特拉托斯告訴我們，龍的大腦裡有一顆寶石，只要「展示金色的字母和大紅色的長袍」，就可以使怪物昏睡過去並將牠殺死。根據大煉金術士皮埃爾・德・博尼法斯的說法，鑽石能讓人隱身，印度瑪瑙能使人口齒伶俐，紅玉髓能安撫憤怒，紅鋯石能催眠，紫水晶能解酒，石榴石能驅魔，吉丁蟲的鞘翅能使月亮失色，透明石膏石能隨月亮盈虧，而能識別盜賊的美樂石，只有小孩的血才能使它失靈。義大利礦物學家里奧納多・卡米勒斯見過一塊從剛殺死的蟾蜍腦中取出的白色石頭，那是一種解毒劑。在阿拉伯鹿的心臟裡有種結石是瘟疫的剋星。阿拉伯鳥巢裡有種銀色的石頭，按照古希臘唯物主義學家德謨克利特的說法，它能使佩戴者遠離任何火的危險。

錫蘭國王在加冕典禮時，騎著馬穿過整個都城，手裡拿著一塊巨大的紅寶石。主教約翰的宮殿大門「用瑪瑙做成，鑲嵌著整支角蝰蛇的角，攜毒者因此無法入內」，山牆上有「兩個金蘋果，蘋果裡有兩塊紅榴石」，白天金子閃光，夜晚紅榴石發亮。英國作家洛奇的怪談傳奇《一顆美洲珍珠》裡說，在女王的寢宮，可以看到「世界上所有貞潔女子的銀雕像，對著鑲滿橄欖石、紅榴石、藍寶石和綠寶石的鏡子顧影自憐」。馬可·波羅曾見到日本人把玫瑰色的珍珠放進死者嘴裡。有一隻海怪迷戀一顆珍珠，這顆珍珠卻被一個潛水者採走獻給了薩珊帝國君主俾路斯一世，海怪殺了盜珍珠的潛水者，為失去珍珠哀悼了七個月。當匈奴人把俾路斯王引誘進了陷阱時，他就把它扔掉了——拜占庭歷史學家普羅科皮烏斯是這麼說的——雖然阿納斯塔修斯一世懸賞五百鎊金幣尋找，但再也找不到它了。印度馬拉巴爾國王曾給一個威尼斯人看過一串由三百零四顆珍珠穿成的念珠，每顆珍珠都代表一個他崇拜的神。

亞歷山大六世之子、瓦倫蒂諾公爵，謁見法王路易十二時，根據法國編年史家布朗托姆記載，他的馬上掛滿了金葉，帽子上鑲著兩排光輝燦爛的紅寶石。英王查理的坐騎馬鐙上有四百二十一顆鑽石。理查二世有一件綴滿巴拉斯紅寶石的外套，價值三萬馬克。英國史學家霍爾描述亨利八世在前往倫敦塔加冕的路上，穿著一件「金線凸紋上衣，胸甲上飾滿鑽石和寶石，頸甲上鑲著大塊巴拉斯紅寶石」。詹姆斯一世的寵臣都佩戴金絲線細織箍祖母綠耳環。愛德華二世曾賜給皮爾斯·加維斯頓一副鑲著紅鋯石的紅金甲冑，一副鑲綠松石的金玫瑰頸甲和一頂綴滿珍珠的頭盔。亨利二世的手套長及肘部，綴滿珠寶，還有一隻鑲了十二顆紅寶石和五十二顆大東方珍珠的獵鷹手套。「大膽的查理」——勃艮第家族的最後一位公爵，他的公爵帽上掛滿了梨形珍珠，還鑲嵌著藍寶石。

生活曾經多麼精美啊！排場和裝飾多麼華麗！哪怕只在書裡讀一讀已逝者的窮奢極欲，都是很美妙的。

後來他又把注意力轉向了刺繡和壁毯，那些壁毯在北歐諸國寒冷的房間裡發揮著壁畫的作用。當他研究這個主題時——他有種非凡的能力，無論他著手在什麼事情上，都能一下子全心投入——就想到時間給美妙之物帶來的摧殘，不禁感到悲哀。無論如何，他已經逃過了這一劫。一個又一個夏天過去了，黃色的長壽花開了又謝了許多次，可怕的夜晚裡，仍不斷發生著那些可恥的事情，但他沒有改變，沒有一個冬天能損壞他的臉龐、弄髒他的花樣青春。物質的東西是多麼不同啊！它們會怎麼樣呢？那件棕皮膚的女孩們為取悅雅典娜做的、繡著諸神與巨人之戰的場面的番紅花色長袍，它到哪裡去了？尼祿在羅馬競技場上方張過一張巨大的紫色天幕，上面畫著星空和駕著金轡繩白駿馬的戰車的阿波羅，它又到哪裡去了？他渴望看到為太陽神祭司製作的奇異桌布，上面繡著宴會上需要的所有珍饈；法國希爾佩里克王的屍衣，上面有三百隻金蜜蜂；激怒了本都的主教的那些奇妙的袍子，上面畫著「獅子、豹、熊、狗、森林、岩石、獵人——實際上，大自然中的一切，畫家都能複製」；奧爾良的查理穿過一件外套，袖子上繡著一首歌詞，開頭是「夫人，我滿心歡喜」，伴奏的樂譜都是金線繡的，當時的音符是方的，每個音符用四顆珍珠組成。道林讀到過在法國漢斯王宮為勃艮第的瓊王后準備的房間，裡面裝飾著「一千三百二十一隻刺繡鸚鵡，身上都有國王的紋章，還有五百六十一隻蝴蝶，蝴蝶的翅膀上也有皇后的紋章，所有這些都是金質的」；法國亨利二世的王后凱薩琳·德·美第奇特製的黑天鵝絨靈床上，繡滿了新月和太陽，帳幔是錦緞的，金銀底上繡滿了一圈圈葉子和花環，邊緣垂下珍珠流蘇，安放靈床的房間裡掛滿了一排排王后的紋章，都是用黑絲絨縫綴在銀線底布上拼成的；路易十四的寢宮裡有一根十五英尺高的金飾女像柱；波蘭王索別斯基的御床，上面鋪著伊士麥的金錦，床上刻有綴著綠松石的《古蘭經》經文，床柱鍍銀，雕刻精美，鑲滿了琺瑯和珠寶的團花，這張床是從維也納城前的土耳其營地裡得來的，當時穆罕默德的軍旗就立在它閃閃發光的鍍金頂篷下。

因此，整整一年，他都在努力收集他能找到的最精美的紡織品和刺繡。他找到了精緻的印度德里細棉布，上面用金線繡滿了精巧的掌狀葉和亮晶晶的甲蟲翅膀；孟加拉達卡的薄紗，因其透明度在東方被稱作「織出來的空氣」、「流水」，和「夜露」；花樣奇特的爪哇布匹；精細的中國黃色帷幔；茶色錦緞或藍色絲綢裝訂的書籍，上面有百合花、鳥和人的圖樣；匈牙利繡的方網眼花邊的面紗；西西里的錦緞和硬挺的西班牙天鵝絨；喬治王朝時期綴滿金幣的紡織品；還有日本的織錦，上面有綠色的金繡和羽翼精美的鳥兒。

他對教會的法衣也有特別的熱情，實際上他對一切與侍奉教會有關的東西都很有興趣。在他家西邊走廊兩旁的長雪松木箱裡，存放著許多可以稱作是「基督的新娘」穿的稀有而美麗的衣服，她只有穿上紫衣和亞麻的衣服、戴上珠寶，才能掩飾那被她自己所追求的苦難和傷痛折磨得蒼白消瘦的身軀。他有一件深紅絲綢和金絲錦緞做的華麗斗篷，上面繡滿了六瓣花中鑲嵌著金石榴的連續圖案，兩邊是用小珍珠做的鳳梨，還有分成一格一格的刺繡，每格裡都描繪了聖母馬利亞的生平事蹟，她加冕的一幕用彩色絲線繡在了兜帽上，這是十五世紀義大利的製品。他還有一件綠絲絨法袍，繡著對生的心形葉子，上面開著長莖的白花，細節用銀線和彩色水晶勾勒出來，鈕扣上用金線繡了凸起的六翼天使頭像，飾帶用紅金絲線織成菱形圖案，點綴著包括聖塞巴斯蒂安在內的眾多聖人和殉道者的圓形頭像。他還有琥珀色絲綢、藍色絲綢搭金色錦緞、黃色絲綢緞子，還有金縷布料子做成的各色十字褡，上面繡著基督受難圖，還有獅子、孔雀和其他象徵圖案；還有白緞和粉色絲錦緞的法衣，上面有鬱金香、海豚和百合花圖樣；還有深紅色天鵝絨和藍色亞麻布做的祭壇帷幕；還有許多聖體布、聖餐杯罩和聖手帕。在使用這些東西的神祕儀式裡，有些什麼東西能刺激他的想像。

這些寶貝，和他在他可愛的房子裡收集的一切，都是他用來忘卻的手段，可以讓他暫時擺脫那些有時簡直難以承受的恐懼。在那個他曾經度過那麼多童年時光、緊緊鎖上的孤寂房間裡，他親手把那幅可怕的畫像掛到牆上，蒙上紫金棺罩，下面是它變化著的臉，向他展示著他生活的真正墮落。有時，他會幾個星期不去那裡，忘了那幅醜陋的畫，找回輕鬆的心情、美妙的快樂，單純享受自己的存在。然後，他會突然在晚上悄悄出門，到藍門場附近那些可怕的地方去，在那裡一連待上好幾天，直到被趕走。回到家，他就坐到畫像前，厭惡它和他自己，但有時又為自己的個人主義而驕傲，驕傲中一部分是出於對犯罪的迷戀，他對著畫上扭曲的影像暗自得意地微笑，因為它替他承擔了他的重負。

幾年以後，他受不了長期離開英國，就放棄了他和亨利勛爵在法國特魯維爾共有的別墅，以及他們在阿爾及爾度過好幾次冬天的帶圍牆的白色小房子。他不願意和這幅畫分開，這幅畫是他生活的一部分，他也害怕在他不在的時候，有人會進這個房間，儘管他在門上裝了精心設計的柵欄。

他很清楚別人不會從畫像裡看出什麼的。的確，那幅畫像上的臉邪惡、醜陋，但還是能看出和他有點像，可是他們又能從中發現什麼呢？如果誰想諷刺他，他就笑回去，那畫的又不是他，它看起來卑鄙可恥，跟他又有什麼關係呢？就算告訴他們真相，他們會信嗎？

但他還是害怕。有時，當他在諾丁漢郡的豪宅裡招待他主要的玩伴——和他自己地位相當的時髦年輕人，恣意不羈和奢靡華貴的生活方式震驚了鄉里時——他會突然拋下客人，匆匆趕回城裡，看看門有沒有被人動過，畫像是不是還在那裡。要是畫像被偷了怎麼辦？想到這個，他就嚇得渾身發冷。到時候全世界都會知道他的祕密。或許他們現在已經在懷疑了。因為，雖然他讓很多人著迷，但也有不少人不信任他。在西區的一家俱樂部，論出身和社會地位他完全有資格成為會員，但他差點因為反對意見而進不去。據說有一次，他被一位朋友帶進邱吉爾的吸菸室的時候，伯里克公爵和另一位紳士就那麼站起來走了。他過了二十五歲以後，關於他的奇怪流言就傳開了。傳言說，有人看見他在白教堂遠處的一個下流地方和外國水手鬥毆，又說他和小偷以及造偽幣的人來往，知道那些行當的祕密。他不尋常的消失已經是人盡皆知的事，等他重新出現在社交場上的時候，人家會在角落裡竊竊私語，或帶著譏笑從他身邊走過，或用冷冰冰的追根究柢的目光看著他，好像決心要挖出他的祕密一樣。

當然，他對那些傲慢無禮和侮慢的意圖不以為意。在大多數人看來，他坦率瀟灑的態度、天真迷人的笑容，以及那似乎永駐的青春的無窮魅力，本身就足以回應四處流傳的對他的「誹謗」——他們是這樣看待那些傳言的。然而也有人注意到，有些一度和他十分親密的人，過一段時間以後就跟他疏遠了。有些曾經瘋狂崇拜他、為了他甘受社會責難並挑戰傳統習俗的女人，一看見道林．格雷走進房間，就因為羞愧或驚恐而臉色發白。

不過那些流言蜚語在許多人看來只是增加了他奇怪而危險的魅力。他擁有的巨大財富是一種安全保障。社會，至少是文明社會，從來都不怎麼願意相信任何對那些既富有又迷人的

金邊、腳邊堆著銀黑兩色的甲冑，站著的這位，是安東尼·謝拉德爵士，他給他留下了什麼遺產？這位那不勒斯的喬萬娜的情人，留下的是不是罪孽和恥辱？他現在所做的，會不會只是死者當年不敢實現的夢想？這裡，褪色的畫布上，伊莉莎白·德弗勒夫人微笑著，戴著薄頭紗，穿著飾珍珠的三角胸衣配粉紅鏤空袖子，右手拿著一朵花，左手握著一個繡了白色和淡紅色玫瑰的琺瑯領圈，身邊的桌子上放著一把曼陀林琴和一個蘋果，玲瓏的尖頭鞋上綴著大朵的綠玫瑰。他知道她的生活，以及她那些情人的奇聞。他身上是不是也有她的氣質？那橢圓形的眼睛垂下來，好像好奇地看著他。那喬治·威洛比呢？他的頭髮上撲著粉，臉上貼著奇怪的美人痣，他看起來多邪惡啊！面孔黧黑而陰沉，性感的嘴唇輕蔑地扭曲著，精緻的花邊褶袖蓋住了那雙戴滿戒指的瘦黃的手。他是十八世紀的花花公子，年輕時是費拉斯勛爵的朋友。第二代貝肯漢姆勛爵呢，他是攝政王[3]最瘋狂時期的玩伴，也是他和菲茨赫伯特夫人祕密結婚的證婚人之一。他多英俊驕傲啊，一頭栗色鬈髮，一副目空一切的姿態！他又傳下來了什麼樣的激情？在世人之間他聲名狼藉。他帶頭在攝政王的卡爾頓府縱情狂歡，胸前的嘉德勛章熠熠閃光。他旁邊掛著他妻子的畫像，臉色蒼白，嘴唇很薄，穿一身黑，她的血也在他身體裡激蕩。這一切真奇怪！還有他的母親，長得很像外交官之妻和海軍名將納爾遜情婦的漢密爾頓夫人，溼潤的雙唇上沾著酒滴——他知道自己從她那裡繼承了什麼：美，和追求別的美的激情。她穿著寬鬆的酒神女祭司的衣服，對他笑著，頭髮上有藤葉，紫色的酒從她端著的杯子裡濺出來，畫上的血色已經消退，但那雙眼睛仍然深邃明亮，無論他走到哪裡，那雙眼睛似乎都望著他。

誠然，人既有種族的祖先，也有文學上的祖先，很多人的氣質和類型可能和文學上的祖先更接近，也更能明確地意識到。有時，道林似乎覺得，整個人類歷史都只不過是自己生活的記錄，不是說他真的在那些事件和環境裡生活過，而是他的想像力為他創造了歷史，歷史就在他的大腦裡、激情裡。他覺得自己彷彿認識他們所有人，那些奇怪而可怕的身影，在世界舞臺上匆匆走過，讓罪孽顯得神奇，把邪惡變得微妙。他彷彿覺得，藉由某種神祕的方式，他們的生活變成了他自己的。

那本對他的生活產生了巨大影響的奇異小說裡，主人公自己也有過這樣的奇想。第七章裡，他講述了自己如何像羅馬皇帝提比略一樣，頭戴月桂冠以避雷，坐在義大利卡普里島的花園裡，讀著厄勒芳迪斯[4]寫的荒淫無恥的書，一群侏儒和孔雀在他身邊大模大樣地走來走去，長笛手嘲笑著擺弄香爐的人；像羅馬暴君卡利古拉一樣，在馬廄裡與綠衫騎師飲酒作

3 即英王喬治四世（一七六二—一八三〇）。

4 厄勒芳迪斯（一世紀晚期）：希臘詩人和醫生，作為一本性愛手冊的作者而聞名於古典世界。

樂，和一匹額飾珠寶的馬在象牙馬槽裡共進晚餐；像羅馬皇帝圖密善一樣，在大理石鏡子的走廊裡徘徊，憔悴的雙眼四下搜尋著將會結果他性命的匕首的影子，並感到了無生趣——那種永遠想要什麼就有什麼的人會感到的無聊和厭倦；他還透過一塊透明的綠寶石欣賞競技場上的殺戮，然後坐上珍珠裝飾的紫色轎子，由釘著銀蹄的驢子拉著，穿過石榴大街到黃金大廈，一路都能聽見群眾在高喊著自己「尼祿皇帝」；像羅馬皇帝艾拉伽巴路斯那樣，在自己臉上塗抹顏色，和女人一起搖著紡紗杆，把月亮神從迦太基帶來，並將她神祕地嫁給了太陽。

道林一遍又一遍地讀這奇妙的一章和緊接著的兩章，那兩章就像珍奇的掛毯或精巧的琺瑯畫一樣，畫出了那些被罪惡、血腥和厭倦弄成魔鬼或瘋子的人可怕而又美麗的樣子：米蘭的菲利普公爵，他殺死妻子，在她唇上塗上紅色的毒藥，讓她的情人在啜飲愛人的嘴唇時中毒死去；威尼斯人皮埃特羅．巴爾博，也就是保羅二世，因為虛榮，想要得到「福爾摩蘇斯」教皇的封號，不惜犯下可怕的罪行換來價值二十萬弗羅林的教皇三重冠；吉安．馬利亞．維斯康提[5]曾放獵狗追咬活人，後來被謀殺，屍體被一個愛過他的妓女用玫瑰蓋滿；波吉亞[6]騎著白馬，殺死了手足，斗篷上還沾著佩洛托的血；彼得羅．瑞阿里奧、佛羅倫斯年輕的紅衣主教、西斯篤四世的兒子與寵臣，他的美貌只有其放蕩能與之媲美，他在紅白絲綢帳篷裡接待亞拉岡的萊昂諾爾，周圍的人扮成仙女和半人馬，還有一個全身塗了金色的男孩，充當甘尼梅德[7]或許拉斯[8]，在宴會上當侍童；埃澤里諾[9]的憂鬱只有在見到死亡的景象時才能治癒，他嗜血，猶如世人嗜好紅酒，據說他是魔鬼的兒子，和他爸爸玩骰子的時候作弊贏得了自己的靈魂。詹巴迪斯塔·希波，諷刺地號稱「無辜」[10]，卻讓一個猶太醫生把三個男孩的血注入了他枯乾的血管；西吉斯蒙多·馬拉泰斯塔、伊索塔的情人和里米尼的領主，被視為上帝和人類之敵，雕像在羅馬被焚燒，他用餐巾勒死了波利西娜，用綠玉酒杯盛毒酒給吉內弗拉·德·埃斯特喝，還為了紀念一段苟且之情，建造了一座異教徒的教堂給基督徒朝拜；法王查理六世，瘋狂地愛上了嫂子，連痲瘋病人都提醒他，他快神經錯亂了，當他大腦不正常的時候，只有用畫著愛情、死亡和瘋狂場景的撒拉遜紙牌才能安撫他；還有穿著鑲邊皮甲、頭戴寶石帽、留著萱草般的鬈髮的格里芬內托·巴廖尼，他殺死了阿斯托雷和他的新

5 吉安·馬利亞·維斯康提（一三八八—一四一二）：義大利北部以米蘭為中心的倫巴底世家子弟。

6 切薩雷·波吉亞（一四七六？—一五〇七）：波吉亞家族是文藝復興時期的顯赫家族，而他是該家族中最惡名昭彰也是最具魅力的一個，被達·文西形容為擁有「寧靜的面孔和天使般清澈的雙眼」。

7 希臘神話中的美少年，宙斯將他帶走為眾神斟酒。

8 希臘神話中的美少年，大力神赫拉克勒斯的侍童。

9 埃澤里諾三世（一一九四—一二五九）：義大利封建領主。

10 即教宗因諾森特八世（一四三二—一四九二）：羅馬教皇，「因諾森特」（Innocent）意為天真的、無辜的。

娘、西蒙納多和他的侍從，他如此好看，以至於當他躺在義大利佩魯賈的黃色廣場上快要斷氣的時候，那些恨他的人也不禁流淚，而詛咒過他的阿塔蘭塔[11]也為他祝福。

他們身上都有一種可怕的魅力。他在夜裡看到他們，白天也不由自主想到他們。文藝復興時代的人熟知各種奇怪的下毒方法——用頭盔、點燃的火把、刺繡手套、寶石裝飾的扇子、鍍金的香盒或者琥珀項鍊。道林・格雷卻被一本書下了毒。有的時候，他只把邪惡看成實現自己美的理念的一種方式。

11 希臘神話中一位善於疾走的女獵手，非常討厭男人。

第十二章

午夜邂逅

那是十一月九日，他三十八歲生日的前夕，這一天後來他常常記起。十一點左右，他從亨利勛爵家吃完飯回家，夜裡又冷又有霧，他裹著厚厚的皮裘。在格羅夫納廣場和南奧德利街的拐角處，有個人在霧中從他身邊經過，走得很快，灰色的阿爾斯特大衣的領子向上翻著，手裡提著包。道林認出他是巴茲爾・霍爾沃德，一陣莫名的恐懼湧上心頭。他假裝沒認出他，快步往家走。

但霍爾沃德已經看到他了。道林聽到他先是在人行道上停了一下，然後就追過來了，不一會兒，他的手就抓住了自己的手臂。

「道林！真巧啊！我九點就一直在你的書房裡等你了，最後我可憐僕人太累了，讓他去睡覺，他才把我送出來了。我要坐半夜的火車去巴黎，特別想在走之前見你一面。你從我旁邊過去的時候我就覺得是你，覺得衣服像，但沒把握。你沒認出我嗎？」

「這麼大的霧，親愛的巴茲爾，哎，我連格羅夫納廣場都認不出來。我覺得我家就在這附近，但我也不確定。真可惜你要走了，好久沒見了。不過你很快就會回來吧？」

「不，我要去半年呢。我打算在巴黎找間畫室，埋頭畫畫，直到把我腦子裡的一幅傑作畫好。不過我不是想說我的事，到你家了，讓我進去一會兒，我有話和你說。」

「我是很樂意啊，但你不會趕不上火車嗎？」道林．格雷走上臺階掏出鑰匙打開門，懶洋洋地說。

霍爾沃德借著濃霧中的一點微弱的燈光看了看錶，說：「時候還早，十二點十五分的火車，現在才十一點。其實剛才碰到你的時候我就是去俱樂部找你的。你看，我也沒什麼行李，大件都托運了，所有的東西就這一個包，二十分鐘就能到維多莉亞車站。」

道林看著他，笑了起來：「時髦畫家就是這麼旅行的！一個包、一件大衣！快進來，不然霧氣要進來了。不過拜託別談什麼嚴肅的事情。如今沒什麼事是嚴肅的了，至少沒有什麼事應該嚴肅。」

霍爾沃德搖搖頭，進了門，跟著道林進了書房。一個敞口的大壁爐裡，柴火燒得正旺。燈亮著，一張鑲嵌工藝的小木桌上放著一個打開的荷蘭銀製酒盒、幾瓶蘇打水和幾個雕花玻璃酒杯。

「你看你的僕人讓我感覺賓至如歸，道林。他把我想要的東西都給我了，包括你最好的金嘴香菸。他真是勤快，我喜歡他，比你以前的那個法國人好多了。對了，那個法國人怎麼樣了？」

道林聳聳肩：「我想他娶了拉德利夫人的侍女，讓她在巴黎當了一個英國裁縫。聽說那邊現在很流行英國式樣。法國人滿傻的，是吧？但是，我跟你說，他是個滿好的下人。我沒喜歡過他，但也沒什麼好抱怨的。人常常會亂想。他對我真的滿忠心的，走的時候好像還很難過。再來一杯白蘭地蘇打？還是白葡萄酒加氣泡礦泉水？我自己一直喝白葡萄酒氣泡水的。隔壁房間肯定有。」

「謝謝，我什麼也不喝，」畫家說著，脫下帽子和大衣，扔在角落裡的包上，「現在，親愛的朋友，我想認真地和你談談。別這樣皺眉頭，你讓我沒法說了。」

「要說什麼啊？」道林倒在沙發上，任性地喊，「我希望跟我沒什麼關係，今天晚上我都煩我自己了，都想變成別人了。」

「是關於你的，」霍爾沃德嚴肅深沉地說，「我必須說。只耽誤你半小時。」

道林歎了口氣，點了一支菸。「半小時！」他喃喃道。

「不算久吧，道林，我要說的完全是為了你好，我覺得應該讓你知道，倫敦正在流傳關於你的可怕謠言。」

「我一點也不想知道。我喜歡聽別人的醜聞，對我自己的不感興趣。沒什麼新鮮的聽頭。」

「你一定有興趣的，道林。每個上流人士都關心自己的清譽。你不希望別人把你說成是卑鄙墮落的人吧。當然，你有地位、財富，還有諸如此類的東西。但地位和財富不是一切。我跟你說，我根本不相信那些傳言，至少一看到你我就不信了。罪惡是寫在一個人臉上的東西，藏不了的。人有時候會說什麼隱祕的罪惡，其實根本就沒這種事，如果一個可憐的人幹了壞事，就會寫在他嘴角的線條裡、下垂的眼皮裡，甚至手的形狀裡。有人——我不想說他的名字，但你認識他——去年來找我為他畫像。我以前沒見過他，當時也沒聽說過關於他的任何事，不過後來我聽說了不少。他開了一個很高的價錢，但我拒絕了，我討厭他手指的形狀。現在我知道我對他的感覺是對的。他的生活很可怕。但是你，道林，你的臉那麼純潔、明朗、天真，你的青春無憂無慮，令人讚歎——我不相信任何關於你的壞話。但我見你太少了，你也不來畫室了，你不在的時候，我聽到關於你的流言蜚語，不知道該說什麼。道林，為什麼像伯里克公爵這樣的人，看到你進俱樂部就會走？為什麼倫敦那麼多紳士從來不去你家，也不邀請你去他們家？你以前是斯塔夫利勛爵的朋友，我上個星期吃晚飯的時候碰到他，談話時偶爾提到了你的名字，說你把袖珍畫借給達德利美術館展覽，斯塔夫利撇著嘴說你可能很有藝術品味，但純潔的女孩都不應該認識你、貞潔的女人都不應該和你同處一室。我提醒他說我是你的朋友，問他那話是什麼意思。他就跟我說了，他當著大家的面說的。太可怕了！為什麼你的友誼對年輕人來說這麼要命？皇家衛隊裡有個可憐的男孩自殺了，你是他的好朋友。亨利・阿什頓爵士落得聲名狼藉，不得不離開英國，你跟他形影不離。阿德里安・辛格爾頓結局那麼慘是怎麼回事？肯特爵士的獨生子和他的前途又是怎麼回事？我昨天在聖詹姆斯街碰到了他的父親，他好像因為羞恥和悲傷整個垮了。還有年輕的珀斯公爵，他現在過著什麼樣的日子？還有哪個體面人會和他來往？」

「別說了，巴茲爾。你根本就不瞭解那些事，」道林・格雷咬著嘴唇，聲音裡帶著無限輕蔑，「你問我為什麼我一進房間，伯里克就會走，因為我知道他所有事，而不是他知道我什麼事。他血管裡流著那樣的血，他的底子能乾淨嗎？你問我亨利・阿什頓和年輕的珀斯的事，是我教他們一個去犯罪、一個去放蕩的嗎？肯特的傻兒子要從街上找個妓女做太太，關我什麼事？阿德里安・辛格爾頓假冒朋友在支票上簽名，我是他的監護人嗎？我知道英國人是怎麼聊天的，中產階級在粗俗的餐桌上肆意發表他們的道德偏見，再嘰嘰喳喳地說那些比他們過得好的人多麼『玩得開』，假裝他們也屬於上流社會，跟他們誹謗的人關係很近似的。在這個國家，一個人只要有名望、有頭腦，就足以讓每個普通人說長道短了。而這些自詡有道德的人，自己又過著什麼樣的生活呢？親愛的朋友，你忘了，我們這是偽君子的故鄉。」

「道林，」霍爾沃德叫道，「問題不是這個，英國是很糟糕，我知道，英國社會簡直荒謬，所以我才希望你好好的。但你沒有好好的。我們是可以根據一個人對他朋友的影響來判斷這個人的。你的朋友好像都對榮譽、正直、純潔這些事沒感覺了，你讓他們瘋狂享樂，他們都掉進了深淵，是你把他們帶進去的，而你居然還笑得出來，就像你現在這樣笑一樣。然後還有更糟糕的，我知道你和哈里是密友。不說別的，就因為這個你也不該讓他妹妹的名字變成笑柄啊。」

「說話小心點，巴茲爾。你說得過分了啊。」

「我一定要說，你也一定要聽。聽著，格溫德琳夫人遇到你之前，跟一絲醜聞都沾不上邊。而現在倫敦有哪個正派女人願意在公園裡和她一起坐車？連她的孩子都不能和她一起住了。還有別的故事——有人看到你天亮的時候從下流的房子裡溜出來，又喬裝打扮進了倫敦最髒的地方。這是真的嗎？有可能是真的嗎？我第一次聽到這些的時候笑了，現在再聽到卻不寒而慄。你鄉下的別墅和那裡的生活是怎麼回事？道林，你不知道別人是怎麼說你的。我不想和你說：我不想對你說教。我記得哈里說過，每個臨時要當業餘牧師的人，說話開頭都是這句，緊接著就推翻了這句話。我就是想對你說教。我希望你過受人尊敬的生活，我希望你名聲清白、事蹟乾淨，我希望你能跟狐朋狗友斷絕來往。別那麼聳肩膀，別這麼無動於衷。你有非常大的影響力，用它來為善，不要作惡。他們說，你會讓每一個跟你要好的人墮落，而你進了誰家門，誰家就要蒙羞，我不知道是不是這樣，我怎麼會知道呢？他們就是這麼說你的。我聽到的事都沒什麼懷疑的餘地。格洛斯特勛爵是我在牛津最好的朋友之一，他給我看了一封他妻子寫給他的信，是她一個人在法國蒙頓的別墅裡死之前寫的，那是我看過最可怕的懺悔，裡面寫到了你的名字。我跟他說這太荒謬了，我很瞭解你，你不可能做這種事。瞭解你？我不知道，我瞭解你嗎？回答這個問題之前，我應該先看看你的靈魂才行啊。」

「看我的靈魂！」道林．格雷喃喃自語，從沙發上站起來，幾乎嚇得臉色慘白。

「是的，」霍爾沃德嚴峻地回答，聲音裡透著深沉的憂傷，「看你的靈魂，可是只有上帝才能做到這件事啊。」

道林嘴裡發出一聲嘲諷的苦笑。「你就能看到，就在今晚！」他叫道，從桌子上抓起一盞燈，「來，這是你自己的傑作，你為什麼不能看呢？如果你高興，以後你可以把一切昭告天下，沒人會相信你的，如果他們真信了，只會因此更喜歡我。我比你更瞭解這個時代，儘管你總是嘮嘮叨叨。來啊，我告訴你，關於墮落你已經說得夠多了，現在你還是當面看看它吧。」

他說的每個字都帶著近乎瘋狂的驕傲，他像小孩一樣粗魯地踩著地板，想到有人要分享他的祕密，想到這個人畫了這幅代表自己一切恥辱之源的畫像，也因此一生都要背負著對所作所為的可怕記憶，他就感到一種可怕的快樂。

「是的，」他繼續說道，走近他，直直地盯著他嚴厲的眼睛，「我就讓你看看我的靈魂，讓你看看你以為只有上帝才能看到的東西。」

霍爾沃德開始後退。「你這是褻瀆神明啊，道林！」他喊道，「你不能說這種話，太可怕了，而且毫無意義。」

「你這麼覺得嗎？」他又笑起來。

「我知道是這樣。至於我今晚對你說的，都是為你好。你知道我一直把你當好朋友的。」

「別碰我。你接著說。」

畫家的臉上閃過一絲痛苦扭曲的表情，他停了一下，一股狂熱的憐憫之情湧上心頭。畢竟，他有什麼權利去窺探道林．格雷的生活？如果他幹了那些傳聞裡的十分之一的事情，他一定也很痛苦吧！他直起身子，走到壁爐旁，站在那裡，看著燃燒的木頭，上面的灰燼像霜一樣，火焰跳動著。

「我等著呢，巴茲爾。」年輕人生硬而清晰地說。

他轉過身來。「我要說的是，」他喊道，「那些對你的可怕指控，你要給我一個答案。如果你跟我說，它們徹頭徹尾都不是真的，我就相信你。你說『不是』吧，道林，說『不是』吧！你看不出來我很難過嗎？上帝！別告訴我你是邪惡、墮落、可恥的。」

道林．格雷笑了，唇邊有一絲輕蔑。「上樓來吧，巴茲爾，」他靜靜地說，「我每天都記日記呢，不拿出房間的。你跟我來，我就給你看。」

「你要我去我就去，道林。我看我已經誤了火車了，沒關係，我可以明天去。但今晚別

第十三章

謀殺

他走出房間，開始上樓，巴茲爾．霍爾沃德緊隨其後。他們走得很輕，人在夜裡本能地就會那樣。燈光在牆和樓梯上投下了奇怪的影子。突然刮起一陣風，把窗戶吹得咔嗒咔嗒響。

他們來到頂層樓梯平臺，道林把燈放在地上，拿出鑰匙，插進鎖裡轉了一下。「你還是想知道嗎，巴茲爾？」他低聲問。

「嗯。」

「我很高興，」他笑著答道，隨即又有點嚴厲地補充說，「你是世界上唯一有資格知道我所有事的人。你和我的生活的關係比你以為的要大得多。」說完，他拿起燈，打開門走了進去。一股冷風從他們身邊吹過，火焰的氣流穿過他們，暗橙色的燈火晃了一下。他打了個寒戰，低聲說：「把門關上。」一邊把燈放在桌上。

霍爾沃德疑惑地四下看了看，這間屋子看起來像是很多年沒人住過了。一幅褪色的佛蘭德壁毯、一幅簾子遮住的畫、一個老式義大利櫥、一個幾乎空著的書櫃，還有一張桌子、一把椅子，這個房間裡只有這些東西。道林·格雷點燃壁爐架上的一支剩半截的蠟燭時，他看到整個房間裡布滿了灰塵，地毯也是千瘡百孔。一隻老鼠在壁板後面驚慌跑過。屋裡一股潮溼的霉味。

「你覺得只有上帝才能看到靈魂嗎，巴茲爾？把那個簾子拉開，你就會看到我的靈魂了。」說話的聲音冷漠而殘忍。

「你瘋了，道林，這不是在演戲吧？」霍爾沃德皺著眉頭咕噥道。

「你不拉？那我自己來吧。」說著，他一把將簾子從杆子上扯了下來，甩在地上。

畫家在昏暗的光線裡，看到畫布上那張猙獰的臉在向他微笑，他不禁驚呼了一聲。在它的表情裡，有些東西讓他充滿了厭棄和憎惡。天哪！他看到的是道林·格雷自己的臉！恐怖還是什麼的，還沒完全破壞他奇妙的美。稀疏的頭髮裡還有一點金色，肉感的嘴唇上還有一點紅潤，呆滯的眼睛裡還留著一點可愛的藍色，高貴的曲線還沒有完全從精緻的鼻子和柔軟的脖子上消失。沒錯，這是道林本人。但這是誰畫的呢？他似乎認出了自己的筆法，畫框是他自己設計的。但這個想法很荒謬，讓他害怕。他緊握著點燃著的蠟燭，湊近畫像。左下角是他的簽名，用鮮豔的朱紅色細長字母寫的。

這是拙劣的仿作，卑鄙無恥的諷刺。他從沒畫過這樣的畫。但它還是他的作品，他認識它。他感到血好像一下子從火凝結成了冰。他自己的畫！這是怎麼回事？為什麼畫變了？他像病了似的回頭看了看道林．格雷，嘴角抽搐著，口乾舌燥，說不出話來。他用手摸了摸額頭，上面都是溼漉漉的汗。

道林倚靠在壁爐架上，望著他，臉上一副奇怪的表情，當一個偉大的藝術家在表演的時候，那些沉浸在戲劇中的人臉上就是這種表情，那裡面既沒有真正的悲傷，也沒有真正的喜悅，有的只是旁觀者的情緒，眼睛裡還隱約閃爍著勝利的光芒。他從外衣上拿下了一朵花，聞著，或者假裝聞著。

「這是什麼意思？」霍爾沃德終於叫起來。他自己都覺得自己的聲音又尖銳又奇怪。

「很多年前，我還是個孩子的時候，」道林．格雷說著，捏碎了手裡的花，「你遇見了我，讚美我，教我學會為我自己的外表感到虛榮。有天，你給我介紹了一個朋友，他向我闡釋了青春的神奇，而你為我畫了一幅畫，向我揭示這種美的神奇。我一時瘋狂，直到現在，我也不知道自己後不後悔，我許了個願，也許你可以稱之為祈禱……」

「我記得！哦，我記得清清楚楚！不！這不可能。這個房間太潮溼了，畫布上發霉了。我用的顏料裡有些有毒的礦物。我告訴你，這種事是不可能的。」

「啊，有什麼不可能的？」年輕人喃喃道，走到窗前，把額頭抵在冰冷而沾滿霧氣的玻璃上。

「你跟我說你已經把它毀了。」

「我說錯了，是它把我毀了。」

「我不相信這是我的畫。」

「你在那上面看不到你的理想嗎？」道林酸溜溜地說。

「我的理想，你說這是我的理想……」

「那是你自己說的。」

「我的理想裡沒有邪惡、沒有恥辱。你就是我的理想，我再也不會遇到像你這樣的了。但這是一張薩特[1]的臉。」

「這是我靈魂的臉。」

「天哪！我愛慕的是個什麼東西啊！它有雙魔鬼的眼睛。」

「我們每個人身上都有天堂和地獄，巴茲爾。」道林絕望地做了個手勢，喊道。

霍爾沃德又轉身盯著那幅畫。「天哪！如果這是真的，」他大叫道，「如果你把你的人

1 希臘和羅馬神話中半人半獸的森林之神，喜歡無節制地尋歡作樂。

生變成了這樣，那麼，你肯定比那些指責你的人想的還要壞啊！」他又把燈舉到畫布前，仔細地看。畫的表面似乎完好無損，和他上次見到時一樣。顯然，邪惡和恐怖是從裡面產生的，某種奇怪的內在生命活動的加劇，使得罪惡的病菌正在慢慢侵蝕著畫像，屍體在潮溼的墳墓裡的腐爛都沒這麼可怕。

他的手一抖，蠟燭從燭臺上掉到地上，還在那裡劈里啪啦地燒著，他把它踩滅了，然後跌坐在桌邊那張搖搖欲墜的椅子上，雙手掩面。

「天哪，道林，真是個教訓！多可怕的教訓啊！」沒人回答，但他聽見了那個年輕人在窗邊抽泣。「祈禱吧，道林，祈禱吧。」他喃喃地說，「我們小時候，人家是教我們怎麼說的？『不叫我們遇見試探。赦免我們的罪。洗刷我們的罪惡。』我們一起來說吧。你驕傲的祈禱已經得到回應了。你悔改的祈禱也會得到回應的。我太愛慕你了，我因此受到了懲罰。你太愛自己了。我們都受到了懲罰。」

道林．格雷緩緩地轉過身來，淚眼矇矓地看著他。「太晚了，巴茲爾。」他顫抖著說。

「永遠不會晚的，道林。我們跪下來，看能不能想起一些祈禱詞。不是有句詩嗎，『你的罪雖像硃紅，主必使它白如雪』？」

「現在這些話對我已經沒有意義了。」

「噓！別這樣說。你這輩子幹的壞事已經夠多了。天哪！你沒看見那個該死的東西斜著眼睛在看我們嗎？」

道林．格雷瞥了一眼那幅畫，心裡突然升起一股難以控制的對霍爾沃德的恨。畫布上的形象彷彿一直在提醒他這種恨，那獰笑著的嘴唇在他耳邊竊竊私語。一股困獸般的瘋狂情緒湧來，他恨這個坐在桌旁的人，比他一生中恨任何事都要強烈。

他狂躁地四處張望。正對著他的一個彩繪箱子上有什麼東西在閃著光。他的目光落到了上面。他知道那是什麼，那是一把刀，前幾天他拿上來割繩子忘了帶走的。他慢慢朝它走去，經過霍爾沃德……一到他身後，他就抓起刀，轉過身。霍爾沃德在椅子上動了動，好像想站起來。道林衝向他，一刀插進了他耳後的大動脈，把他的頭按在桌子上，一刀又一刀地刺。

一聲窒息的呻吟，被血嗆到了的可怕聲音，霍爾沃德手臂抽搐著舉起來三次，在空中揮舞著怪異而手指僵硬的手。道林又刺了兩刀，霍爾沃德不動了。有什麼東西滴到地板上。道林等了一會兒，還按著霍爾沃德的頭。然後他把刀丟在桌上，聽著。

什麼也聽不見，只有破舊地毯上的嗒嗒的滴水聲。他打開門，走到樓道上。屋裡一片寂靜。沒有人。有幾秒鐘，他撐在欄杆上，彎著腰，看著黑暗中的幽暗深淵。然後他拿出鑰匙，回到房間裡，像以往一樣把門反鎖。

屍體還坐在椅子上，垂著頭，弓著背，伸出兩條形狀奇怪的長手臂，趴在桌子上，還沒掉下去。要不是脖子上的鋸齒狀的紅色裂口和桌子上一攤慢慢擴大、逐漸凝結的黑色血跡，別人還以為他只是在睡覺。

一切發生得好快啊！他感到出奇地平靜，走到窗邊打開窗，走上陽臺。風把霧氣吹散了，天空就像一條巨大的孔雀尾巴，繁星點點，有如金色的眼睛。他低頭看見一個警察正在巡邏，燈籠長長的光柱掃過寂靜房屋的大門。街角閃出一個紅點，一輛雙輪馬車經過又消失了。一個女人沿著欄杆慢慢地走著，披肩飄動著，她搖搖晃晃的，還時不時停下回頭張望，走著走著，她用沙啞的聲音唱起歌來，警察走過來，對她說了些什麼，她笑著跌跌撞撞地走了。一陣凜冽的風掃過廣場，吹得煤氣燈閃爍不定，火光變成了藍色，光禿禿的樹的黑鐵般的枝條搖來搖去。他打了個寒戰，退回屋裡，關上了窗。

走到門口，他轉動鑰匙開了門，甚至沒看一眼那個受害者。他覺得整件事的關鍵就是不要意識到目前的狀況。那位畫出了他一切痛苦之源的致命畫像的朋友已經死了。這就夠了。

然後他想起了那盞燈。那是摩爾人的手藝，造型獨特，暗銀上鑲著鋥亮的鋼製阿拉伯花樣，還嵌著粗大的綠松石。可能他的僕人會想起這盞燈，然後前來詢問。他猶豫了一下，轉身從桌子上把燈拿起來，於是不由自主地看到了那具屍體。它多麼安靜啊！長長的手看起來白得嚇人！就像一具恐怖的蠟像。

他鎖上門，悄悄下樓。木樓梯吱吱作響，似乎痛得哭了。他停下來幾次等著。什麼聲音都沒有，那只是他自己的腳步聲。

他來到書房，看到角落裡的包和大衣。這些東西一定要藏起來。他打開壁板裡的一個祕密櫥櫃，裡面是他放他奇怪的偽裝道具的地方，他把這兩樣東西放了進去，之後可以輕易地把它們燒掉。然後他掏出錶，一點四十分了。

他坐下來開始思考。每年，甚至每個月，英國都有人因為做了他剛才做的事而被絞死。空氣中瀰漫著瘋狂的謀殺氣息。是某顆紅色的星球離地球太近了……然而，有什麼證據能指控他呢？巴茲爾．霍爾沃德十一點就走了，沒人看到他再進來。大部分僕人都在塞爾比莊園。他的貼身男僕也睡了……巴黎！是的，巴茲爾去巴黎了，坐半夜的火車走的，就像他原來打算的那樣。他性格內向，要過幾個月才會有人懷疑吧。幾個月呢！在那之前，什麼蛛絲馬跡都沒了。

他突然想起一件事。他穿上皮裘，戴上帽子，走到大廳裡，停了下來，聽到外面人行道上警察沉重緩慢的腳步聲，看到窗戶上一閃而過的牛眼般的燈光。他屏住呼吸等著。

過了一會兒，他拉開門閂溜了出去，很輕地把門關上，然後他按起了門鈴。大約過了五分鐘，他的貼身男僕出來了，披著衣服，睡眼惺忪。

「很抱歉只好叫醒你，法蘭西斯，」他說著，進了門，「但我忘了帶鑰匙。現在幾點了？」

「兩點十分，先生，」那人看了看鐘，眨著眼睛說。

「兩點十分？那麼晚了！明天九點你一定要叫醒我，我有事。」

「好的，先生。」

「今天晚上有人來過嗎？」

「霍爾沃德先生來過，先生，他待到十一點，然後就去趕火車了。」

「哦，真遺憾沒見到他，他留下什麼話了嗎？」

「沒有，先生，只說如果他在俱樂部找不到你，就會從巴黎給你寫信。」

「好的，法蘭西斯。明天九點別忘了叫我。」

「不會忘記的，先生。」

那人趿拉著拖鞋，搖搖晃晃地沿著過道走開了。

道林．格雷把帽子和大衣扔在桌上，進了書房。他在房間裡來回踱了十來分鐘，咬著嘴唇思索著。然後從書架上拿了一本藍皮書翻了起來，「艾倫．坎貝爾，梅費爾赫特福德街一五二號。」對，他就是要找這個人。

第十四章

毀屍滅跡

第二天早上九點，僕人用托盤端著一杯巧克力進來，打開百葉窗。道林睡得很香，往右側臥，一隻手放在臉頰下，看起來就像一個玩耍或讀書讀到累壞了的孩子。

僕人推了他肩膀兩下他才醒，他睜開眼睛，唇上就露出淡淡的微笑，彷彿還沉湎在某個愉快的夢裡。然而他根本就沒做夢，他一整夜的睡眠都沒被任何快樂或痛苦的畫面打擾。但青春的微笑是不需要理由的，這正是它最主要的一個魅力。

他轉過身來，用肘支起身體，開始喝巧克力。十一月的和煦陽光流進了房間。天空晴朗，空氣也暖和，簡直像五月的早晨。

漸漸地，前一天晚上發生的事挪著沾血的腳步悄無聲息地爬進了他的大腦，並在那裡重新成形，清晰得可怕。想起昨晚所經受的一切，他皺了皺眉，內心又泛起了當時殺掉坐在椅子上的霍爾沃德時所產生的那種異樣的憎惡，在那種激情下他變得冷酷無情。那個死人還靜靜地坐在那裡，此刻也在陽光下。真可怕啊！這種可怕的東西只屬於黑夜，不屬於白天。

他覺得要是自己一直想著那些事會生病或者發瘋的。

有些罪惡在事後回想的時候比真正做的時候更有魅力，有些奇怪的勝利滿足的不是激情而是驕傲，並能帶給理智一種加速的愉悅感，比它們曾經帶來或可能帶來的感官快感都更強烈。但這件事不屬於那種，這件事應該從心裡趕出去，該用罌粟麻醉，該扼死，免得自己被它扼死。

九點半鐘響，他摸了一下額頭，匆忙起了身，比平時更細心地穿衣打扮，精心挑選了領巾和領巾扣針，戒指換了不止一次。他在吃早餐時也花了很長時間，品嘗各色菜餚，對貼身男僕說他想給塞爾比的那些僕人一些新制服，還看了信，有幾封讓他笑了，有三封讓他厭煩，有一封他反覆讀了幾遍，然後不高興地撕了。「女人的記性真可怕！」亨利勛爵說過。

他喝完黑咖啡，用餐巾慢慢地擦了擦嘴，讓僕人等著，走到桌邊坐下來寫了兩封信，一封放進口袋，另一封交給僕人。

「把這封信送到赫特福德街一五二號，法蘭西斯，如果坎貝爾先生不在城裡，就問清楚他去哪了。」

僕人一走，他就點了一支菸，開始在紙上隨手畫畫，先畫了花，又畫了點建築，然後是人臉。忽然他發現他畫的每張臉好像都和巴茲爾·霍爾沃德有點像。他皺了皺眉，站起身來，走到書架前，隨手抽出一本書，下定決心，除非萬不得已，否則不去想那件事。

他四肢舒展地躺到沙發上，看了看書的扉頁。那是戈蒂耶的《琺瑯與玉雕》，夏龐蒂埃出版社的日本紙版本，配著雅克馬特的蝕刻畫，黃綠色皮革裝幀，上面有描金格子和石榴圖案，是阿德里安・辛格爾頓送給他的。他翻著書，看到一首描寫拉塞內爾[1]的手的詩，那隻冰冷蠟黃的手「殘留著罪惡的痕跡」，長著紅色的絨毛和「牧神的手指」。他看了一眼自己白皙尖細的手指，不禁微微顫抖了一下，接著往下翻，看到了幾節寫威尼斯的可愛的詩：

燦然一現，
珍珠流轉的胸膛，
亞得里亞海的維納斯，
粉白的身軀探出水上。
碧波的圓弧，

1 拉塞內爾（一八〇〇—一八三六）：一個罪行累累的法國殺人犯，一八三六年被處死，在獄中寫有回憶錄。

隨樂句起伏，
喉嚨裡滿漲著，
愛的歎息聲聲高昂。
它靠碼頭我上岸，
船兒纜繩拋上岸樁，
在粉紅色的門前，
在臺階的大理石上。

多精美啊！讀著這首詩，人就彷彿坐著一條黑色的貢多拉，漂在那粉紅色和珍珠白色的城市的綠色水道上，船頭是銀色的，船尾掛著簾子。在他眼裡，那一行行詩句，就像坐船去威尼斯的利多島，船後划出的碧綠線條。那些突然閃動的色彩讓他想起脖頸五顏六色的鳥，牠們常常在蜂房般的鐘樓周圍飛翔，或是莊重優雅地在滿布灰塵的昏暗拱廊裡漫步。他半閉著雙眼，靠在沙發上，反覆念著：

在粉紅色的門前，
在臺階的大理石上。

整個威尼斯就在這兩行裡。他想起了在那裡度過的那個秋天，以及一段美妙的戀情，那次他幹了不少瘋狂而快樂的傻事。浪漫的事到處都有，但威尼斯和牛津一樣，本身就是浪漫的背景，對真正的風流人物來說，背景就是一切，或者說幾乎是一切。巴茲爾和他一起在那裡待過一陣子，還瘋狂地迷上畫家丁托列托。可憐的巴茲爾！死得太慘了！

他歎了口氣，又拿起書，想要忘卻。他讀到燕子在伊士麥的小咖啡館飛進飛出，到麥加朝聖過的伊斯蘭教徒坐在那裡數著琥珀念珠，裹著頭巾的商人抽著帶流蘇的長菸斗，嚴肅地交談著；他讀到協和廣場上的方尖碑，因為被孤獨地流放到這個沒有陽光的地方而流下花崗岩的眼淚，渴望回到開滿蓮花的炎熱尼羅河邊，那裡有獅身人面像、玫瑰紅的朱鷺、金爪子的禿鷹，還有小綠玉眼睛的鱷魚，在蒸氣騰騰的綠色爛泥潭裡爬行。他沉浸進了詩句裡，戈蒂耶從留著吻痕的大理石裡聽到了音樂，把現在坐在羅浮宮的斑岩廳裡的「迷人的怪物」——一個奇特的雕像——比作女低音。但不一會兒，書從他手裡掉了，他緊張起來，一陣強烈的恐懼湧上心頭。要是艾倫．坎貝爾不在英國怎麼辦？等他回來說不定要好幾天。也許他還會不肯來。那怎麼辦？每一刻都生死攸關。

他們曾經是很好的朋友，五年前——幾乎是形影不離的。後來這種親密關係就突然結束了。現在他們在社交場合碰到的時候，就只有道林．格雷會笑一下，艾倫．坎貝爾從來不笑。

他是極其聰明的年輕人，雖然對視覺藝術沒有真正的鑒賞力，對詩歌的美的一些領悟也都是從道林那裡獲得的，但他很喜歡鑽研科學。在劍橋，他在實驗室裡花了很多時間，在他那一屆的自然科學榮譽學位考試中名列前茅。事實上，他到現在還致力於化學研究，有一個自己的實驗室，他常常整天把自己關在裡面，惹得他母親很生氣，因為她一心想讓他去競選議員，而且模糊地覺得化學家只是個開藥方的。並且，他在音樂上也很有造詣，小提琴和鋼琴演奏得比大多數業餘愛好者都好。事實上，他和道林．格雷最初結識就是透過音樂——音樂和道林那種說不清道不明的魅力，道林似乎隨時都能施展那種魅力，而且實際上經常不自覺地就施展出來。他們是在俄國鋼琴家魯賓斯坦在伯克希爾夫人家演出的那個晚上認識的，之後，無論在歌劇院還是在任何有好音樂的地方，人家總是能看到他們在一起。他們的親密關係持續了一年半。坎貝爾不是在塞爾比莊園，就是在格羅夫納廣場。對他來說，就像對其他很多人一樣，道林．格雷是生活中一切美好和迷人的典型。沒人知道他們之間是否爭吵過。但大家突然發現，他們見了面幾乎不說話了，有道林．格雷在場的晚宴，坎貝爾好像都會早早地離開，而且他也變了，不時莫名地憂鬱，似乎連音樂都不喜歡聽了，自己也不玩樂器了，有人邀請他演奏，他就推說自己沉迷科學，沒時間練習。這也的確是事實，他對生物學的興趣日益濃厚，有一兩次，他的名字還出現在了與某些奇怪實驗相關的科學評論裡。

這就是道林．格雷在等的人。每一秒鐘他都要看看鐘，時間一分一秒地過去，他越來越焦躁不安，最後他站起來在房間裡踱來踱去，看起來像一隻美麗的籠中物。他不聲不響地大步走著，手奇冷無比。

事情懸在那裡讓他受不了，覺得時間像是在爬行，腳裡灌滿了鉛，而他已經被一陣陣狂風刮到了黑色斷崖的參差邊緣。他知道那裡有什麼東西在等著自己，實際上他已經看到了。他顫抖著，用溼漉漉的手擠壓著灼熱的眼瞼，想把大腦的視力奪走，把眼珠趕回眼眶，可是沒有用，大腦可以自己為自己提供素材，而想像被恐懼弄得奇形怪狀，像個活物因為痛苦而扭曲，像醜陋的木偶在支架上跳舞，透過活動面具咧嘴笑著。然後，突然地，時間停止了。是的，那個瞎了眼又呼吸緩慢的傢伙不再爬了，時間死了，可怕的念頭卻敏捷地跑到他面前，把駭人的未來從墳墓裡拖出來給他看。道林盯著它，嚇得渾身僵硬。

終於，門開了，僕人走進來。道林發直的雙眼轉向他。

「坎貝爾先生來了，先生。」僕人說。

他發乾的嘴唇呼出了一口氣，臉上恢復了血色。

「快請他進來，法蘭西斯。」他覺得自己又活過來了，害怕的感覺過去了。

僕人鞠躬退了出去。不一會兒，艾倫．坎貝爾走了進來，他神情冷峻，烏黑的頭髮和眉毛讓臉色顯得更加蒼白。

「艾倫！你太好了，謝謝你來了。」

「我本來打算再也不來了，格雷，但你說有性命攸關的事。」他的聲音生硬而冷淡，說得緩慢而謹慎。他堅定地望著道林，目光裡有對他的探究，還有一種輕蔑。他的雙手一直插在羔羊皮大衣的口袋裡，似乎沒注意到道林伸過來握的手。

「是的，性命攸關，艾倫，而且對不止一個人來說。坐吧。」

坎貝爾在桌邊坐下，道林坐在他對面，兩人四目相對，道林眼裡充滿了遺憾，因為他知道他要幹的事很可怕。

在一陣緊張的沉默之後，他身體前傾，開始說話，語調平靜，但觀察著每一個字在對方臉上引起的反應：「艾倫，這座房子最頂上有一個房間，是鎖著的，除了我沒人能進去，裡面有個死人就坐在桌子旁邊，已經死了十個小時了。別激動，也別這樣看著我。這個人是誰、他為什麼死了、怎麼死的，都跟你沒關係。你只要——」

「停，格雷。我不想再知道什麼了。你說的是真的還是假的，我也不關心。我一點也不想攪和到你的生活裡去。你自己留著那些可怕的祕密吧，我對它們已經不感興趣了。」

「艾倫，你一定要感興趣，這件事你必須感興趣。我很抱歉，艾倫，但我也沒辦法。只有你能救我了。我沒有什麼別的辦法，只能把你扯進來。艾倫，你是科學家，你懂化學和那方面的東西，還做過實驗。你只要銷毀掉樓上的東西——毀乾淨，讓它不留下一點痕跡。沒有人看見這個人進過這間房子。其實他現在應該在巴黎。幾個月裡都不會有人想到他的。等有人想起他的時候，這裡一定已經沒有一點他的痕跡。你、艾倫，你一定要把他還有他的一切都變成能讓我往空中一撒的灰。」

「你瘋了，道林。」

「啊！我就等著你喊我道林呢。」

「你瘋了，我告訴你——瘋到以為我會動一根手指來幫你，瘋到對我做這麼一番嚇人的坦白，這件事跟我沒關係，不管這是什麼事。你覺得我會為了你，毀掉自己的名譽嗎？你在搞什麼鬼，關我什麼事？」

「他是自殺的，艾倫。」

「我很高興。可是，是誰讓他自殺的？我想是你吧。」

「你還是不肯幫我嗎？」

「我當然不肯啊。我絕對不會跟這件事扯上關係的。我不在乎你會蒙受什麼恥辱，這都是你應得的，看到你丟臉，當眾丟臉，我也不會難過的。世界上那麼多人，你怎麼敢專門叫我來蹚這潭渾水的？我還以為你比我更懂人性呢，你那個朋友亨利·沃頓勛爵教了你那麼多事，但沒教你心理學吧？我無論如何也不會幫你的，你找錯人了，去找你的朋友吧，別來找我。」

「艾倫，是謀殺。我殺了他。你不知道他讓我受了什麼苦。不管我的生活怎麼樣，他都是始作俑者，是他創造或是毀壞的，他的作用比可憐的哈里還大。他可能不是故意的，但結果沒什麼不一樣。」

「謀殺！好傢伙，道林，這你都幹得出來？我不會告發你的，這不關我的事。另外，我不插手這件事，你肯定會被抓的。沒人犯罪不留破綻的。但我不會跟這事扯上半點關係的。」

「你一定要幫我。等等，等一下，聽我說，只是聽一聽，艾倫。我只想請你做個科學實驗。你去醫院和停屍間，在那裡幹那種恐怖的事，你也不會怎麼樣。如果在一個可怕的解剖室或者發著惡臭的實驗室裡，你看到這個人倒在一張鉛桌子上，桌子兩邊是讓血流下去的血槽，你會把他當成一個非常好的實驗對象，面不改色的。你不會覺得自己在做什麼錯事，反而可能覺得是在造福人類、為世界增添知識，或是滿足智力上的好奇心，諸如此類。我想要你做的，只是你之前經常做的事。實際上，銷毀一具屍體，肯定遠遠沒有你常做的那種工作可怕。而且，別忘了，這是唯一對我不利的證據，要是被發現我就完了，要是你不幫我，我肯定會被發現的。」

「你忘了，我不會想幫你的，我對整件事根本不關心，跟我沒關係。」

「艾倫，求你了。想想我的處境吧。你來之前，我嚇得差點暈過去了。有天你自己可能也會知道恐懼的滋味。不！別想那個了。單純從科學的角度看吧。你平時也不打聽你做實驗的屍體是從哪裡來的，現在也不要管好了。我已經告訴你太多了，但是我求你把這件事做了，我們曾經是朋友，艾倫。」

「過去的事就不要說了。道林——它們都死了。」

「死了的東西有時還徘徊不去呢。樓上的那個人就沒走，低著頭伸著手坐在桌子旁邊。艾倫！艾倫！如果你不幫我，我就完了。哎，他們會絞死我的，艾倫！你不明白嗎？他們會因為這個絞死我的。」

「這麼拖下去沒什麼好處的。我肯定不會管這件事的。你找我真是瘋了。」

「你不肯嗎？」

「嗯。」

「求你，艾倫。」

「這是沒用的。」

道林．格雷眼裡又流露出先前那種遺憾，然後伸手拿了一張紙，在上面寫了些什麼，又看了兩遍，仔細地疊好，把它推到桌子對面，然後起身走到窗邊。

坎貝爾驚訝地看著他，拿起紙條打開了，一看就臉色慘白，倒回椅子上。他感到一陣強烈的噁心，覺得自己的心在一個空洞的地方跳著，快要死了。

兩三分鐘可怕的沉默之後，道林轉身走到他身後，把手放在他肩上。

「真對不起，艾倫，」他喃喃道，「但你讓我別無選擇。我已經寫了一封信，就是這個，你看地址。如果你不幫我，我只好寄出去了。你知道結果會怎麼樣。不過你會幫我的。現在你不會不肯了。我本來想放過你的，你自己說是不是？你對我那麼嚴厲、苛刻，沒有禮貌。從來沒人敢那樣對我——至少沒有活人會那樣。那些我都忍了。現在輪到我說條件了。」

坎貝爾雙手掩面，渾身一陣顫抖。

「對，現在輪到我來說條件了，艾倫。你知道是什麼條件。事情很簡單。好了，別這麼緊張，這件事一定要做的，面對它，就去做吧。」

坎貝爾嘴裡發出一聲呻吟，渾身發抖。壁爐臺上時鐘滴滴答答地走著，彷彿把時間分成了一個個痛苦的原子，每個原子都可怕得讓他受不了。他覺得好像有一個鐵環套在他額頭上慢慢收緊，好像他所受到的威脅的恥辱已經降臨了。他肩上的手就像鉛做的一樣沉重，難以承受，似乎要把他壓碎。

「來吧，艾倫，快決定。」

「我做不了。」他機械地說道，彷彿言語能改變什麼似的。

「你必須做，你沒選擇了，別拖了。」

他猶豫了一會兒：「樓上房間裡有火嗎？」

「有，有一個石棉燈芯的煤氣燈。」

「我要回家到實驗室拿點東西。」

「不，艾倫，你不能離開這間房子。把你要的東西寫個單子，我的僕人坐車去拿來。」

坎貝爾潦草地寫了幾行，用吸墨紙吸乾，在信封上寫上他助手的地址。道林拿起字條，仔細讀了，按鈴叫來貼身男僕把字條交給他，叮囑他盡快把東西拿來。

大廳的門一關，坎貝爾就緊張地跳起來，他走到壁爐旁，像得了瘧疾似的打著寒戰。將近二十分鐘，兩個人都沒說話。一隻蒼蠅在房間裡嗡嗡亂飛，鐘的滴答聲就像在敲錘子。

鐘一點敲響時，坎貝爾轉過身來，看著道林·格雷，看到他的眼裡滿是淚水，那張悲傷、純潔、精緻的臉上似乎有什麼東西觸怒了他。「你真無恥，太無恥了！」他喃喃地說。

「噓，艾倫。你救了我的命。」道林說。

「你的命？老天，那是條什麼命呀！你一天一天墮落下去，終於到犯罪了。我做那些你逼我做的事，並不是為了救你的命。」

「啊，艾倫，」道林歎了口氣喃喃地說，「我希望你對我的憐憫有我對你的千分之一。」他說著轉過身去，站在那裡看著外面的花園。坎貝爾沒有回答。

過了大約十分鐘，有人敲門，僕人進來了，提著一個裝化學藥品的大紅木箱子，還有一大捲鉑鋼合金絲和兩個形狀怪異的鐵鉗。

「東西就放在這裡嗎，先生？」他問坎貝爾。

「對，」道林說，「而且，法蘭西斯，恐怕還要讓你再跑一趟，里奇蒙區給塞爾比供應蘭花的人叫什麼來著？」

「哈登，先生。」

「對——哈登。你馬上去里奇蒙，當面見到哈登，讓他送我訂的兩倍的蘭花來，盡量不要白色的，其實我一朵白色的都不想要。今天天氣很好，法蘭西斯，里奇蒙是很漂亮的地方，不然我不會為這件事麻煩你跑一趟的。」

「不麻煩，先生。我什麼時候回來呢？」

道林看著坎貝爾。「你的實驗需要多長時間，艾倫？」他鎮靜淡然地說。房間裡有第三個人在場似乎給了他異常的勇氣。

坎貝爾皺著眉頭，咬著嘴唇。「大概要五個小時。」他答道。

「那你七點半回來就行了，法蘭西斯，或者在那裡過夜也行，幫我準備好一套出去穿的衣服，晚上你自己去玩吧，我不在家裡吃飯，沒你的事了。」

「謝謝，先生。」那人說完走了。

「現在，艾倫，一分鐘也不能耽誤了。這個箱子好重啊！我幫你拿，你拿其他東西。」他說得很快，口氣不容置疑。坎貝爾感到被他支配了。他們一起走出了房間。

他們來到頂樓，道林拿出鑰匙轉動了門鎖，然後停了下來，眼裡流露出不安，他抖了一下，低聲說：「我覺得我不能進去，艾倫。」

「無所謂。我不需要你。」坎貝爾冷冷地說。

道林把門開了一半，這時，他看到自己的畫像在陽光裡獰笑，畫像前的地板上躺著扯下來的蓋布，他想起前一天晚上，他生平第一次忘了把那張要命的畫遮起來，正要衝過去，又打了個寒戰縮了回來。

那噁心的紅色露水是什麼呀？在畫像的一隻手上亮晶晶、溼漉漉的，好像畫布上滲出了血。真可怕！他覺得這比他知道的那個趴在桌上一動不動的東西還要可怕，那個東西投在血跡斑斑的地毯上的奇怪影子告訴他，它沒動過，還在那裡，就像他離開時一樣。

他深深地吸了一口氣，把門開大了一點，半閉著眼睛，側著頭，快步走了進去，決心不看那個死人一眼。然後，他彎腰撿起金紫色的布扔過去蓋在畫上。

他停在那裡，不敢轉身，眼睛盯著眼前複雜的圖案，聽到坎貝爾把沉重的箱子、鐵器和其他用來幹這件可怕的事的東西拿進來。他開始想坎貝爾和巴茲爾．霍爾沃德之前有沒有見過，如果見過，是怎麼看待對方的。

「出去。」身後一個嚴厲的聲音說。

他轉身匆匆走了出去，只知道屍體被推回了椅子上，坎貝爾正盯著那張亮黃色的臉。他下樓的時候聽到鑰匙轉動的聲音。

坎貝爾回到書房的時候，已經過了七點很久。他臉色蒼白，但非常鎮靜。「你要我做的我做了，」他低聲說，「現在再見吧，我們以後再也不要見面了。」

「你救了我，讓我免受滅頂之災，艾倫，我不會忘記的。」道林乾脆地說。

坎貝爾一走，他就跑上樓，房間裡有一股刺鼻的硝酸味，之前坐在桌子旁邊的東西已經不見了。

第十五章

晚宴

那天晚上八點半，道林．格雷精心打扮了一番，鈕扣眼裡插著大朵的帕爾瑪紫羅蘭，由僕人欠身引入了納博勒夫人的客廳。他非常興奮，額頭上的神經瘋狂地跳著，但他躬身親吻女主人手的時候卻一如既往地優雅從容。也許人在演戲時才最自在。當然，那晚看到道林．格雷的人，誰也不會相信他剛經歷了一場可怕程度不亞於任何當代悲劇的悲劇，那精巧的手指絕不可能抓起罪惡的刀子，那微笑的嘴唇也不可能說出褻瀆神明之語。他自己都忍不住驚異於自己的泰然自若，一時間敏銳地感受到了雙重人生可怕的樂趣。

這是一個小型晚宴，是納博勒夫人相當匆忙安排的。她是很聰明的女人，身上還看得出亨利勛爵所說的那種顯著的醜陋。她的丈夫是英國最無聊的大使，她已經證明自己是賢妻，她把丈夫好好地安葬在她自己設計的大理石陵墓裡，把幾個女兒嫁給了有錢的老頭，現在致力於享受法國小說、法國烹飪和法國精神——當她能領會到的時候。

道林是她特別喜歡的人之一，她總是對他說，非常慶幸自己年輕時沒遇到他。「我知道，親愛的，我會瘋狂地愛上你的，」她常說，「為了你，我會把帽子扔到風車上去。那時你不在我的考慮範圍裡，真是太幸運了。當時，我們的帽子不夠好看，風車又一心忙著招風，所以我從來沒和誰調過情。不過那都是納博勒的錯，他近視得厲害，在一個什麼也看不見的丈夫面前耍花樣也沒樂趣。」

她這天晚上的客人相當無聊。她用一把十分破舊的扇子擋著臉，對道林解釋說，她的一個已經出嫁的女兒突然來和她住了，更糟糕的是，她居然把她的丈夫也帶來了。「我覺得她這樣很不好，親愛的，」她低聲說，「當然，我從德國的洪堡回來以後，每年夏天都會去和他們住，但是，像我這樣的老太婆有時也要呼吸點新鮮空氣，再說，我真的能讓他們活得明白一點。你不知道他們在那裡過著什麼樣的生活，那是不折不扣的鄉下人的生活。他們起得很早，因為要做的事很多，睡得也早，因為沒什麼事可想。自從伊莉莎白女王時代以來那裡就沒出任何醜聞，所以他們吃完晚飯就睡了。你可別坐在他們旁邊。你應該坐在我旁邊，逗我開心。」

道林輕聲說了一句得體的客套話，環顧了一下房間。是的，這的確是個無聊的聚會。其中有兩個人他從來沒見過，其他人包括歐尼斯特·哈羅登，倫敦俱樂部裡常見的那些中年庸人之一，他們沒有敵人，但朋友也根本不喜歡他們；魯克斯頓夫人，一個過度打扮的四十七歲女人，長著一個鷹鉤鼻，總想讓自己的名聲變壞一點，但她實在太平庸了，沒人相信她會有任何傷風敗俗的事，讓她很是失望；埃爾琳夫人，一個滿積極的小人物，長著一頭威尼斯紅髮，說話結巴，滿好玩的；愛麗絲．查普曼夫人、女主人的女兒，一個暗淡沉悶的女孩，長著一張典型的英國臉，見過一次就再也想不起來了；還有她的丈夫，紅臉龐，白色絡腮鬍，和他那個階級的很多人一樣，以為無節制的享樂可以彌補自己完全沒思想的缺陷。

道林有點懊悔來了，直到納博勒夫人看著淡紫色帷幕的壁爐架上那口曲線華麗的鍍金大臺鐘，叫道：「亨利．沃頓還沒來，太討厭了！我今天早上派人去請他，他信誓旦旦地保證不讓我失望的。」

哈里要來，是個安慰，門一開，聽到他慢吞吞的音樂般的嗓音，讓毫無誠意的道歉平添了幾分魅力，他就沒那麼無聊了。

但晚餐時，他什麼也吃不下。一道道菜上來，他都沒嘗就讓人撤下去了。納博勒夫人不斷責備他，說「這是對可憐的阿道夫的侮辱，他專門為你研發了菜單」。亨利勛爵時不時從桌子對面看著他，對他沉默和茫然的樣子感到奇怪。管家不時給他斟滿香檳。他急切地喝著，可是好像越來越渴。

「道林，」亨利勛爵終於在上肉凍的時候說，「你今晚怎麼了？心不在焉的。」

「我覺得他是在戀愛，」納博勒夫人喊道，「他不敢告訴我，怕我吃醋。他沒錯，我肯定會的。」

「親愛的納博勒夫人，」道林微笑著低聲說，「我已經整整一個星期沒有戀愛了——實際上，自從費羅爾夫人出城以後就沒有了。」

「你們男人怎麼會愛上那個女人！」老夫人驚呼，「我實在不能理解。」

「只是因為她記得你還是小女孩時候的樣子，納博勒夫人，」亨利勛爵說，「她是我們和穿短連衣裙的你之間的唯一聯繫。」

「她根本不記得我的短連衣裙，亨利勛爵。但我對三十年前在維也納的她記得很清楚，那時她的領子之低呀。」

「她現在領子還是低，」亨利勛爵說，用修長的手指拿起一顆橄欖，「她打扮好了就像一本鑿腳法國小說的精裝本。她真的很奇妙，充滿了驚喜，她對家庭的愛非比尋常，第三任丈夫去世的時候，她悲傷得頭髮都變金了。」

「你怎麼能這麼說，哈里！」道林喊道。

「這是最浪漫的解釋，」女主人笑道，「可是『她的第三任丈夫』，亨利勛爵！難道費羅爾是第四任？」

「可不是嗎？納博勒夫人。」

「我一個字也不信。」

「那就問格雷先生吧。他是她最親密的朋友之一。」

「這是真的嗎，格雷先生？」

「她是這麼對我說的，納博勒夫人，」道林說，「我問她，她有沒有像瑪戈皇后那樣，把他們的心做好防腐措施，掛在腰間。她跟我說沒有，因為他們都沒有心。」

「四個丈夫！要我說，這真是太多情了。」

「太大膽了，我跟她說。」道林說。

「哦！她可是膽子大得什麼都做得出來的，親愛的。那費羅爾又是什麼樣的人呢？我不認識他。」

「美女的丈夫都屬於犯罪階層。」亨利勛爵喝著酒說。

納博勒夫人用扇子打了他一下：「亨利勛爵，怪不得全世界都說你邪惡透頂。」

「哪個全世界說的？」亨利勛爵揚起眉毛問，「只能是來世的人吧。這個世界和我關係很好的。」

「我認識的每個人都說你很邪惡。」老夫人搖著頭喊道。

亨利勛爵嚴肅了好一會兒，最後說：「太奇怪了，現在的人在背後議論人，說的居然全都是真話。」

「他是不是無可救藥？」道林在椅子上往前傾了傾身體說。

「我覺得這樣很好，」女主人笑著說，「可是說真的，如果你們都這樣荒唐地愛慕費羅爾夫人，我也要再結一次婚，趕趕時髦。」

「你是不會再結婚的，納博勒夫人，」亨利勛爵插嘴說，「你太幸福了。一個女人再婚，那是因為討厭前夫；一個男人再婚，是因為鍾愛前妻。女人碰運氣，男人賭運氣。」

「納博勒可不是十全十美。」老夫人喊道。

「如果他十全十美你就不會愛他了，親愛的夫人，」亨利勛爵反駁道，「女人愛我們，是因為我們的缺陷。只要我們的缺點夠多，她們就什麼都能原諒我們，甚至包括我們的聰明才智。說了這些話，你怕是再也不會請我吃飯了，納博勒夫人，但真的就是這樣的。」

「當然是真的，亨利勛爵。如果我們女人不是因為你們的缺陷而愛你們，你們男人會到哪般田地？你們沒一個人結得了婚，會是一群不幸的單身漢。不過那對你們來說差別也不大，如今所有的已婚男人都像單身漢一樣生活，所有的單身漢都過得像已婚男人。」

「這就是世紀末啊。」亨利勛爵低聲說。

「是世界末日吧。」女主人說。

「我希望是世界末日，」道林歎了口氣說，「人生就是一場空。」

「啊，親愛的，」納博勒夫人一邊喊著，一邊戴上手套，「別告訴我你已經把一生耗盡了。其實一個人說這話的時候都是生活把他給耗盡了。亨利勛爵很壞，我有時候也希望自己那麼壞，但你天生就是做好人的——你長得那麼善良。我一定要給你找個好太太。亨利勛爵，你不覺得格雷先生應該結婚了嗎？」

「我一直跟他這麼說的，納博勒夫人。」亨利勛爵欠了欠身說。

「好嘛，我們得給他找個好對象。我今天晚上就去把《德布雷特英國貴族年鑑》好好翻一遍，把所有合適的年輕小姐列個單子出來。」

「寫上年齡嗎，納博勒夫人？」道林問。

「當然啦，注明年齡，簡單改一改，但什麼事都不能急於求成。我希望找到《晨報》上說的那種『天作之合』，我希望你們都能幸福。」

「人總說什麼幸福的婚姻，真是胡說八道啊！」亨利勛爵說，「一個男人和任何女人在一起都可以很幸福，只要他不愛她。」

「啊！你真是憤世嫉俗！」她把椅子向後推了推，朝魯克斯頓夫人點了點頭，又對亨利勛爵說，「你一定要趕快再來和我一起吃飯。你真是帖有效的補藥，比安德魯爵士給我開的藥好多了。不過你一定要告訴我你想見什麼人，我來辦一個讓人開心的聚會。」

「我喜歡有未來的男人和有過去的女人，」亨利勛爵回答，「你說那樣會不會就變成一個襯裙聚會了？」

「大概會的，」她站起來笑著說，「請千萬包涵，親愛的魯克斯頓夫人，」她又說，「我沒發現你菸還沒抽完。」

「沒關係，納博勒夫人。我抽得太多了，以後要節制一點。」

「請別，魯克斯頓夫人，」亨利勛爵說，「節制很要命，剛好夠則就像一頓便飯一樣糟糕，過量才像筵席一樣美好。」

魯克斯頓夫人好奇地看了他一眼，「哪天下午你一定要來給我講講，亨利勛爵。這聽起來是很吸引人的理論。」她咕噥著，大模大樣地出去了。

「好了，你們小心，別聊政治和醜聞聊得太久，」納博勒夫人在門口喊道，「否則我們在樓上要生氣的。」

男人都笑了，查普曼先生嚴肅地從末座上站起來，來到首座上。道林．格雷換了座位，坐到亨利勛爵身邊。

查普曼先生開始高聲談論下議院的情況，大肆嘲笑政敵，他的陣陣大笑間，「教條」這個讓英國人充滿恐懼的詞不時地出現。他用押頭韻的字首裝飾他的演講，在思想的頂峰上升起了英國米字旗，把這個民族傳承下來的愚蠢——他欣然稱之為「英國人的常識」——視作穩固社會的堡壘。

亨利勛爵的嘴角彎起一個微笑，轉身看著道林。

「你好點了嗎，親愛的朋友？」他問，「吃飯的時候你好像很不舒服。」

「我滿好的，哈里。就是累了。」

「你昨天晚上真迷人。小公爵夫人迷上你了，她跟我說她要去塞爾比。」

「她答應二十號來。」

「蒙茅斯也去嗎？」

「嗯，他會來的，哈里。」

「我很煩他，跟她煩他差不多。她很聰明，對一個女人來說太聰明了，沒有那種講不清楚的柔弱美。黃金的雕像因為有一雙泥腳才珍貴。她的腳很漂亮，但不是泥巴做的。可能是白瓷做的吧，經歷過火的考驗，沒被火燒掉的東西都被火煉硬了。她很老到。」

「她結婚多久了？」道林問。

「一輩子，她跟我說。根據貴族名錄，我看有十年了吧，但是和蒙茅斯在一起的十年，肯定像一輩子那麼長了，時間全浪費了。還有誰會來？」

「哦，威洛比夫婦、拉格比爵士和他太太、我們的女主人傑佛瑞・克羅斯頓，老一套。我還請了格羅特里安爵士。」

「我喜歡他，」亨利勛爵說，「很多人不喜歡他，但我覺得他很有魅力。他有時候打扮得有點過頭，不過他一直太有教養了，就抵消了。他是很時髦的那種人。」

「我不知道他能不能來，哈里。他可能要跟他父親去蒙特卡羅。」

「啊！家人真是麻煩！想辦法讓他來吧。對了，道林，你昨晚很早就溜了，十一點沒到就走了。之後你幹嘛去了？直接回家了嗎？」

道林匆匆瞥了他一眼，皺了皺眉頭。

「沒有，哈里，」最後他說，「我快三點才回到家。」

「去俱樂部了？」

「嗯，」他回答，然後咬了咬嘴唇，「沒有，我沒去俱樂部，就在外面逛逛，不記得幹了什麼了……你真愛打聽啊，哈里！老是想知道別人幹了什麼。我就老是想忘記我幹了什麼。要是你想知道具體時間，我是兩點半到家的，我忘了帶鑰匙，還叫僕人開了門，你要是想叫人作證，可以問他。」

亨利勛爵聳了聳肩：「親愛的朋友，我也沒在意。我們到樓上客廳去吧。不要雪莉酒，謝謝，查普曼先生。你有什麼事吧，道林，跟我說說，你今天晚上不大正常。」

「別管我，哈里，我煩著呢，脾氣也不好。我明天或後天去找你。替我跟納博勒夫人說聲對不起，我不上去了，我要回家了，一定要回去了。」

「好吧，道林。我想明天下午茶的時候就能見到你了，公爵夫人要來。」

「我盡量去，哈里。」他說著，出了房間。坐車回家的時候，他發覺，他以為已經被遏制了的恐懼又回來了。亨利勛爵不經意的問話讓他一時間驚慌失措，而他希望自己能保持鎮定。危險的東西必須銷毀。他打了個冷戰，想到要碰那些東西，他都很厭惡。

可是這事一定要做，他意識到了。鎖上書房的門以後，他打開了藏著巴茲爾．霍爾沃德的包和大衣的祕密櫥櫃，爐火正旺，他又添了根柴。衣料和皮革燒焦的氣味很難聞，花了四十五分鐘才燒光。最後他覺得頭暈噁心，在一個鏤空銅香爐裡點了一些阿爾及利亞香片，又用麝香味的涼醋洗了洗手和額頭。

突然，他發作了，兩眼放光，緊張不安地咬著下唇。兩扇窗戶之間，立著一個佛羅倫斯的烏木大櫥，鑲嵌著象牙和藍色的青金石。他看著它，好像它是個讓人著迷又讓人害怕的東西，好像它裡面有他既渴望又憎惡的東西。他的呼吸急促起來，一種瘋狂的渴望襲來，他點了一支菸，又扔了。他垂下眼簾，流蘇似的長睫毛幾乎碰到了臉頰。但還是要去看那個櫥。最後，他從躺著的沙發上站起來，走過去，打開了櫥上的鎖，摸到一個隱蔽的機關，一個三角形的抽屜慢慢伸出來。他的手指本能地伸過去，探進去，摸到了什麼東西。那是一個黑色描金中國小漆盒，做工精巧，邊上描著波浪圖案，絲繩上穿著水晶珠子，垂著金絲辮流蘇。他把小盒打開，裡面是一種綠色軟膏，有著蠟的光澤，氣味濃郁而持久。

他猶豫了一會兒，臉上露出了古怪呆滯的笑容，身體忍不住顫抖起來，儘管房間裡很熱。他站起來看了一眼鐘，十一點四十分。他把盒子放回去，關上櫥門，走進臥室。

當午夜的鐘聲在昏暗的夜空中敲響，道林．格雷穿著便衣，裹著圍巾，悄悄溜出家門。

他在邦德街看到一輛馬車，馬很健碩。他叫住馬車，低聲對車夫說了地址。

車夫搖了搖頭。「太遠了。」他咕噥著。

「這是一個金幣，」道林說，「如果你趕得快，再加一個。」

「好吧，先生，」車夫回答，「一小時內把你送到。」他收好錢，掉轉馬頭，向河那邊疾馳而去。

第十六章

碼頭暗夜

天上飄起冷雨，雨霧中路燈模糊，陰森可怕。酒館正打烊，模模糊糊的男女三三兩兩聚在門外。有的酒吧裡傳出駭人的笑聲，有的酒吧裡，醉漢在爭吵尖叫。

道林．格雷靠在馬車裡，帽子拉得很低，倦怠地看著這座巨大城市的骯髒和恥辱，不時對自己重複著第一次見到亨利勛爵時他說的話：「用感官來治療靈魂，用靈魂來治療感官。」是的，奧祕就在這裡，他經常用這個辦法，現在又要用了。在鴉片館可以買到遺忘，在一些可怕的地方，新罪孽的瘋狂可以消除老罪孽的記憶。

月亮低低地掛在天上，像一個黃色的骷髏頭，不時有一朵巨大而形狀奇怪的雲橫著伸出長長的手臂把它遮住。煤氣燈越來越少，街道益發狹窄陰暗。有一次車夫跑錯了方向，不得不走了半英里回頭路。馬踩過水窪濺起泥水，身上冒著水汽。車窗蒙上一層法蘭絨般的灰霧。

「用感官來治療靈魂，用靈魂來治療感官！」這句話一直在他耳邊響著！他的靈魂無疑已經病入膏肓，感官真的能治好它嗎？無辜的鮮血已經流了，能用什麼彌補呢？啊！那是無法彌補的。不過，雖然被寬恕是不可能了，但遺忘還是可能的。他決心要忘記它，把那件事踩在腳下，把它踩碎，就像踩扁咬人的毒蛇一樣。真是的，巴茲爾有什麼資格對他說那種話？誰讓他來評判別人的？他說的話那麼可怕、那麼恐怖，讓人難以忍受。

馬車不停地走著，他覺得一步比一步慢。他推開天窗讓車夫快點。可怕的鴉片癮開始啃噬他，他的喉嚨發燙，纖細的手神經質地扭在一起，他發瘋似的用手杖敲打馬。車夫大笑著抽起了鞭子，他也回報以大笑，車夫卻不作聲了。

路彷彿沒有盡頭，街道就像一隻龐大的蜘蛛布下的黑網。單調得難以忍受。霧越來愈濃，他害怕起來。

然後他們經過一個空寂的磚場，這裡的霧比較淡，他可以看到那些奇怪的甕形磚窯吐著扇形的橙色火舌。馬車經過時，一隻狗吠起來，遠處的黑暗裡，一些流浪的海鷗在尖叫。馬兒在車轍裡絆了一下，轉向一邊，又飛奔起來。

過了一會兒，他們離開了土路，在凹凸不平的路上顛簸起來。大部分窗戶都是黑洞洞的，但偶爾也有奇怪的影子投在亮著燈的百葉窗上。他好奇地看著，它們像怪異的牽線木偶一樣活動，像活物一樣打著手勢，讓他心生厭惡。他心裡積鬱著怒火。轉過一個拐角時，一個女人從一扇敞開的門裡對他們大喊大叫，兩個男人追著馬車跑了大約一百碼，車夫用鞭子朝他們打去。

據說，激情會讓人翻來覆去想一件事、轉不出來。確實是這樣，道林・格雷緊咬的嘴唇一直重複著那句關於靈魂和感官的微妙的話，直到他在這句話裡找到他所有想表達的東西。他用理性為他的情緒找到了正當性，不過就算沒有那樣的正當性，情緒還是會左右他的脾氣。這個念頭從他的一個腦細胞蔓延到另一個腦細胞。人所有欲望中最強烈的一種——求生欲——讓他每根顫動的神經都敏銳起來。他曾經厭惡醜陋，因為醜陋使事物真實，現在因為同樣的原因，他珍視起醜陋來。醜陋是唯一的真實，那粗野的爭吵、下流的巢穴、亂糟糟的生活裡粗野的暴力、小偷和流浪漢的骯髒，比所有藝術的優雅表象和歌曲的夢幻影子都來得更加清晰生動。他需要這些，用來忘記一切。三天以後他就自由了。

突然，馬車在一條暗巷口猛地停了下來。在低矮的屋頂和參差不齊的煙囪背後冒出黑色的船桅，周圍的團團白霧如同船帆，幽靈般地掛在帆桁上。

「就在這附近，是嗎，先生？」車夫透過天窗粗聲問。

道林一驚，往四周望望。「就這裡好了。」他答道，匆匆下了車，把他答應的還有一個金幣給了車夫，快步向碼頭的方向走去。一艘大商船尾部有燈籠在閃爍，它的倒影在水窪裡搖晃、破碎。一艘準備出航的汽船正在加煤，冒著紅色的火光。泥濘的人行道看起來像塊溼漉漉的防水布。

他急匆匆地往左走，不時回頭看看有沒有人跟著他。大約七、八分鐘後，他到了一間夾在兩座廢棄工廠當中的小破屋前。頂層有扇窗戶裡亮著燈。他停下來，用特殊的方式敲了敲門。

過了一會兒，他聽到走廊裡傳來腳步聲，還有解門鏈的聲音。門靜悄悄地開了，他走進去，沒對來開門的傢伙說話，那是個長相奇怪的矮胖子，他走過去的時候，那傢伙往後退了一步，退進了暗處。門廳盡頭掛著一塊破舊的綠簾子，被跟著他從街上進來的狂風吹得飄搖起來。他掀開門簾，走進一個長長的低矮房間，看起來好像以前是個三流舞廳。四周的牆上掛著煤氣燈，嘶嘶響地亮著，映在對面沾滿蒼蠅屎的鏡子裡，晦暗變形了。地板上鋪著赭色的鋸屑，很多地方被踩成了爛泥，腳印周圍還有一圈深色的酒跡。幾個馬來人正蹲在一個小炭爐旁玩著骨牌，聊天時露出一口白牙。一個角落裡，有個水手把頭埋在臂彎裡，趴在桌上。占去房間整整一邊的，是一個漆得很俗氣的吧臺，旁邊站著兩個憔悴的女人，嘲笑著一個老頭，他正一臉厭惡地搓著大衣的袖子。「他以為身上有紅螞蟻呢。」道林經過時，其中一個女人笑著說。老頭驚恐地看著她，嗚咽起來。

房間盡頭有一道小樓梯，通向一個黑漆漆的房間。道林快步走上那三級臺階，濃重的鴉片味撲面而來。他深深吸了一口氣，鼻孔快活地翕動起來。進去的時候，一個一頭光滑黃髮的年輕人正拿著細長的菸杆俯身去燈上點火，他抬頭看了看道林，遲疑地向他點了點頭。

「你在這裡，阿德里安？」道林低聲說。

「我還能在哪裡？」他沒精打采地回答，「現在那些傢伙沒一個理我了。」

「我以為你出國了。」

「達林頓袖手旁觀，最後還是我哥哥付了帳。喬治也不跟我說話了……我不在乎，」他歎了口氣又說，「只要有這玩意兒，就不需要朋友了。我覺得我以前交的朋友太多了。」

道林打了個寒戰，環顧著那些以奇妙姿勢躺在破墊子上的怪物。那些扭曲的四肢、張開的嘴、瞪著的毫無光澤的眼睛，吸引著他。他知道他們在何等詭異的天堂裡受苦，又在何等陰沉的地獄裡學習一些新的快樂的祕密。他們比他好過。他被囚禁在思想裡，記憶猶如一種恐怖的疾病，正在蠶食他的靈魂。他似乎經常看到巴茲爾．霍爾沃德的眼睛在看著他。然而他覺得自己不能待在這裡，阿德里安．辛格爾頓在這裡，讓他感到不安。他想待在沒人知道他是誰的地方，他想逃避自己。

「我到別家去。」他停了一下說。

「去碼頭上？」

「對。」

「那隻瘋貓肯定在那裡。他們現在不讓她來這裡了。」

道林聳了聳肩：「我對會愛人的女人已經煩了，會恨人的女人更有意思。而且那邊貨也更好。」

「差不多吧。」

「我喜歡那邊的。來跟我喝一杯吧。我一定要喝一點。」

「我什麼也不想喝。」年輕人喃喃地說。

「沒關係。」

阿德里安．辛格爾頓有氣無力地起來，跟道林來到吧臺邊。一個混血兒裹著破爛的頭巾，穿著鬆鬆垮垮的大衣，把一瓶白蘭地和兩個酒杯推到他們面前，咧嘴一笑算是打招呼。女人側身挨過來搭訕。道林轉過身，背對她們，和阿德里安．辛格爾頓小聲說了些什麼。

一個女人擠出一個馬來人式的假笑，嘲諷地說：「我們今晚可真榮幸啊。」

「看在上帝的分上，別跟我說話，」道林跺著腳喊，「你想要什麼？要錢嗎？給你。別再跟我說話了。」

女人無神的眼睛裡閃過兩道紅光，又轉瞬即逝，眼睛恢復了黯淡無光。她頭一甩，貪婪的手指從吧臺上撥拉下硬幣。她的同伴嫉妒地看著她。

「沒用的，」阿德里安．辛格爾頓歎了口氣，「我也不想回去。有什麼關係呢？我在這裡很開心。」

「如果有什麼需要就給我寫信好嗎?」道林停了一下說。

「可能吧。」

「那,晚安。」

「晚安。」年輕人說著,踏上臺階,用手帕擦了擦乾燥的嘴。

道林滿臉痛苦地往外走,掀起門簾時,那個拿了他錢的女人就從她塗了口紅的嘴唇裡發出一聲怪笑。「魔鬼的勾當走了!」她打了個嗝,聲音嘶啞。

「該死的!」他答道,「別那麼叫我。」

她打了個響指。「你喜歡人家叫你白馬王子吧?」她對著他背後喊。

她這一喊,那個打瞌睡的水手跳起來了,狂亂地四下張望,聽見關門聲,就追了出去。

道林・格雷在濛濛細雨中沿著碼頭飛快地走著。和阿德里安・辛格爾頓的邂逅奇怪地觸動了他,他想知道那個年輕生命的墮落是不是真的像巴茲爾・霍爾沃德惡狠狠地控訴的那樣,跟他脫不開關係。他咬著嘴唇,有幾秒鐘,他的眼神變得有點哀傷。可是,說到底,這跟他有什麼關係呢?人生苦短,不能把別人的錯擔到自己的肩上。每個人過著自己的生活,也都為此付出代價。唯一遺憾的是,一個人要為一次錯誤不停地付出代價,一而再、再而三地償還。命運跟人做交易,從來不肯把帳結清。

此刻的道林冷酷無情,沉溺於罪惡,心靈汙濁,靈魂渴望叛逆。他匆匆趕路,越走越快。

正當他快步拐進一個昏暗的拱門，像往常那樣想抄近路去那個聲名狼藉的地方時，突然有人從背後抓住了他。還沒來得及自衛，他就被一隻蠻橫的手掐住喉嚨，推到了牆上。

他拚命掙扎，好不容易掙脫了捏緊他咽喉的手指，卻立刻聽到咔嚓一聲，看到一支左輪手槍，錚亮的槍管對準了他的頭，一個結實的矮壯黑影站在他面前。

「你想幹嘛？」他喘著氣說。

「別出聲，」那人說，「再動我就開槍了。」

「你瘋了。我哪裡得罪你了？」

「你害了西碧兒·范的命，」那人說，「西碧兒·范是我姊姊。她是自殺的，我知道，但她的死你要負責。我發過誓，要殺了你償命，我找你好多年了，我沒什麼線索憑據，兩個能說一下你長什麼樣的人都死了，我對你一無所知……只知道她怎麼叫你的。今天晚上被我碰巧聽到了，求上帝饒了你吧，因為今晚你就要死了。」

道林·格雷差點嚇暈。「我根本不認識她，」他結結巴巴地說，「從來沒有聽說過這個人。你瘋了。」

「你最好認罪，你死定了，就像我是詹姆斯·范一樣肯定。」有那麼一刻，太可怕了，道林不知道該說什麼，不知所措。「跪下！」那人吼道，「我給你一分鐘時間懺悔——就一分鐘。我今天晚上要上船去印度，我得先宰了你。一分鐘，就這樣。」

道林垂下雙臂，嚇得渾身癱軟，不知道該怎麼辦。突然，他的大腦中閃現出一絲瘋狂的希望。「等等，」他喊，「你姊姊死了多久了？快，告訴我！」

「十八年了，」那人說，「幹嘛要問？多久有什麼關係？」

「十八年，」道林．格雷笑起來，聲音裡有點得意，「十八年啊！你帶我去燈下面，看看我的臉吧！」

詹姆斯．范猶豫了一下，不明白他什麼意思，然而還是抓住他，把他從拱門裡拖了出來。昏暗的路燈在風中搖擺不定，但詹姆斯還是看到自己差點鑄成大錯，因為那個他想殺的人一臉青春年少、天真無邪，看起來不過二十多歲，比他姊姊當初和他分別時也大不了多少，顯然不是害了她性命的人。

他鬆開手，踉蹌地退了一步。「天哪！天哪！」他喊道，「我差點把你殺了！」

道林．格雷長吁了一口氣。「你差點就犯了大罪，老兄，」他嚴厲地瞪著他說，「你該吸取點教訓，別報什麼仇了。」

「對不起，先生，」詹姆斯．范低聲說，「我搞錯了。我在那個該死的賊窩裡聽到了一下，讓我走錯路了。」

「你最好回家把槍收好，否則可能會有麻煩的。」道林說著，轉身沿著街道慢慢走開了。

詹姆斯．范驚恐地站在人行道上，從頭到腳都在顫抖。過了一會兒，一個沿著滴水的牆蠕動的黑影來到了亮處，悄無聲息地走到他身邊。他感到有隻手搭在他手臂上，猛一回頭，是在酒吧喝酒的一個女人。

「你為什麼不殺他？」她憔悴的臉湊到他面前，嘶聲說，「你從戴利酒吧衝出來我就知道你在追他。你這個笨蛋！你應該殺了他。他很有錢，而且壞透了。」

「他不是我要找的人，」他說，「我不要錢，我要的是一個人的命，那個人現在肯定快四十了。這個人比孩子大不了多少，謝天謝地，我手上沒沾他的血。」

女人挖苦地大笑起來。「比孩子大不了多少！」她冷笑道，「好嘛，朋友，那個白馬王子把我搞成現在這樣差不多也十八年了吧。」

「你騙人！」詹姆斯．范喊道。

她向天舉起一隻手。「當著上帝的面，我說的是實話。」她大聲說。

「當著上帝的面？」

「不然就讓我變成啞巴。他是來這裡的人裡最壞的一個。他們說他把自己賣給了魔鬼，換了一張漂亮臉蛋。我認識他快十八年了。從那時候起他就沒怎麼變過。我可變得多了。」她病態地斜著眼瞟他。

「你發誓？」

「我發誓，」她扁平的嘴沙啞地回答說。「但別把我出賣了，」她帶著哭腔說，「我怕他。給我點錢過夜吧。」

他罵了一聲甩開了她，衝到街角，但道林・格雷已經消失了。他回頭看，那個女人也不見了。

第十七章

塞爾比莊園

一星期以後，道林．格雷坐在塞爾比莊園的溫室裡，和美麗的蒙茅斯公爵夫人聊著天，她和她的丈夫，一個滿臉倦容的六十歲男人，在他這裡做客。這是下午茶時間，桌上一盞帶蕾絲的大檯燈發出柔和的光，照亮了精緻的瓷器和銀器。她潔白的手在茶杯間優雅地移動，豐滿的紅唇正微笑著，聽道林對她低語。亨利勛爵斜躺在一張鋪著絲綢的柳條椅上，看著他們。納博勒夫人坐在一張桃紅色的沙發上，假裝在聽公爵講述他最新收藏的一隻巴西甲蟲。三個穿著精緻的吸菸裝的年輕人給女賓遞著茶點。這場家庭聚會有十二個人，第二天可能還會有人來。

「你們兩個在說什麼呢？」亨利勛爵走到桌前，放下杯子說，「我希望道林已經跟你說了我要給所有東西重新命名的計畫，格萊蒂絲。這是個好主意。」

「可是我不想叫個新名字，哈里，」公爵夫人抬起美麗動人的眼睛望著他說，「我很滿意我自己的名字，我覺得格雷先生對他的名字也很滿意。」

「親愛的格萊蒂絲，你們倆的名字都好極了，我不會改的。我主要想的是花。昨天我剪了一朵蘭花插在扣眼裡，它上面有奇妙的斑點，像七宗罪一樣又顯眼又驚人。我隨口問一個園丁，它叫什麼名字。他跟我說它是個好品種，叫『羅賓索尼安娜』，或類似那種可怕的名字。這是個可悲的事實，就是我們已經沒有給東西起可愛名字的能力了。名字就是一切。我從來不計較別人幹什麼，但我會覺得要為語言爭一爭。這就是我討厭文學裡的庸俗的寫實主義的原因。把鏟子叫鏟子[1]的人，就應該逼他去用鏟子，他只適合幹那個。」

「那我們應該叫你什麼，哈里？」她問。

「他叫歪理王子。」道林說。

「一聽就知道是他。」公爵夫人說。

「我不要，」亨利勛爵笑著說，倒進一把椅子裡，「貼了標籤就逃不掉了，我不要這個稱號。」

「皇室成員不能退位。」漂亮的小嘴警告說。

1 英國俗語，意思是「有什麼說什麼」。

「你要我當這個王子嗎？」

「是啊。」

「我說的可是明天的真理呀。」

「我還是覺得在今天就是謬論呀。」她回答。

「我投降，格萊蒂絲。」他算是領教到她的任性了。

「你不防禦但還可以進攻嘛。」

「我從來不對美人發起攻擊的。」他一揮手說。

「你這樣不對，哈里，真的，你太看重美貌了。」

「你怎麼能這麼說呢？我承認我覺得美比善好，但另一方面，我也特別願意承認善比醜好啊。」

「那，醜陋是七宗罪之一嗎？」公爵夫人喊道，「你說蘭花上的斑點像七宗罪什麼意思？」

「醜陋是七大德行之一，格萊蒂絲。你這個忠心的保皇黨，千萬不要小看它們。啤酒、《聖經》和七大德行造就了我們英國。」

「你不喜歡你的國家嗎？」她問。

「我生活在其中。」

「這樣你就更好說它的不是了。」

「你要我承認歐洲人的評價嗎？」他問。

「他們怎麼說我們？」

「他們說，達爾杜弗[2]移民到了英國，開了家商店。」

「那是你自己的評價吧，哈里？」

「讓給你吧。」

「這一聽就不是我說的，說得太是那麼回事了。」

「不用怕，我們的同胞聽不出來是不是那麼回事的。」

「他們很實際。」

「與其說是實際，不如說是狡猾。他們算總帳的時候，就用財富來平衡愚蠢，用虛偽來平衡邪惡。」

「但我們還是做了些了不起的事情。」

「是了不起的事情落到了我們頭上而已，格萊蒂絲。」

2 法國劇作家莫里哀同名喜劇（又譯作《偽君子》）的男主角。

「那我們也擔起了重負啊。」

「也就用了跟擔保股票交易差不多的一點點小力氣。」

她搖了搖頭。「我相信物競天擇。」她大聲說。

「它代表強者勝出。」

「那樣才有發展。」

「我更喜歡衰敗。」

「藝術呢？」她問。

「是種病。」

「愛呢？」

「是幻覺。」

「宗教？」

「是時下流行的信仰的替代品。」

「你是個懷疑論者。」

「才不是呢！懷疑論是信仰的開始。」

「那你是什麼？」

「定義了就受到限制啦。」

「給我個線索。」

「線斷了你就會被困在迷宮裡了。」

「搞不懂你。說說別人吧。」

「主人就是個好話題，很多年前他被人叫作白馬王子。」

「啊！別提這個了。」道林．格雷喊道。

「我們的男主人今晚很嚇人，」公爵夫人紅著臉說，「我相信，他覺得蒙茅斯是因為我是他能找到的最好的現代蝴蝶標本而跟我結婚的，完全是出於科學原則。」

「那我希望他不要把針插到你身上，公爵夫人。」道林笑道。

「哦！我的女傭已經這麼幹了，格雷先生，在她生我氣的時候。」

「她為什麼生你氣，公爵夫人？」

「都是最小的事，格雷先生，我保證。一般是因為我八點五十告訴她，我要在八點半之前穿好衣服。」

「那她太不講道理了！你應該給她一點警告。」

「我可不敢，格雷先生。哎，她要給我設計帽子呢。你還記得我在希爾斯通夫人的花園聚會上戴的那頂嗎？你不記得了，不過你真好，還假裝記得。那是她完全憑空做出來的，所有好帽子都是在什麼也沒有的基礎上做出來的。」

「就像所有的好名聲一樣，格萊蒂絲，」亨利勛爵打斷道，「一個人每產生一點影響就會多一個敵人，要想當受歡迎的人，就得是個平庸之輩。」

「在女人這裡行不通，」公爵夫人搖搖頭說，「而世界是由女人來定義的。我跟你說，我們受不了平庸的人。就像有人說的，我們女人是用耳朵去愛的，你們男人則是用眼睛去愛，如果你們也會愛的話。」

「我覺得我們好像就沒做過別的事。」道林喃喃地說。

「啊！那你就從來沒有真正地愛過，格雷先生。」公爵夫人假裝傷心地說。

「親愛的格萊蒂絲！」亨利勛爵喊道，「你怎麼能這麼說呢？浪漫靠重複而生，重複把情欲轉化成藝術。而且，每次戀愛都是唯一的一次戀愛。對象不同不會改變情欲的始終如一，而只會強化它。我們一生最多只能有一次偉大的經歷，生活的祕訣就在於盡可能多地重現這次經歷。」

「哪怕被這段經歷傷害過，哈里？」公爵夫人停了一下，問。

「尤其是被傷害過的時候。」亨利勛爵回答道。

公爵夫人轉過身來，看著道林．格雷，眼神中充滿了好奇。「你怎麼看，格雷先生？」她問。

道林猶豫了一下，然後仰頭笑了起來：「哈里說什麼我都同意，公爵夫人。」

「哪怕他錯了？」

「哈里從來沒錯過，公爵夫人。」

「那他的哲學能讓你幸福嗎？」

「我從來沒想過追求幸福。誰想要幸福？我只想找樂子。」

「找到了嗎，格雷先生？」

「經常，太多了。」

公爵夫人歎了口氣。「我想要安心，」她說，「如果我現在不去打扮，今天晚上就不會安心的。」

「讓我給你摘幾朵蘭花吧，公爵夫人。」道林說著，站起來往溫室走去。

「你和他調情調得挺不檢點的，」亨利勛爵對他的表妹說，「你最好小心點，他可是很迷人的。」

「他要是不迷人，就過不起招來了。」

「所以是希臘人遇到希臘人[3]嗎？」

3 俗語，棋逢對手的意思。

「我站在特洛伊人一邊。他們為了一個女人而戰。」
「他們被打敗了。」
「有比當俘虜更糟糕的事情呢。」她回答說。
「你現在不拉韁繩縱馬狂奔啊。」
「跑出了生命力。」她不打算退讓。
「我今天晚上要把它寫在日記裡。」
「寫什麼?」
「一個被燒傷的孩子還愛火。」
「我一點也沒受傷,翅膀完好無損。」
「你的翅膀就是不能用來飛。」
「男人已經把勇氣傳給女人了。這對我們是新體驗。」
「你有個競爭對手。」
「誰?」
他笑了起來。「納博勒夫人,」他低聲說,「她非常愛慕他。」
「你讓我好擔心呀。我們浪漫主義者就怕老骨董。」
「浪漫主義者!你明明擁有一切科學方法。」

「那是男人教的。」

「但也沒能解釋清楚你們女人。」

「把女人作為一個性別描述一下。」她發出一個挑戰。

「沒有祕密的斯芬克斯[4]。」

她看著他，笑了。「格雷先生怎麼去了這麼久啊！」她說，「我們去幫幫他，我還沒告訴他我裙子的顏色呢。」

「啊！你可以根據他的花配條裙子，格萊蒂絲。」

「那投降得也太早了。」

「浪漫主義的藝術就是從高潮開始的。」

「我要留退路。」

「像帕提亞人[5]那樣？」

「他們能在沙漠裡安身立命，我可不行。」

4 希臘神話裡，要人猜謎語的怪物，猜不中的人會被牠吃掉。

5 帕提亞即西亞古國安息，據說帕提亞騎兵的慣用戰術是在掉轉馬頭假裝撤退時射冷箭。

「女人並不總有選擇權的。」他答道，但話還沒說完，就聽見溫室深處傳來一聲壓抑的呻吟，接著是重物摔在地上的一聲悶響。眾人吃了一驚。公爵夫人驚恐地站著，一動不動。亨利勛爵眼露懼色，衝過晃動的棕櫚葉，發現道林．格雷臉朝下，倒在瓷磚地板上，昏死過去了。

道林立刻被抬進了藍色客廳裡，放在沙發上。過了一小會兒，他醒了過來，一臉茫然地看著周圍。

「出什麼事了？」他問，「哦！我想起來了。我在這裡安全嗎，哈里？」他顫抖起來。

「親愛的道林，」亨利勛爵說，「你只是暈倒了而已。你一定是太累了。晚飯最好別下去吃了，我替你招呼大家吧。」

「不，我要下去，」他掙扎著起身說，「我寧願下去，不要一個人待著。」

他到自己房間去換了身衣服。在餐桌上，他滿不在乎，談笑風生，但時不時想起他看到詹姆斯．范的臉貼在溫室窗戶上——像一塊白手帕一樣——盯著他，就恐懼得一陣戰慄。

第十八章

打獵

第二天他沒出門，實際上大部分時間都在自己的房間裡，怕死怕得要命，但對生命本身又很冷漠。他強烈地意識到有人正在跟蹤、試圖誘捕和準備擊殺他。掛毯在風裡抖一下，他也會抖。枯葉被吹到鉛窗格裡的玻璃上，他覺得就像自己耗盡的決心和狂躁的悔恨。他一閉上眼睛就看到那個水手把臉貼在霧濛濛的玻璃上向內窺探，於是恐懼的魔爪再次攫住了他的心。

但也許那只是他的幻覺，把復仇從黑夜裡召喚出來，把懲罰的猙獰面目擺在他面前。現實生活是一片混亂的，而想像卻非常有邏輯，是想像讓悔恨纏繞在罪惡的腳步上，想像讓每樁罪行都孕育了畸形的餘孽。在平常的現實世界裡，惡人不會受懲罰，好人也沒有好報。強者成功、弱者失敗，不外乎是這樣。再說，如果有陌生人在房子周圍轉，一定會被僕人或者看門人看到的。如果在花壇裡發現什麼腳印，園丁也會報告的。沒錯，那只是個幻覺。西碧兒・范的弟弟沒有回來追殺他，他已經坐著船遠走高飛，在某個冬天的海面上沉沒了。無論如何，他是不會拿他怎麼樣的。好了，他又不知道他是誰、不可能知道他是誰。青春的假面救了他。

不過就算那只是幻覺，良心竟能喚起這麼可怕的幻影，賦予它們可見的形體，還能走來走去，真是可怕！如果日日夜夜，他罪行的陰影一直從寂靜的角落窺視著他、從隱祕的地方嘲弄他，當他坐在宴會上時在他耳邊低語、他睡覺時用冰冷的手指驚醒他，那他過的會是種什麼樣的生活啊！腦海裡閃過這個念頭，他嚇得臉發白，覺得空氣也突然變冷了。哦！他是在怎樣一個瘋狂的時刻殺了自己的朋友啊。一想起當時的情景就毛骨悚然，他彷彿又看到了一切，每個可怕的細節都歷歷在目，更加恐怖。他罪孽的形象，可怕地血淋淋地從時間的黑洞裡冒出來。六點鐘亨利勛爵進來的時候，發現他撕心裂肺地哭著。

直到第三天，他才敢出門。冬日清晨散發著松香味的乾淨空氣裡，有什麼東西讓他恢復了快樂和對生活的熱情。這也不只是因為周圍的物質環境，他自己的本性也反抗了過度的痛苦，因為那種痛苦想要破壞和損傷他天性裡完美的寧靜。敏感細膩的人常常是這樣，他們強烈的情緒總是受挫或受委屈，它們不是把人搞死就是自己死掉。淺薄的憂傷和淺薄的愛都能長存，但轟轟烈烈的愛和悲傷會因為太充沛而毀滅。況且他已經相信自己是恐怖想像的犧牲品，現在回想起自己的恐懼來，就有些憐憫，很輕蔑的。

早飯後，他和公爵夫人在花園裡散步了一個小時，然後坐車穿過公園去參加狩獵。清霜像鹽一樣鋪在草地上，天空像一個倒扣的藍色金屬碗，長著蘆葦的平坦湖面上結著一層薄冰。

在松林的一角，他看見公爵夫人的弟弟傑佛瑞·克羅斯頓爵士正從槍裡退出兩顆空彈殼，他跳下馬車，讓馬夫把馬牽回家，然後穿過枯萎的蕨類植物和亂蓬蓬的灌木叢向客人走去。

「打得好嗎，傑佛瑞？」他問。

「不太好，道林。我覺得大多數鳥都到空曠的地方去了。我想吃完午飯換個地方會好一點。」

道林在他身邊信步走著。空氣帶著清香，沁人心脾，樹林裡閃爍著紅棕色的光，幫著把獵物趕出來的僕從不時粗聲喊叫，尖銳的槍聲隨之響起，這些都讓他著迷，心裡充滿了愉快的自由感、無憂無慮的快活，和自在超然的開心。

突然，他們前面大約二十碼遠的一蓬枯草叢裡，驚起一隻兔子，牠豎著黑尖耳朵，長長的後腿用力蹬著，往一片榿樹林裡竄去。傑佛瑞爵士把槍架上肩頭，但兔子優雅的動作讓道林·格雷著了迷，他脫口而出：「別開槍，傑佛瑞，饒牠一命吧。」

「胡說什麼呢，道林！」他的同伴笑道，兔子就要竄進樹叢時，他開了槍。兩聲慘叫同時響起，一聲是兔子痛苦的尖叫，很可怕，另一聲是一個人痛苦的叫聲，更可怕。

「天哪！我打中了一個趕獵的！」傑佛瑞爵士驚叫道，「這傢伙怎麼往槍口上撞！別開槍了！」他高聲叫道，「有人受傷了。」

獵場總管拿著一根棍子跑了過來。

「哪裡，先生？他在哪裡？」他大聲喊道。同時，一路的槍聲都停了。

「這裡，」傑佛瑞爵士氣呼呼地說著，一邊向灌木叢跑去，「你怎麼不叫你的人退後點？搞得我今天打獵也打不好了。」

道林看著他們撥開擺動的柔軟枝條鑽進檉木叢裡，不一會兒又出來了，拖著一具屍體到了陽光下。他嚇得轉過身去，他覺得他走到哪裡災禍就跟到哪裡。他聽到傑佛瑞爵士問那人是不是真的死了，以及獵場總管肯定的回答。樹林裡似乎突然多出了很多人，雜亂的腳步聲和嗡嗡低語聲響成一片。一隻銅色胸脯的大野雞拍著翅膀從頭頂的樹枝間掠過。

過了一會兒——對他不安的心來說，就像無窮無盡的痛苦時光——他感到一隻手搭放在自己肩膀上。他嚇了一跳，回頭去看。

「道林，」亨利勛爵說，「最好叫他們今天的打獵就到此為止吧。再打下去就不好看了。」

「我希望永遠別打了，哈里，」他苦澀地回答，「整個事情都滿醜陋殘忍的。那個人……

……」

這句話他說不下去。

「應該是的，」亨利勛爵接口說，「他的胸口正中一槍，肯定是當場就死了。走吧，我們回家吧。」

他們並肩向大路的方向走了五十碼，沒說話。然後道林看著亨利勛爵，重重地歎了口氣說：「這是一個不祥之兆，哈里，非常不吉利。」

「什麼？」亨利勛爵問道，「哦！你說這次意外吧，親愛的朋友，這也是沒辦法的事。是那人自己不好，誰叫他往槍口上撞？再說，這跟我們也沒什麼關係。當然，這對傑佛瑞來說挺尷尬的。要是亂射一氣的獵人發生這種事倒沒什麼，大家會覺得那是一發流彈。但傑佛瑞不是，他槍法很準。不過現在再說這些也沒用了。」

道林搖了搖頭。「這是個不祥之兆，哈里。我覺得好像有什麼可怕的事情要發生在我們哪個人身上了，可能就是我。」他補了一句，痛苦地用手遮住了眼睛。

年長者笑了：「世界上唯一可怕的事就是無聊，道林。那是不可饒恕的罪過。不過我們不會無聊的，除非那幫傢伙在晚餐時一直說這件事，我一定要告訴他們別聊這件事了。至於預兆，根本就沒有預兆這回事。命運女神太聰明了，或者說太殘忍了，她不會事先派個使者來通知我們的。再說了，你能遭什麼禍？世界上的人想要的東西你全都有，沒人不想和你換一換的。」

「我願意和任何人換一換，哈里。別笑成那樣。我說的是真的。那個剛才死掉的可憐農民都比我好。我不怕死，我怕的是死神逼近。它的大翅膀好像就在我周圍沉悶的空氣裡盤桓。天哪！你沒看見有個人在那邊樹後面移動，看著我、等著我嗎？」

亨利勛爵望著那隻戴著手套的顫抖的手指的方向。「是的，」他笑著說，「我看見園丁在等你。我想他是想問你今晚在桌子上擺什麼花。你神經過敏啦，親愛的朋友！我們回城以後你要找我的醫生看看。」

道林看到園丁走過來，如釋重負地鬆了一口氣。那人摸了摸帽子，遲疑地看了亨利勛爵一眼，拿出一封信，遞給主人。「夫人讓我等您答覆。」他低聲說。

道林把信放進口袋。「告訴公爵夫人我馬上就來。」他冷冷地說。那人轉身快步朝房子走去。

「女人可真愛冒險啊！」亨利勛爵笑道，「這是她們身上我最欣賞的一種特質。只要有別人看著，女人會和世界上任何人調情。」

「你可真愛說危險的話，哈里！這件事你可說偏了。我很喜歡公爵夫人，但我不愛她。」

「但公爵夫人很愛你，雖然她不怎麼喜歡你，所以你們滿配的。」

「你這是在造謠生事呢，哈里，造謠都不需要任何依據的。」

「每個謠言背後都有不道德的事實呢。」亨利勛爵說，點燃一支菸。

「你為了說句俏皮話能犧牲任何人，哈里。」

「世界上的人都是自己對號入座的。」

「我倒是想戀愛，」道林．格雷滿含悲愴地喊道，「但我好像已經沒激情了，也忘記了欲望。我太專注在自己身上了。我的外貌已成為負擔了。我想躲避，想逃走，想忘記。我到這裡來真是太傻了。我想我應該給哈威發個電報，讓他把遊艇準備好。在遊艇上滿安全的。」

「安全什麼，道林？你遇到麻煩了吧。為什麼不告訴我什麼事？你知道我會幫你的。」

「我不能說，哈里，」他傷心地回答，「而且我想那只是我幻想出來的。今天這樁不幸的意外讓我心煩意亂。我有種可怕的預感，類似的事會落到我頭上。」

「胡說八道！」

「但願是吧，但我就是有這種感覺。啊！公爵夫人來了，看起來就像狩獵女神阿特彌斯穿著量身定做的禮服。你看，我們回來了，公爵夫人。」

「我都聽說了，格雷先生，」她說，「可憐的傑佛瑞很難過。而且好像你還讓他別殺兔子了。真奇怪！」

「是的，很奇怪。我不知道我為什麼會那麼說，大概就是一閃念吧，那隻兔子就像是世上最可愛的小動物。但我很遺憾他們把那個人的事告訴你了，這真是個可怕的話題。」

「這是個討人厭的話題，」亨利勛爵插話說，「根本沒有心理學價值。如果傑佛瑞是存心打的，那就有意思多了！我真想認識真正的謀殺犯啊。」

「你真可怕，哈里！」公爵夫人喊道，「是不是，格雷先生？哈里，格雷先生又病了。他要暈倒了。」

道林強打精神，笑了笑。「我沒事，公爵夫人，」他低聲說，「我的精神完全錯亂了，沒什麼，怕是我今天早上走得太多了。我沒聽到哈里說什麼，很不像話嗎？改天你告訴我。我想我要去躺一會兒，你們會原諒我的吧。」

他們走到了從溫室通向露臺的大樓梯前。玻璃門在道林身後關上時，亨利勛爵轉過頭來，懶洋洋地看著公爵夫人。「你很愛他嗎？」他問。

她好一會兒沒回答，只是站在那裡凝視著風景。「我要是知道就好了。」最後她說。

他搖了搖頭：「知道了就要命了，不清不楚的才迷人，霧裡看花最美了。」

「霧裡會迷路啊。」

「殊途同歸的，親愛的格萊蒂絲。」

「歸去哪裡？」

「幻滅。」

「那是我人生的處女作。」她歎了口氣。

「然後你就戴上公爵爵冠啦。」

「我已經厭倦草莓葉子[1]了。」

「它們很配你。」

「只有在公共場合。」

「你會想念它們的。」亨利勛爵說。

「我一片花瓣也不會掉的。」

「蒙茅斯有耳朵。」

「老了聽不清了。」

「他從來沒吃過醋嗎？」

「我倒希望他吃過。」

他四處張望，好像在找什麼。

「你找什麼？」她問。

「你花劍上的小球[2]，」他答道，「掉了。」

1 公爵爵冠上的裝飾紋樣。

她笑了起來：「我還有面罩。」

「那讓你的眼睛顯得更可愛了。」他答道。

她又笑了，牙齒就像鮮紅水果裡的白籽。

樓上，道林．格雷躺在自己房間的沙發上，全身每根纖維都在恐懼地顫抖。生命突然變成了難以承受的重負。那個倒楣的趕獵人像野獸一樣被槍殺在灌木叢中的可怕死法，似乎也預示了他自己的死亡。他差點因為亨利勛爵一句無心而玩世不恭的玩笑話而暈倒。

五點鐘，他按鈴叫來僕人，吩咐他收拾東西，八點半讓馬車在門口等，他要坐夜班快車回城。他決定不在塞爾比莊園過夜了。這是個不祥的地方：死神在光天化日下遊蕩，森林裡的草都染上了鮮血。

然後他給亨利勛爵寫了張紙條，告訴他自己要進城看病，請他代為招待客人。他正要把紙條放進信封，有人敲門，他的貼身男僕告訴他，獵場總管求見。他皺了一下眉頭，咬了咬嘴唇。「讓他進來吧。」他猶豫了一會兒，嘟噥說。

那人一進來，道林就從抽屜裡拿出支票簿，攤開放在面前。

「我想你是來說今天早上那樁不幸的意外吧，桑頓？」他拿起筆說。

「是的，先生。」獵場總管回答。

「那個可憐的傢伙結婚了嗎？有家小要養活嗎？」道林挺不耐煩地問，「如果有，我不希望他們日子過不下去，你看該給多少錢，我會給他們的。」

「我們不知道他是誰，先生。所以我才冒昧來找您的。」

「不知道他是誰？」道林冷淡地說，「什麼意思？他不是你的人嗎？」

「不是的，先生。以前從來沒見過他。好像是個水手，先生。」

道林．格雷手裡的筆掉了下來，他覺得自己的心臟好像驟然停止了跳動。「水手？」他叫道，「你是說水手？」

「是的，先生。他看起來好像是水手，兩條手臂上都有紋身之類的東西。」

「在他身上發現什麼了嗎？」道林向前俯身，用驚恐的眼神看著對方，「有什麼能看出他的名字的東西嗎？」

「有些錢，先生——不多，還有一把六發子彈的左輪手槍。沒有名字。看起來像個正經人，先生，就是樣子粗魯了點。我們覺得是個水手。」

道林跳了起來，一線可怕的希望從他身邊飛過，他瘋狂地抓住了它。「屍體在哪裡？」他大聲喊，「快！我要馬上看看。」

2 擊劍運動中，戴面罩和在劍尖上套一個小球都是安全保護措施。

「在家庭農場的一個空馬廄裡，先生。大家都不喜歡把那種東西放在家裡，說屍體會帶來厄運的。」

「家庭農場！馬上去那裡等我。叫馬夫給我備馬。不，算了，我自己去牽馬，省點時間。」

不到一刻鐘，道林．格雷已經騎著馬在大道上全速狂奔了。樹木彷彿幽靈般地從他身邊掠過，凌亂的陰影橫在他經過的路面上。有一次，他的馬在一根白色門柱旁突然轉彎，差點把他甩出去。他在馬脖子上揍了一鞭，馬像箭一樣劃破昏暗的夜色，蹄子踏得石子飛濺。

最後，他終於到了家庭農場。有兩個人在院子裡走來走去。他從馬鞍上跳下來，把韁繩扔給其中一個人。最遠的馬廄裡，有一盞燈在閃爍，似乎告訴他屍體就在那裡，他急忙跑到門口，伸手要拉門閂。

他在那裡停了一下，覺得這個發現會把自己帶到一個十字路口：要嘛成就自己，要嘛毀了自己。然後他推門進去了。

在屋子靠裡的角落，一堆麻袋上躺著一具屍體，穿著粗布襯衫和藍褲子，臉上蓋著一塊血跡斑斑的手帕，旁邊一個瓶子裡插著一根劣質蠟燭，劈啪作響著。

道林．格雷顫抖了一下，覺得自己的手無法拿開那塊手帕，叫了一個農場的下人過來。

「掀開給我看看。」他一邊說，一邊抓住門柱支撐自己。

第十九章

懺悔

「你跟我說你要做好人是沒用的，」亨利勛爵把白皙的手指浸入一個裝滿玫瑰水的紅銅碗裡，叫道，「你已經很完美了，祈禱不要變吧。」

道林．格雷搖了搖頭：「不，哈里，我這輩子幹了太多可怕的事，我不想再幹了。我昨天就開始做好事了。」

「你昨天在哪裡？」

「在鄉下，哈里。我一個人住在一個小旅館裡。」

「親愛的孩子，」亨利勛爵笑著說，「在鄉下，誰都能做好人，那裡沒有誘惑。這就是為什麼鄉下人那麼不開化的原因。開化絕不是容易的事，想要當一個文明人只有兩條路：一是有文化，還有就是被腐化。鄉下人兩樣機會都沒有，只能停滯不前。」

「文化和腐化，」道林說，「我對這兩個都瞭解一點。現在我覺得我身上同時有這兩樣事情挺可怕的。因為我有一個新的想法，哈里。我要改變。我想我已經變了。」

「你還沒有告訴我你幹了什麼好事，是不是還不止一件？」他的同伴一邊問，一邊往盤子裡倒了一堆熟透的草莓，堆成一座深紅色的小金字塔，又用貝殼形的漏勺撒上了白糖。

「我可以告訴你，哈里。這故事我不能對別人講的。我放過了一個人。這聽起來很自負，但你明白我的意思吧。她很美，而且很像西碧兒．范。我想她一開始就是因為這個吸引我的。你還記得西碧兒吧？好像是很久以前的事了！當然赫蒂不是我們這個階級的人，她只是個鄉下女孩。但我真的愛她，我很確定我愛她。在這個美好的五月裡，我每星期都會跑去看她兩三次。昨天她跟我在一個小果園裡見面，蘋果花紛紛落在她的頭髮上，她一直在笑。我們本來打算今天天亮私奔的，但我突然決定算了，讓她像當初碰到我的時候那樣鮮豔。」

「我想這種新鮮的情感一定讓你感受到了一種真正的快感吧，道林，」亨利勛爵打斷他說，「但我可以幫你寫完這首田園詩。你對她好言相勸，讓她難過心碎。這就是你開始幹的好事。」

「哈里，你真討厭！你別再說這種可怕的話了。赫蒂的心沒有碎。當然，她是哭了什麼的，但她沒蒙羞。她可以像帕迪塔[1]一樣生活在長滿薄荷和金盞花的花園裡。」

「還能為一個不忠的弗羅利澤[2]哭泣，」亨利勛爵靠在椅子上笑著說，「親愛的道林，你還懷著古怪的孩子氣。你覺得這個女孩現在還能甘願和任何一個他們階級的人在一起嗎？

我想她總有一天會嫁給一個粗魯的車夫或者一個傻笑的農夫。遇到過你、愛過你的事實會讓她鄙視她的丈夫，她會很可憐的。從道德的角度來看，我也不能說我對你的偉大放棄有多欣賞，就算作為一個起步，也挺差勁的。再說，你怎麼知道赫蒂現在不是像奧菲莉亞那樣，漂浮在某個星光燦爛的磨坊池塘裡，身邊有可愛的睡蓮？」

「我受不了了，哈里！你什麼都要嘲笑，然後設想最慘的結局。我現在後悔告訴你了。我不在乎你對我說什麼。我知道我做的是對的。可憐的赫蒂！今早我騎馬經過農場的時候，還看到她白白的臉靠在窗邊，像一朵茉莉花。不說這個了，也別想跟我說，我這麼多年來幹的第一件好事、我第一次小小的犧牲，還是一樁罪孽。我想變好，我會變好的。說說你吧。城裡有什麼事？我好幾天沒去俱樂部了。」

「大家還在說可憐的巴茲爾失蹤的事。」

「我還以為他們已經說膩了。」道林說著，眉頭微皺，給自己倒了點酒。

「親愛的孩子，他們才說了六個星期，三個月裡討論超過一個話題，英國人的精神受不了那麼大的壓力。不過他們最近太幸運了，有我的離婚，還有艾倫·坎貝爾的自殺，現在又有了個藝術家神祕失蹤案。蘇格蘭場[3]仍然堅持認為十一月九日半夜坐火車去巴黎的那個穿灰大衣的人就是可憐的巴茲爾，但法國警方宣稱，巴茲爾根本就沒有到過巴黎。我想大概再過兩個星期，就會有人說在舊金山見過他了。說來也怪，據說每個失蹤的人都會在舊金山被人看見。舊金山一定是個讓人開心的城市，像來世那麼迷人。」
「你覺得巴茲爾出了什麼事？」道林端起勃艮第酒對著燈光問道，他也很驚訝自己能這麼平靜地談論這件事。
「我完全不知道啊，如果巴茲爾存心躲起來，那也不關我的事。如果他死了，我也不想去想他。我唯一害怕的事就是死亡，我恨它。」
「為什麼？」年輕人無精打采地問。
「因為，」亨利勛爵打開嗅鹽盒，把鍍金箅子湊在鼻子下面來回移動，「現在的人什麼都逃得了，就是逃不過這個。死亡和庸俗是十九世紀僅有的讓人沒話說的事。我們去音樂室喝咖啡吧，道林，你彈蕭邦給我聽吧，把我老婆拐跑的人彈得一手好蕭邦。可憐的維多莉亞！我滿喜歡她的，沒有她，房子裡還真冷清。當然，婚姻生活只是一種習慣、一種壞習慣。但人就算沒了最壞的習慣也會後悔的，也許還後悔得最厲害，因為壞習慣最是人性的一部

1 莎士比亞戲劇《冬天的故事》的女主角，在田園背景下牧羊的公主。
2 《冬天的故事》的男主角，帕迪塔的戀人。
3 英國首都倫敦警察廳的代稱。

分。」

道林什麼也沒說，從桌邊站起來走到隔壁房間，在鋼琴前坐下，手指在白黑相間的象牙琴鍵上遊走。咖啡送進來以後，他停了下來，看著亨利勛爵說：「哈里，你有沒有想過，巴茲爾被殺了？」

亨利勛爵打了個哈欠：「巴茲爾人緣很好，又總是戴著一塊便宜的錶，他為什麼會被殺呢？他又不夠聰明，所以沒有敵人。當然，他在繪畫方面有奇才，但一個人可以畫得像西班牙畫家委拉斯蓋茲那麼好，人卻特別無聊。巴茲爾真的很無聊，他只讓我感興趣過一次，就是很多年前他跟我說他狂熱地愛你，你是他藝術的原動力。」

「我是很喜歡巴茲爾的，」道林憂傷地說，「但他們不是說他被殺了嗎？」

「哦，有的報紙是這麼說的。但我覺得這根本不可能。我知道巴黎有些可怕的地方，但巴茲爾也不是會去那裡的人。他沒有好奇心，這是他最大的缺點。」

「如果我告訴你，我殺了巴茲爾，你會怎麼說，哈里？」年輕人說完，認真地看著對方。

「我會說，親愛的朋友，這事跟你不搭。一切犯罪都是庸俗的，就像一切庸俗都是犯罪一樣。道林，你沒有會殺人的秉性。如果我這麼說傷害了你的自尊心，對不起，但我保證我說的是實話。犯罪專屬於下等階級，我一點也沒有要責怪他們，我想犯罪對他們來說就像藝術對我們一樣，只是一種尋求感官刺激的方法。」

「尋求感官刺激的方法？難不成你要說你覺得一個殺過人的人還會再殺人啊？」

「哦！什麼事幹多了都會變成樂趣的，」亨利勛爵笑著大聲說，「這是人生一大祕密。不過我還是覺得謀殺總是不對的，一個人永遠不該幹任何不能當晚飯後八卦的事。我們別再說可憐的巴茲爾了。我倒是希望他的結局像你說的那麼浪漫，但我還是不覺得會是那樣，我看他是從一輛公共馬車上掉進了塞納河，而售票員隱瞞了那麼個醜聞。嗯，我覺得他的結局就是那樣。我看見他現在仰面躺在暗綠色的水底下，沉重的駁船在他上方漂過，長長的水草纏著他的頭髮。你知道嗎，我覺得他再也畫不出什麼好畫了。十年來，他的畫水準下降了不少。」

道林深深地歎了一口氣。亨利勛爵穿過房間，開始撫摸一隻珍奇的爪哇鸚鵡的頭，那是一隻灰色羽毛的大鳥，長著粉紅的羽冠和尾巴，蹲在一根竹棲木上。他尖尖的手指一觸到牠，牠就垂下皺巴巴的白色眼瞼，蓋住玻璃般的黑眼睛，前後搖擺起來。

「是的，」他繼續說著，轉身從口袋裡掏出手帕，「他已經畫得越來越差了。我覺得他好像少了什麼東西，沒信念了。你跟他不那麼好了以後，他就不再是厲害的藝術家了。你們怎麼不好的？我想是你覺得他沒意思了吧。如果是這樣，他是不會原諒你的，無聊的人就是那樣。對了，他給你畫的那幅畫怎麼樣了？他畫好以後我就沒見過了。我記得幾年前你跟我說它在運到塞爾比的路上弄丟了還是被偷了，找回來了嗎？太可惜了！真是一幅傑作啊。我還記得我想買它呢，真希望我買了。那是巴茲爾巔峰時期的畫。後來他的畫就心有餘而力不足了，號稱有代表性的英國藝術家都那樣。你登尋物啟事了嗎？應該登一個。」

「不記得了，」道林說，「大概登了吧。但我從來沒真正喜歡過它。我還滿後悔當那個模特兒的。整件事我都不喜歡。你說它幹嘛？它還讓我想起哪部戲裡的奇怪臺詞——大概是《哈姆雷特》——怎麼說的呢？

就像一幅悲傷的畫像，
一張沒有心的臉。

是的，就是這樣。」

亨利勛爵笑了。「如果人藝術地對待生活，那他的頭腦就是他的心。」他說著，倒進了扶手椅裡。

道林．格雷搖搖頭，在鋼琴上彈了幾個柔和的和絃。「就像一幅悲傷的畫像，」他重複道，「沒有心的臉。」

年長的那位往後仰躺著，半睜半閉的眼睛看著他。「對了，道林，」他頓了頓說，「『人就是賺得全世界，賠上……』——那句話怎麼說的？——『他自己的靈魂』？」

音樂猛地一震，道林．格雷大驚失色，盯著他的朋友：「你為什麼問我這個，哈里？」

「親愛的朋友，」亨利勛爵驚訝地揚起眉毛說，「我問你只是因為我覺得你可能知道啊。上星期天我穿過公園，大理石拱門那邊有一小群看起來很寒酸的人，在聽一個庸俗的街頭傳教士布道。我經過的時候，聽到那個人對聽眾大喊那個問題，我覺得滿有戲劇性的。倫敦這種奇怪的場面還滿多的，一個溼漉漉的星期天，一個穿著雨衣、沒什麼教養的基督徒，滴著水的雨傘下面病態蒼白的臉，還有被尖銳而歇斯底里的雙唇甩到空中的奇妙警句——這種場面真是太有意思了，充滿了象徵。我想告訴那位先知，藝術有靈魂，但人沒有。不過我想他不會明白我意思的。」

「別這樣，哈里。靈魂是真的有的。它還能被買賣，可以拿來交易，可以被毒害，也可以變完美。我們每個人都有靈魂，我知道。」

「你那麼肯定嗎，道林？」

「非常肯定。」

「啊！那肯定是幻覺。一個人覺得非常肯定的事情絕對不是真的。這就是信仰致命的地方，也是浪漫的教訓。你好嚴肅啊！別這麼認真，這個時代的迷信和你我有什麼關係？沒有的，我們已經放棄了對靈魂的信仰。給我彈個曲子吧，道林，彈的時候你悄悄告訴我你是怎麼保持青春的，你肯定有什麼祕訣，我只比你大十歲，但我滿臉皺紋、疲憊不堪、臉色蠟黃。

你真厲害，道林，今天晚上你真是格外迷人，讓我想起第一次看到你的那天，當時你還不懂事，很害羞，絕對不是個一般人。當然你也變了，但外表沒變。你要是能告訴我祕訣就好了，只要能重返青春，我什麼事都願意幹，除了鍛鍊身體、早起和當個正經人。青春啊！什麼也比不上它。說青春無知是很荒謬的。我現在唯一聽得進去的是比我年輕得多的人說的話，他們好像走在我前面，生活向他們揭示了最新的奇蹟。至於老年人，我一向反對的。我這樣做有原因。如果你問他們對昨天發生的事的看法，他們會鄭重其事地跟你說一八二〇年時的看法，那時大家還穿著長筒襪，什麼都相信，卻什麼都不知道。你彈的曲子真好聽，我在想蕭邦是不是在馬約卡島寫的，海在別墅周圍嗚咽，鹹鹹的浪花濺在玻璃上？真浪漫。有這麼個不是仿造的藝術留給我們真好。別停，我今晚需要音樂。我覺得你就是年輕的阿波羅，而我是聽你演奏的瑪息阿[4]。道林，我也有我的憂傷，連你也不知道的。年老的悲劇不在於那個人老了，而在於總有人還年輕。有時候我自己都驚訝自己還那麼坦誠。啊，道林，你多幸福啊！你這一生多美啊！你什麼美酒都嘗到了，你直接用上顎榨葡萄，什麼東西都讓你見識到了，而對你來說，一切只不過是音樂聲，也不損傷你一分，你還是完好如初。」

「我沒有完好如初，哈里。」

「不，你就是完好如初。我不知道你後半生會怎麼過，別用克制把它給毀了。你現在是十全十美的，別讓自己變得不完整，你現在完美無瑕，不用搖頭，你知道你就是的。另外，道林，別自欺欺人。人生是不被意志或意願左右的。人生是神經和神經元的問題，還有慢慢聚集的細胞群的問題，那裡頭蘊藏著思想，包含著激情的夢想。你可能覺得自己很安全、很強大，可是，房間裡或早晨的天空裡偶然出現的一種色調，你曾經喜歡過的、能帶來微妙回憶的一種特別的香水，你已經忘了然後又重新遇到的一首詩裡的一個句子，你彈完了的一首曲子裡的一段節奏——道林，我跟你說，我們的生命就取決於這樣的東西。詩人白朗寧在哪裡寫過這個，我們自己的感覺也有這樣的經驗。有時候，白丁香的香味突然飄過，就讓我重溫了我這輩子最奇怪的一個月時光。我真想和你換一換，道林。這個世界一直對著我們倆大聲喊話，但它一直崇拜著你，它會永遠崇拜你。你是這個時代在追尋的偶像，但他們找到了又害怕。我很慶幸你什麼事也沒做過，沒做過雕塑、沒畫過畫、沒創造過任何身外之物！你自己就是藝術。你把自己活成了樂曲，你的人生就是你的十四行詩。」

道林從鋼琴旁站起來，用手梳了一下頭髮。「是的，生活真美好，」他喃喃地說，「但我不會再像原來那樣生活了，哈里。你也別對我說這些誇張的話了，你不瞭解我的全部生活。我想，要是你知道了，也會離開我的。你笑了，別笑。」

「你為什麼不彈了，道林？再給我彈一遍那首夜曲嘛。你看那掛在朦朧天空裡的蜜糖色的大月亮，它正等著為你陶醉呢，你彈一曲，它就會更下來一點。你不想彈了？那我們去俱樂部吧。今晚真美，我們要美美地過完它。懷特家有個人很想認識你，是年輕的普爾爵士，伯恩第斯的長子。他模仿了你的領帶打法，還求我把他介紹給你。他滿討人喜歡的，讓我想起你。」

「算了吧，」道林滿眼憂傷地說，「我今天晚上很累，哈里，我不去俱樂部了。快十一點了，我想早點睡覺。」

「別啊。你今天晚上彈得特別好，觸鍵時的表現力美極了，我聽到了以前在這首曲子裡從來沒聽過的東西。」

「這是因為我要變好了，」他笑著回答，「我已經變得好一點了。」

「對我來說你不會變，道林，」亨利勛爵說，「我們永遠是朋友。」

「但你曾經用一本書毒害了我，我不應該原諒這個的。哈里，答應我永遠別把那本書借給別人了，它會害人的。」

「親愛的孩子，你真的開始說教了。你很快就會像一個教徒或宗教復興分子那樣到處跑來跑去，警告大家不要去幹所有那些你已經幹膩了的壞事。但你太可愛了，不適合做這事，而且也沒什麼用。你和我是什麼樣還是什麼樣。至於說被一本書毒害了，根本就沒這樣的事。藝術不會讓人去幹什麼事的，只會打消人想幹什麼事的欲望。藝術極其無用。世人所謂不道德的書，只不過揭露了他們本來就有的恥辱。我們不談文學了。明天來我這裡吧，我十一點去騎馬，我們可以一起去，隨後我帶你去和布蘭克森姆夫人一起吃午飯。她很迷人，她想向你諮詢一些買壁毯的事。一定要來啊。或者我們和小公爵夫人一起吃午飯？她說她現在都見不到你了。還是你已經厭倦格萊蒂絲了？我就知道你會的，她伶牙俐齒有點煩人。好了，不管怎樣，十一點過來吧。」

「我真的要來嗎，哈里？」

「當然啦。公園現在可美了。我覺得自從我認識你那年到現在，今年的丁香花開得最好了。」

「好吧，我十一點來，」道林說，「晚安，哈里。」他走到門口時，猶豫了一會兒，好像還有什麼話要說，然後歎了口氣，走了出去。

第二十章

畫像

那是個宜人的夜晚，非常暖和，他把外套搭在手臂上，脖子上沒戴絲巾。他抽著菸，信步往家走，兩個穿著晚禮服的年輕人從他身邊經過，他聽到其中一個對另一個低聲說：「那是道林．格雷。」他還記得以前被人指指點點、被盯著或是被人議論時，他是多麼開心。他現在對聽到自己的名字已經厭倦了。他最近經常去的那個小村子，一半的魅力在於沒人知道他是誰。他經常對受他誘惑愛上他的女孩說，他很窮，她也信以為真。有一次，他跟她說他很壞，她對他大笑，說壞人都是又老又醜的。她的笑聲真好聽啊！就像一隻畫眉在唱歌。她穿著棉布裙子，戴著大帽子，真漂亮啊！她什麼都不懂，卻擁有他失去的一切。

他回到家，發現僕人正等著他，他打發他去睡覺，自己躺在書房的沙發上，開始想亨利勛爵跟他說的一些事。

難道人真的永遠不能改變嗎？他狂熱地渴望著自己純潔無瑕的童真時代——亨利勛爵稱

之為白玫瑰般的童真時代。他知道他已經把自己搞髒了，讓心思都腐敗了，想像裡全是恐怖；他對別人產生邪惡的影響，還從中獲得了可怕的快樂；他讓那些和他交往的最美好、充滿希望的人蒙受恥辱。但這一切是無法挽回的嗎？他沒希望了嗎？

啊！在一個多麼自負而激動的可怕時刻，他祈禱讓畫像代他承擔歲月的重負，讓自己永保青春純淨的榮光！他的所有失敗都歸咎於那一刻。還是每次罪惡都馬上帶來必然的懲罰為好，懲罰可以淨化人。人向最公正的上帝祈禱的時候，應該說「懲罰我們的不義」，而不是「寬恕我們的罪惡」。

亨利勛爵很多年前送給他的那面雕工精美的鏡子還立在桌子上，鏡框上那些肢體潔白的丘比特依舊笑著。他拿起鏡子，就像在那個恐怖的夜晚，他第一次注意到致命的畫上的變化時一樣，他淚眼矇矓，狂躁地看著光潔的鏡面。有一次，一個非常愛他的人給他寫了一封瘋狂的信，信的結尾寫著這樣崇拜的話：「世界因你而改變，因為你就是象牙和黃金做的，你嘴唇的曲線改寫了歷史。」他又想起了這句話，反覆默念著，然後憎惡起自己的美貌來，把鏡子扔在地上踩碎。是美貌毀了他，美貌和他所祈求的青春。如果不是這兩樣東西，他的生命也許會清白無瑕。他的美貌對他來說不過是一副面具，青春也不過是種嘲諷。青春算什麼呢？充其量就是一段青澀而幼稚的時光，其中盡是淺薄的情緒和病態的思想。他為什麼要當它的奴僕呢？青春把他毀了。

過去的最好別想了。什麼都改變不了了。他應該想想自己和自己的未來。詹姆斯．范被埋在塞爾比教堂墓地的無名塚裡；艾倫．坎貝爾有天晚上在實驗室裡開槍自殺了，但沒說出他被迫知道的祕密；巴茲爾．霍爾沃德的失蹤所引起的騷動馬上會過去的，其實已經平息下去了。他現在可以高枕無憂了。實際上，他心裡最過不去的也不是巴茲爾．霍爾沃德的死，他煩惱的是自己的靈魂雖然還在但已經無異於死了。巴茲爾畫了那幅毀了他一生的畫像，不可原諒，全都怪那幅畫。巴茲爾對他說過一些很難聽的話，而他一直忍著，謀殺只是一時衝動。至於艾倫．坎貝爾，他的自殺是他自己的行為，他自己要自殺，跟他沒什麼關係。

新生！他想要的就是這個，就等著這個。當然，他已經開始新生活了。無論如何，他已經放過了一個無辜的女孩，他再也不會勾引無辜的人了，他會變成一個好人的。

當他想到赫蒂．默頓的時候，就開始想，鎖著的房間裡的畫像是不是變了。肯定不會還像之前那麼可怕了吧？也許只要他的生活純潔起來，他就能從那張臉上抹去一切邪惡的激情的痕跡。也許邪惡的痕跡已經沒了。他要去看看。

他從桌上拿起燈，躡手躡腳上了樓。拔開門閂時，他那張年輕得出奇的臉上閃過一絲喜悅的笑容，在嘴唇上停留了一會兒。是的，他要變好了，那個被他藏起來的可怕東西不會再讓他恐懼了。他覺得自己心上的負擔彷彿已經卸下了。

他一聲不響走進房間，照例鎖上門，扯下畫像上蒙著的紫布，然後痛苦而憤慨地叫出了聲。畫像一點也沒變好，眼睛裡還多了狡黠的神情，嘴上彎出了偽善的皺紋，還是很可惡——簡直比之前更可惡了——手上的血跡似乎更鮮豔了，像新濺上去的血。於是他開始發抖，他做了件好事只是出於虛榮心嗎？還是像亨利勛爵嘲笑的那樣，想追求新的刺激？或者是突發奇想，想扮演比自身更高尚的角色？還是兼而有之？為什麼血紅的汙漬比之前更大了？就像一種可怕的疾病爬滿了起皺的手指，腳上也有血跡，彷彿血滴下來了——連沒有拿刀的手上也有血。去坦白嗎？難道說他應該去坦白？把一切說出來，然後被處死？他笑了，他覺得這個想法很荒謬。而且，就算他真的全說出來，誰會相信他呢？被謀殺的人一點痕跡也沒留下，屬於他的一切都被毀了，樓下的東西他也自己燒掉了，大家只會說他瘋了，如果他堅持這麼說，他們也會叫他別說了……然而他有責任懺悔，公開受辱，公開贖罪。上帝是存在的，他叫人對天地說出自己的罪孽。不說出自己的罪，他不管做什麼都洗不清他的罪孽。他的罪孽？他聳聳肩。巴茲爾・霍爾沃德的死對他來說沒什麼。他想的是赫蒂・默頓。這面靈魂的鏡子不公正。虛榮？好奇？偽善？難道他懸崖勒馬就沒別的原因了嗎？還有別的呢，至少他是這麼覺得的。誰知道呢？……不，沒別的了。出於虛榮，他放過了她。出於偽善，他戴上了善良的面具。出於好奇，他嘗試了自我克制。他意識到了。

但這樁謀殺案要跟著他一輩子嗎？難道他要永遠被過去困擾嗎？他真的要懺悔嗎？不可能。對他不利的證據只剩下一點了，就是那幅畫。他要毀了它。為什麼要留著它這麼久？看著它變老變醜，他曾經很高興。但最近他感覺不到這種快樂了。它讓他夜不能寐，不在家時又提心吊膽，總怕有人看到它。它讓他的激情都蒙上了憂鬱。一想起它來就破壞了很多歡樂的時刻。它就像他的良心，是的，它就是他的良心。他要毀了它。

他往四下看了看，看到了那把刺死巴茲爾．霍爾沃德的刀，亮錚錚的，閃閃發光，他洗過很多次，直到上面一點痕跡也沒有。它殺了畫家，現在再來殺死畫家的作品和它隱含的一切好了。它會殺死過去，過去一死，他就自由了。它會殺死那個可怕的靈魂，沒有它可怕地警告他，他就能獲得安寧了。他抓住刀，刺向了畫。

一聲慘叫，還有一聲撞擊聲。僕人被那聲痛苦至極的哭喊驚醒了，紛紛走出房間。下面廣場上經過的兩位紳士停住了腳步，抬頭看了看這座大房子。他們繼續前行，直到碰到一個警察，把他帶了回來。警察按了幾次鈴，沒人應答。除了頂上一扇窗戶裡亮著燈，整棟房子一片漆黑。他等了一會兒，站到旁邊的門廊裡看著。

「那是誰家，警官？」兩位紳士中年長的那個問。

「道林．格雷家，先生。」警察回答。

他們互相看了看，冷笑著走了。其中一位是亨利．阿什頓爵士的叔叔。

在僕人的房間裡，衣服都還沒穿好的僕人竊竊私語，老莉芙太太絞著手在哭，法蘭西斯面如死灰。

大約過了一刻鐘，法蘭西斯帶著馬車夫和一個男僕悄悄上了樓。他們敲了敲門，沒有人回答。他們叫了一聲，裡面還是沒有聲音。他們想破門而入，但失敗了。最後他們爬上屋頂再下到陽臺上，很容易地弄開了插銷老舊的窗。

他們走進去的時候，發現牆上掛著他們主人的精美畫像，就像他們最後一次見到他時那樣年輕俊美，令人驚歎。地上躺著一個死人，穿著晚禮服，心口插著一把刀。他面容枯槁、滿臉皺紋、面目可憎，直到他們查看了他戴的戒指，才認出那是誰。

格雷的畫像 / 奧斯卡 . 王爾德著；顧湘譯 . -- 初版 . -- 臺北市：時報文化出版企業股份有限公司 , 2022.12
304 面；14.8×21 公分 . --（愛經典；65）
譯自：The picture of Dorian Gray
ISBN 978-626-353-267-0（精裝）

873.57 111020298

本書以 1908 年 Charles Carrington, Paris 出版社精裝版為翻譯底本

作家榜经典文库®

ISBN 978-626-353-267-0

Printed in Taiwan

愛經典0065

格雷的畫像

作者—奧斯卡．王爾德｜譯者—顧湘｜編輯總監—蘇清霖｜編輯—邱淑鈴｜美術設計—FE 設計｜校對—邱淑鈴、蕭淑芳｜董事長—趙政岷｜出版者—時報文化出版企業股份有限公司　108019 臺北市和平西路三段二四〇號四樓　發行專線—（〇二）二三〇六—六八四二　讀者服務專線—〇八〇〇—二三一—七〇五、（〇二）二三〇四—七一〇三　讀者服務傳真—（〇二）二三〇四—六八五八　郵撥—一九三四四七二四時報文化出版公司　信箱—10899 臺北華江橋郵局第 99 信箱　時報悅讀網—http://www.readingtimes.com.tw｜電子郵件信箱—new@readingtimes.com.tw｜法律顧問—理律法律事務所　陳長文律師、李念祖律師｜印刷—紘億印刷有限公司｜初版一刷—二〇二二年十二月二十三日｜定價—新台幣四五〇元｜（缺頁或破損的書，請寄回更換）

時報文化出版公司成立於一九七五年，並於一九九九年股票上櫃公開發行，於二〇〇八年脫離中時集團非屬旺中，以「尊重智慧與創意的文化事業」為信念。